edition suhrkamp

Redaktion: Günther Busch

Bertolt Brecht, geboren am 10. Februar 1898 in Augsburg, starb am 14. August 1956 in Berlin.
Während der Exiljahre und insbesondere in Amerika war Brecht weitgehend von ›seinem‹ Publikum abgeschnitten; nachdem er 1947 wieder nach Europa zurückgekehrt war, begann der Theatermann in verstärktem Maße, seine Stücke selbst zu inszenieren, aber auch ›klassische‹ Dramen für die Bühne zu bearbeiten und seine Modellinszenierungen zu dokumentieren. Obwohl diese Bearbeitungen auf ihren Vorlagen basieren, hat Brecht damit originäre Bühnenwerke geschaffen, die mit eigenem Anspruch auftreten können. Er beabsichtigte auch ihre Veröffentlichung in Buchform unter dem Titel »Bearbeitungen«. Den Texten dieser Bearbeitungen sind jeweils weitere Texte, vor allem zur Inszenierung, nachgestellt.

Bertolt Brecht
Stücke
Bearbeitungen
Band 1

Suhrkamp Verlag

edition suhrkamp 788
Erste Auflage 1984
 Druck: Nomos Verlagsgesellschaft, Baden-Baden. Gesamtausstattung Willy Fleckhaus.

1 2 3 4 5 6 – 89 88 87 86 85 84

Inhalt

Die Antigone des Sophokles

Nach der Hölderlinschen Übertragung
für die Bühne bearbeitet

Mitarbeiter: Caspar Neher

Personen

Vorspiel: Zwei Schwestern · SS-Mann
Antigone: Antigone · Ismene · Kreon · Hämon · Tiresias · Wächter · Die Alten von Theben · Boten · Mägde

Vorspiel

Berlin. April 1945

Tagesanbruch
Zwei Schwestern kommen aus dem Luftschutzkeller zurück in ihre Wohnung.

DIE ERSTE
Und als wir kamen aus dem Luftschutzkeller
Und es war unversehrt das Haus und heller
Als von der Früh, vom Feuer gegenüber, da
War's meine Schwester, die zuerst es sah.

DIE ZWEITE
Schwester, warum steht unsre Türe offen?

DIE ERSTE
Der Feuerwind hat sie von drauß getroffen.

DIE ZWEITE
Schwester, woher kommt da im Staub die Spur?

DIE ERSTE
Von einem, der hinauflief, ist es nur.

DIE ZWEITE
Schwester, was ist das für ein Sack im Eck?

DIE ERSTE
Besser, 's ist etwas da, als etwas weg.

DIE ZWEITE
Ein Brotlaib, Schwester, und ein ganzer Speck!

DIE ERSTE
Das ist nicht etwas, wovor ich erschreck.

DIE ZWEITE
Schwester, wer war da hier?

DIE ERSTE
Wie soll ich's wissen?
Einer, der uns vergönnt den guten Bissen.

DIE ZWEITE
Ich aber weiß! O wir Kleingläubigen! O Glück!
O Schwester, unser Bruder ist zurück!
DIE ERSTE
Und wir umarmten uns und waren frohgemut
Denn unser Bruder war im Krieg und 's ging ihm gut.
Und schnitten in den Speck und aßen von dem Brot
Das er gebracht für unsres Leibes Not.
DIE ZWEITE
Du nimm dir mehr, dich schinden sie in der Fabrik.
DIE ERSTE
Nein, dich.
DIE ZWEITE
Mir fällt es leichter, tiefer schneid!
DIE ERSTE
Nicht ich.
DIE ZWEITE
Wie konnt er kommen?
DIE ERSTE
Mit der Truppe.
DIE ZWEITE
Wo
Mag er wohl jetzt sein?
DIE ERSTE
Wo die Schlacht ist.
DIE ZWEITE
Oh.
DIE ERSTE
Wir konnten aber keinen Schlachtlärm hören.
DIE ZWEITE
Ich hätt nicht fragen solln.
DIE ERSTE
Ich wollt dich nicht verstören.
Und als wir schweigend saßen, da an unser Ohr
Kam von jenseits der Tür ein Laut, daß unser Blut gefror.

Ein Brüllen von außen.

DIE ZWEITE

Schwester, da schreit wer; laß uns nachsehn gehn.

DIE ERSTE

Bleib innen, du; wer sehn will, wird gesehn.
So gingen wir nicht vor die Tür und sahn
Nicht nach den Dingen, die da drauß geschahn.
Doch aßen wir nicht weiter, und wir blickten
Uns nicht mehr an und sprachen nicht und schickten
Zur Arbeit uns zu gehn, so wie allmorgendlich
Und meine Schwester nahm das Eßgeschirr, und ich
Erinnerte und trug des Bruders Sack zum Spind
Wo seine alten Sachen sind.
Und dort, es war, als ob mein Herzschlag stock
Dort hing vom Haken sein Soldatenrock.
Schwester, er ist nicht in der Schlacht
Er hat sich aus dem Staub gemacht.
In dem Krieg ist er nicht mehr.

DIE ZWEITE

Andre sind's noch, doch nicht er.

DIE ERSTE

Haben ihn zum Tod bestellt.

DIE ZWEITE

Aber er hat sie geprellt.

DIE ERSTE

Denn da war ein kleines Loch ...

DIE ZWEITE

... und das war's, aus dem er kroch.

DIE ERSTE

Andre sind noch drin, nicht er.

DIE ZWEITE

In dem Krieg ist er nicht mehr.

DIE ERSTE

Und wir lachten, waren frohgemut:
Aus dem Krieg war unser Bruder. 's ging ihm gut.

Und wir standen noch, da an unser Ohr
Kam ein Laut, daß unser Blut gefror.
Ein Brüllen von außen.

DIE ZWEITE
Schwester, wer schreit vor unsrer Tür?

DIE ERSTE
Sie quälen wieder Leut in ihrer Willkür.

DIE ZWEITE
Schwester, sollen wir nicht nachsehn gehn?

DIE ERSTE
Bleib innen, du; wer sehn will, wird gesehn.
So warteten wir eine Weil und sahn
Nicht nach den Dingen, die da drauß geschahn.
Dann mußten wir zur Arbeit gehn und da
War ich es, die das vor der Türe sah.
Schwester, Schwester, geh nicht hinaus.
Unser Bruder ist vorm Haus.
Er ist aber nicht aus der Sach
Am Fleischerhaken hängt er, ach.
Doch sah meine Schwester aus dem Haus
Und einen Schrei stieß sie selber aus.

DIE ZWEITE
Schwester, sie haben gehänget ihn
Drum hat er laut nach uns geschrien.
Das Messer gib, das Messer gib her
Daß ich ihn abschneid und er hängt nicht mehr.
Daß ich hereintrag seinen Leib
Und ihn ins Leben zurückreib.

DIE ERSTE
Schwester, laß das Messer liegen
Wirst ihn nicht mehr lebend kriegen.
Wenn sie uns mit ihm stehn sehn
Wird es uns wie ihm ergehn.

DIE ZWEITE

Laß mich, bin schon nicht gegangen
Wie sie ihn uns aufgehangen.

DIE ERSTE

Und als sie wollt vor das Haustor
Ein SS-Mann trat hervor.
Herein tritt ein SS-Mann.

SS-MANN

Drauß ist der und hier seid ihr?
Aus eurer Türe trat er mir.
So rechn' ich aus, daß ihr am End
Den Volksverräter draußen kennt.

DIE ERSTE

Lieber Herr, mit uns geh nicht ins Gericht
Denn wir kennen den Menschen nicht.

SS-MANN

Was will die mit dem Messer dann?

DIE ERSTE

Da sah ich meine Schwester an.
Sollt sie in eigner Todespein
Jetzt gehn, den Bruder zu befrein?
Er mochte nicht gestorben sein.

Antigone

Vor dem Palast des Kreon

Tagesanbruch

ANTIGONE *in einen eisernen Krug Staub sammelnd:*
Schwester, Ismene, Zwillingsreis
Aus des Ödipus Stamm, weißt du etwas
Irrsal, traurige Arbeit, Schändliches
Das der Erde Vater noch nicht verhängt hat
Über uns, die bis hieher lebten?
In langem Krieg, einer mit vielen
Fiel Eteokles uns, der Bruder. Im Zug des Tyrannen
Fiel er jung. Und, jünger als er, Polyneikes
Sieht den Bruder zerstampft unterm Gäulehuf. Weinend
Reitet er aus unfertiger Schlacht, denn anderes andrem
Bescheidet der Schlachtgeist, wenn der hart
Anregend einem mit dem Rechten die Hand erschüttert. Schon
Hat der hinstürzende Flüchtling
Die Dirzäischen Bäche gequert, aufatmend
Sieht er Thebe, die Siebentorige, stehn, da greift
Den vom Blut des Bruders Besprengten Kreon, der hinten
Einpeitscht alle sie in die Schlacht, und zerstückt ihn.
Sagten sie dir's, oder sagten sie's nicht, was
Mehr gehäuft sein soll auf des Ödipus
Hinschwindend Geschlecht?

ISMENE
Nicht auf dem Markte zeigte ich mich, Antigone.
Nicht ein Wort kam zu mir von Lieben mehr
Nicht ein liebliches und auch kein trauriges
Und bin nicht glücklicher und nicht betrübter.

ANTIGONE
Dann hör's von mir. Und ob dir dem Herze

Stockt der Schlag, ob tiefer schlägt
Im Unglück, das zeig mir.

ISMENE

Staubaufsammelnde, du färbst mir
Scheint's, ein rotes Wort.

ANTIGONE

Hier hast du's: Unsere Brüder
Beide geschleppt in des Kreon Krieg um das Grauerz
Gegen das ferne Argos, beide erschlagen
Sollen nicht beide mit Erde bedeckt sein.
Der nämlich die Schlacht nicht gefürchtet, Eteokles
Soll, so heißt's, nach dem Brauch bekränzt und bestattet
sein;
Aber vom andern, der gestorben ist armselig
Von Polyneikes' Leib heißt's jetzt, man hab
Es in der Stadt verkündet, daß ihn man
Berg mit keinem Grab und nicht betraure.
Ihn soll man lassen unbeweint, grablos
Süß' Mahl den Vögeln. Wer aber
Etwas tut dabei, der soll gesteinigt werden.
So also sag mir, was du tust dabei.

ISMENE

Wie, Schwester, prüfst du mich?

ANTIGONE

Ob du mir hülfest.

ISMENE

In welcher Fährlichkeit?

ANTIGONE

Ihn zu bedecken.

ISMENE

Den, dem die Stadt entsagt hat?

ANTIGONE

Den, dem sie versagt hat.

ISMENE

Den, der im Aufruhr war!

ANTIGONE

Ja. Meinen Bruder und auch deinen.

ISMENE

Schwester, man wird dich fangen rechtlos.

ANTIGONE

Aber treulos
Fängt man mich nicht.

ISMENE

Unselige, treibt es dich
Jetzt zu sammeln unten alle
Uns von des Ödipus Stamm?
Laß Vergangenes!

ANTIGONE

Jünger bist du doch, weniger Schreckliches
Hast du gesehn. Vergangnes gelassen
Bleibt nicht vergangen.

ISMENE

Dies auch denke: Weiber sind wir
Und dürfen so nicht gegen Männer streiten
Dieweil nicht stark genug und also hörig
Hier und noch in viel Härterem. Also
Bitt ich die drunten, die nur Erdreich unterdrückt
Mir zu verzeihen; da mir Gewalt geschieht
Folg ich dem Herrschenden. Vergebliches nämlich
Zu tun, ist unweis.

ANTIGONE

Nicht mehr erbitt ich's.
Folg du jedwedem, der befiehlt, und tu
Was er befiehlt. Ich aber
Folge dem Brauch und begrabe den Bruder.
Sterb ich daran, was ist's? Gestillt werd ich liegen
Mit den Stillen. Hinter mich hab ich
Heiligs gebracht. Dann ist's auch mehr Zeit
Daß denen drunten als hier ich gefall, denn drunten

Wohn ich für immer. Du aber
Lach der Schande und lebe.

ISMENE

Antigone, wilde
Schande zu leiden ist bitter, aber
Der Tränen Salz ist auch bemessen; nicht entstürzen
Unversiegbar dem Aug sie. Die Schärfe des Beiles
Endet süß' Leben, doch dem Gebliebenen
Öffnet sie des Schmerzes Ader. Nicht rasten darf er
Im Jammerschreien. Und doch, selbst schreiend, hört er
Über sich dann der Vögel Geschwirr, und wieder
Stellen sich ihm durch Tränenschleier die alten
Heimischen Ulmen und Dächer vor.

ANTIGONE

Ich haß dich. Zeigst du mir
Schamlos die löchrige Schürze mit deines
Jammers schwindendem Vorrat? Noch
Liegt auf nacktem Stein Fleisch von deinem Fleisch
Ausgestellt den Vögeln des weiteren Himmels, schon
Ist es dir Gestriges.

ISMENE

Nur
Mich aufzuwerfen, bin ich nicht gut genug; und linkisch
Und fürcht für dich.

ANTIGONE

Mir rate nicht! Komm aus mit deinem Leben!
Laß aber mich das Mind'ste tun und meines ehren
Wo's mir geschändet. Ich bin überall
Nicht so empfindsam, hoff ich, daß ich nicht könnt
Unschönen Todes sterben.

ISMENE

So geh mit deinem Staub. Denn irre sprichst du
Doch lieb von Liebem.

Antigone ab mit dem Krug. Ismene zurück ins Haus.
Auftreten die Alten.

DIE ALTEN

Der großbeutige Sieg ist aber gekommen
Der Wagenreichen günstig, der Thebe
Und nach dem Kriege hier
Macht die Vergessenheit aus!
In allen Göttertempeln
Mit Chören die Nacht durch
Kommt her! Und, Thebe, die Bloße im Lorbeerschurz
Erschütternd, herrsche der Bacchusreigen!
  Aber er, der Bringer des Sieges
  Kreon, Menökeus' Sohn, hastete wohl
  Her vom Schlachtfeld, Beute zu künden und
  Endliche Rückkehr der Krieger, da er zusammenberufen
  Und verordnet hier der Alten Versammlung.

Aus dem Hause tritt Kreon.

KREON

Ihr Männer, teilt's mit allen: Argos
Ist nicht mehr. Abrechnung war
Völlige. Von elf Stadtschaften
Entrannen wenige, die wenigsten!
Wie's von der Thebe heißt: dem Glück
Wirfest du Zwillinge gleich; und mürbe
Machet dich nicht das Unglück, es selber
Wird mürbe. Deines Speeres Durstigkeit
Ward gelöschet mit erstem Trinken. Versagt war ihm nicht
Wiederholtes Trinken. Auf rauhen Ruhplatz
Legtest, Thebe, du das Argosvolk. Stadtlos, grablos
Liegt jetzt im Freien, das deiner spottete.
Und du siehst hin
Wo einst ihre Stadt war
Und du siehst Hunde
Denen glänzet das Angesicht.
Die edelsten Geier fliegen zu ihr; sie schreiten
Von Leichnam zu Leichnam

Und von dem reichlich bereiteten Mahle
Nicht in die Höhe können sie steigen.

DIE ALTEN

Herr, ein schön Bild von gar Gewaltigem malst du.
Und, überliefert, wird's der Stadt gefallen
Wenn klug vermischt mit einem andern: Wägen
Herauf die Gassen fahrend, voll mit Eignen!

KREON

Bald, Freunde, bald! Doch zu Geschäften! Noch nicht
Seht ihr das Schwert mich in den Tempel hängen.
Euch nämlich rief aus zwei Ursachen ich
Aus den Gesamten; einmal, weil ich weiß
Ihr rechnet nicht dem Kriegsgott die Räder nach
Am feindzermalmenden Wagen, noch geizt ihm
Das Blut der Söhne im Kampfe, doch ist
Kehrt er geschwächt unters wohlgeschirmete Dach
Viel Rechnen am Markt, daß ihr mir also
Den Blutverlust der Thebe zeitig beibringt
Als übers Übliche nicht gehend. Dann auch, weil
Immer die allzu vergebende Thebe, gerettet
Wieder einmal, herbeieilt, den keuchenden
Heimgekehrten den Schweiß zu trocknen, und nicht
Achtet besonders, ob's Schweiß ist des zornig
Kämpfenden oder nur Angstschweiß, vermischt mit
Staub der Flucht. Drum decke ich
Und ihr sollt's billigen, Eteokles
Der für die Stadt starb, mit bekränztem Grab;
Die Memme Polyneikes aber, ihm
Und mir verwandt und Freund des Argosvolks
Lieg unbegraben, so wie dieses liegt.
Wie dieses war er Feind, war's mir und Thebe.
Und darum will ich, keiner traure auch
Daß unbegraben er gelassen sei, schaubar
Ein Mahl, zerfleischt von Vögeln und von Hunden.
Denn wenn für größer als die Vaterstadt

Das Leben jemand hält, der gilt mir ganz nichts.
Doch wer's gut meint mit meiner Stadt, tot oder
Lebendig, immer sei er gleich von mir geschätzt.
Ich hoff, ihr billigt das.

DIE ALTEN

Wir billigen's.

KREON

So nehmt die Aufsicht denn in dem Besagten.

DIE ALTEN

Besetze du mit Jungen derlei Posten!

KREON

Nicht das. Die Wach ist schon für den Entleibten
draußen.

DIE ALTEN

Und für die Lebenden sei'n wir die Wach?

KREON

Ja. Weil's Gewisse gibt, bei denen das mißfällt.

DIE ALTEN

Hier ist kein solcher Tor, der gerne stirbt.

KREON

Nicht öffentlich. Doch mancher hat auch nur
Den Kopf so lang geschüttelt, bis der abfiel.
Und das bringt mich zu dem: mehr leider braucht's.
Gereinigt muß die Stadt sein . . .
Auftritt ein Wächter.

WÄCHTER

Herr!
Mein Führer, atemlos, schnellste Kunde
Eil ich einzuhändigen, frag nicht, warum nicht
Noch schneller, der Fuß ist
Mir voraus dem Kopf, oder
Zieht der Kopf den Fuß nach sich, denn
Wohin geh ich, und wie lang noch in
Der Sonne, ohne Atem, aber doch
Immerhin geh ich.

KREON

Warum so atemlos, oder
So zögernd?

WÄCHTER

Ich verschweige nichts. Warum, sag ich
Nicht frei heraus gesagt, was ich nicht tat?
Und auch nicht weiß, denn ich weiß nicht einmal
Wer's dir getan hat. Scharf Gericht
Einem so Unwissenden wär
Entmutigend.

KREON

Du siehst dich wohl vor. Deiner eigenen Untat
Eifriger Bote, forderst du den Kranz
Für gutes Beinwerk!

WÄCHTER

Herr
Gewaltiges trugst du deinen Wächtern auf. Jedoch
Gewaltiges macht nämlich auch viel Mühe.

KREON

So sag es jetzt und gehe wieder weiter.

WÄCHTER

So sag ich's jetzt. Es hat den Toten eben
Begraben eines, das entkam, bestreut die Haut
Mit Staub, daß ihn der Geier nicht erspäh.

KREON

Was sagst du? Wer hat dies sich unterfangen?

WÄCHTER

Ich weiß nicht. Da war keines Spaten Stich
Und keiner Schaufel Wurf. Und glatt der Boden
Von Rädern nicht befahren. Zeichenlos
Der Täter. 's war ein Grabmal nicht
Nur zarter Staub, wie wenn man das Gebot gescheut
Und hätt nicht viel des Staubs gebracht.
Und auch des Wilds Fußtapfen nirgends nicht
Noch eines Hundes, der gekommen und zerrissen.

Wie das der erste Tagesblick uns zeigte
Kam's unhold uns all an. Und mich
Erlas das Los, es dir zu melden, Führer
Und niemand liebt den Boten schlimmer Worte.

DIE ALTEN

O Kreon, Sohn Menökeus', könnt
Was Göttlichs vorgekommen sein?

KREON

Laß das. Mach mich nicht zorniger noch und sag
Die Geister hätschelten den Feigen
Der kalt die Gruppen ihrer Tempelsäulen
Und Opfer hätte schänden lassen! Nein, mir nehmen
Einige einiges übel in der Stadt und murren
Und im Geschirre biegen diese mir
Den Nacken so nicht ein. Ich weiß es gut
Daß diese das gestiftet, mit Geschenken.
Denn unter allem, was gestempelt ist
Ist schlimm nichts wie das Silber. Ganze Städte
Verführt es, Männer reizt es aus den Häusern
Jedweder Tat Gottlosigkeit zu wissen.
Wiss' aber, wenn du diesen Täter nicht
Mir liefern kommst und einen irdischen, lebend
Am Brett und überführt, wirst du gehängt
Und gehst, den Strick am Hals, zur Unterwelt;
Da schaut ihr dann, woher man den Gewinn holt
Vermacht die Plünderung einander und erfahrt
Daß alles nicht gemacht ist zum Erwerb.

WÄCHTER

Herr, unsereiner hat ja viel zu fürchten.
Zu viele Zugäng' hat für ihn der Ort
Der untere, auf den du anspielst. Weniger
Fürcht ich im Augenblick, ich sag nicht, gar nicht
Daß ich was Silbernes erhielt, obzwar
Wenn du es meinst, kehr besser ich den Beutel
Noch zweimal um, ob nicht doch da was drin ist

Als daß ich dich erzürn durch Widersprechen.
Doch was ich mehr fürcht, ist, ich könnt beim Forschen
Was Hänfenes erhalten, denn in hohen Händen
Gibt es für unsereinen mehr an Hänfernem
Als Silbernem. Wie du verstehen magst.

KREON

Gibst du mir Rätsel auf, du Durchsichtiger?

WÄCHTER

Der hohe Tote fand wohl hohe Freunde.

KREON

Faß sie am Schienbein, wenn du höher ihnen
Nicht reichst! Das weiß ich, 's gibt Verdroßne hier
Wie dort. So mancher wird sich zeigen freudeschlotternd
Bei meinem Sieg und setzt den Lorbeer
Angstbeflügelt auf. Ich find sie aus.
Ab ins Haus.

WÄCHTER

Ein ungesunder Ort, wo Hohe sich
Mit Hohen in den Haaren liegen! Ich
Bin, glaube ich, noch da. Und's wundert mich.
Ab.

DIE ALTEN

Ungeheuer ist viel. Doch nichts
Ungeheuerer als der Mensch.
Denn der, über die Nacht
Des Meers, wenn gegen den Winter wehet
Der Südwind, fähret er aus
In geflügelten sausenden Häusern.
Und der Himmlischen erhabene Erde
Die unverderbliche, unermüdete
Reibet er auf mit dem strebenden Pfluge
Von Jahr zu Jahr
Umtreibend das Gäulegeschlecht.
Leichtgeschaffener Vogel Art
Bestrickt er und jagt sie.

Und wilder Tiere Volk.
Und des Pontos salzbelebte Natur
Mit listig geschlungenen Seilen
Der kundige Mann.
Und fängt mit Künsten das Wild
Das auf Bergen übernachtet und schweift.
Und dem rauhmähnigen Rosse wirft er um
Den Nacken das Joch und dem Berge
Bewandelnden, unbezähmten Stier.
Und die Red und den luftigen Flug
Des Gedankens und staatordnende Satzungen
Hat er erlernet und übelwehender
Hügel feuchte Lüfte und
Des Regens Geschosse zu fliehen. Allbewandert
Unbewandert. Zu nichts kommt er.
Überall weiß er Rat
Ratlos trifft ihn nichts.
Dies alles ist grenzlos ihm, ist
Aber ein Maß gesetzt.
Der nämlich keinen findet, zum eigenen
Feind wirft er sich auf. Wie dem Stier
Beugt er dem Mitmensch den Nacken, aber der Mitmensch
Reißt das Gekröse ihm aus. Tritt er hervor
Hart auf seinesgleichen tritt er. Nicht den Magen
Kann er sich füllen allein, aber die Mauer
Setzt er ums Eigene, und die Mauer
Niedergerissen muß sie sein! Das Dach
Geöffnet dem Regen! Menschliches
Achtet er gar für nichts. So, ungeheuer
Wird er sich selbst.
  Wie Götterversuchung aber stehet es vor mir
  Daß ich sie weiß und sagen doch soll
  Das Kind sei's nicht, Antigone.
  Unglückliche du, des unglücklichen
  Vaters, des Ödipus Kind, was führt

Über dir und wohin, als Ungehorsame dich
Der staatlichen Satzung?

Auftritt der Wächter, Antigone führend.

WÄCHTER

Die ist's. Die hat's getan. Die griffen wir
Wie sie das Grab gemacht. Doch wo ist Kreon?

DIE ALTEN

Er kommet eben da zurück vom Hause.

Aus dem Hause tritt Kreon.

KREON

Wie bringst du diese her? Wo griffst du sie?

WÄCHTER

Die hat das Grab gemacht. Da weißt du alles.

KREON

Wer ist die, daß du ihr Gesicht verdeckst?

WÄCHTER

Der Schande halber; denn die ist die Tät'rin.

KREON

Dein Wort ist deutlich, aber sahst du's selber?

WÄCHTER

Wie sie das Grab aufwarf, wo du's verboten.
Wenn einer Glück hat, ist er auch gleich deutlich.

KREON

Gib den Bericht.

WÄCHTER

So war die Sache: Wie ich weggegangen
Von dir, als du Gewaltiges gedroht
Und wir den Staub dem Toten abgewischt
Und lag schon in Verwesung, setzten wir uns
Auf hohen Hügel, an die Luft, weil der Geruch
Vom Toten stark ausging. Wir machten aus
Im Fall des Schlafs uns in die Rippengegend
Zu stoßen, mit den Ellenbögen. Plötzlich rissen
Wir weit die Augen auf, das kam, weil plötzlich hub
Vom Boden her ein warmer Wind den Nebel

In einem Wirbel, der das Tal verdeckte
Die Haare rings vom Wald des Tales riß, und so voll
ward
Davon der große Äther, daß wir blinzeln mußten
Und uns, das war's, die Augen rieben und danach
Wird sie gesehn und steht und weinet auf
Mit scharfer Stimme, wie ein Vogel trauert
Wenn er das leere Nest, mit keinen Jungen, sieht.
So jammert sie, da sie den Toten bloß sieht
Und sammelt wieder Staub auf ihn, vom Eisenkrug
Den Toten dreimal mit Ergießungen
Verschüttend. Schnell liefen wir zu und faßten
Die nicht betroffen schien. Und klagten sie
Des Jetzigen und Schongeschehenen an.
Sie leugnet' aber nichts mir ab und war
Lieblich zugleich und auch betrübt vor mir.

KREON

Sagst oder leugnest du, daß du's getan habst?

ANTIGONE

Ich sage, daß ich's tat und leugn' es nicht.

KREON

So sag mir noch, nicht lange, aber kurz:
Ist dir bekannt, was ausgerufen wurd
In offner Stadt von grade diesem Toten?

ANTIGONE

Ich wußte das. Wie nicht? Es war ja deutlich.

KREON

Du wagtest, meine Satzung so zu brechen?

ANTIGONE

Weil's deine war, von einem Sterblichen
So mag's ein Sterblicher brechen, und ich bin
Nur wenig sterblicher, als du bist. Und wenn aber
Ich sterbe vor der Zeit, ich denk, ich tu's
Sag ich, daß das sogar Gewinn ist. Wer wie ich
Viel lebt mit Übeln, der bekömmt doch wohl

Im Tod ein wenig Vorteil? Ferner, wenn ich meiner Mutter
Totes Andres hätt grablos liegen lassen
Das würde mich betrüben. Aber das
Betrübt mich gar nicht. Scheint's dir aber Torheit
Daß ich die Himmlischen fürcht, die ungedeckt
Nicht erblicken wollen von oben den Zerteilten
Und so dich nicht fürcht, mag ein Tor
Über mich richten jetzt.

DIE ALTEN

Rauh tritt des rauhen Vaters Art am Kind hervor:
Im Mißgeschick sich fügen hat sie nicht gelernt.

KREON

Doch auch dem stärksten Eisen
Bricht und vergeht das Störrige, gekocht
Im Ofen. Alle Tage kannst du dies sehn.
Die aber findet eine Lust aus damit
Daß sie die vorgeschriebenen Gesetze trüb macht.
Und das ist noch die zweite Frechheit: da
Sie es getan, daß dessen sie sich rühmt und lacht
Daß sie's getan. Das haß ich, ist auf Schlimmem einer
Ertappt, wenn er daraus noch Schönes machen möchte.
Und doch, die mich beleidigt, obzwar blutsverwandt
Will ich, weil blutsverwandt, nicht gleich verdammen.
So frag ich dich: da du's gemacht hast heimlich
Und ist jetzt offen worden, würdst du sagen
Und schwere Straf so meiden, daß dir's leid tut?
Antigone schweigt.

KREON

So sag, warum du störrig bist.

ANTIGONE

Halt für ein Beispiel.

KREON

Und 's ist dir eins, daß ich dich in der Hand hab?

ANTIGONE

Kannst du denn mehr, da du mich hast, als töten?

KREON

Nicht mehr, doch hab ich dies, so hab ich alles.

ANTIGONE

Was wartest du? Von deinen Worten
Gefällt mir keins, wird keines mir gefallen
Und also bin auch ich dir nicht genehm.
Obzwar ich's andern bin mit was ich tat.

KREON

So glaubst du, andre sehn's, wie du es siehst?

ANTIGONE

Auch diese sehn's, auch diese sind betroffen.

KREON

Schämst du dich nicht, die ungefragt zu deuten?

ANTIGONE

Man ehrt doch wohl die Menschen eines Fleisches.

KREON

Und eines Bluts noch auch ist, der fürs Land gestorben.

ANTIGONE

Ein's Blutes. Kind ein's einigen Geschlechts.

KREON

Und der mit sich gespart, der gilt dem andern gleich dir?

ANTIGONE

Der dir ein Knecht nicht war, ein Bruder ist er weiter.

KREON

Freilich, wenn dir als eins Gottloses gilt und andres.

ANTIGONE

's ist wohl auch zweierlei, fürs Land und für dich sterben.

KREON

So ist kein Krieg?

ANTIGONE

Doch, deiner.

KREON

Nicht ums Land?

ANTIGONE

Ein fremdes. Nicht genügte es dir

Über die Brüder zu herrschen in eigener Stadt
Thebe, lieblich, wenn
Angstlos gelebt wird, unter den Bäumen; du
Mußtest zum fernen Argos sie schleppen, über sie
Zu herrschen auch dort. Und machtest den einen zum
Schlächter
Dem friedlichen Argos, doch den Erschrockenen
Legst du jetzt aus, gevierteilt, zu schrecken die Eignen.

KREON
Ich rate, nichts zu sagen, nichts
Dieser da zuzusprechen, wer sein Wohl im Aug hat.

ANTIGONE
Ich aber rufe euch an, daß ihr mir helft in Bedrängnis
Und helft euch auch dabei noch. Welcher nämlich die Macht
sucht
Trinkt vom salzigen Wasser, nicht einhalten kann er, weiter
Muß er es trinken. Gestern war es der Bruder, heut bin
ich es.

KREON
Und ich warte
Welcher der beispringt.

ANTIGONE *da die Alten schweigen:*
Ihr also duldet's. Und haltet das Maul ihm.
Und sei's nicht vergessen!

KREON
Sie bringt es zu Buche.
Uneins, so will sie uns haben unterm thebanischen Dach.

ANTIGONE
Du, der nach Einigkeit schreist, vom Zwiste lebst du.

KREON
Hier erst leb ich vom Zwist und dann im argivischen Feld!

ANTIGONE
Freilich. So ist's. Und wo's der Gewalt gegen andere
brauchet
Gegen die Eignen braucht's der Gewalt dann.

KREON

Mich dünkt, mich also gönnte die Gute den Geiern.
Und nichts machte es, fiele Thebe, so uneins
Fremder Herrschaft ein Mahl zu?

ANTIGONE

Immer droht ihr Herrschenden doch, die Stadt würd uns fallen
Hinfallen würd sie uneins, ein Mahl den andern und Fremden
Und wir beugen die Nacken euch und schleppen euch Opfer, und hinfällt
Also geschwächt, ein Mahl den Fremden, die Stadt uns.

KREON

Sagst du mir, ich würfe die Stadt den Fremden zum Mahl vor?

ANTIGONE

Selber wirft sie sich vor ihm, den Nacken dir beugend
Denn es siehet der Mensch, den Nacken gebeugt, nicht, was auf ihn zukommt.
Nur die Erde sieht er, und ach, sie wird ihn bekommen.

KREON

Schmäh nur die Erde, Verworfene, schmäh nur die Heimat!

ANTIGONE

Falsch ist's. Erde ist Mühsal. Dem Menschen ist Heimat nicht nur
Erde, noch Haus nur. Nicht, wo er Schweiß vergoß
Nicht das Haus, das hilflos dem Feuer entgegenlebt
Nicht, wo er den Nacken gebeugt, nicht das heißt er Heimat.

KREON

Und heißt es und schirmt's nicht?
Dich heißt die Heimat nicht mehr die ihre
Sondern verworfen bist du wie beißender Dreck, der besudelt.

ANTIGONE

Wer verwirft mich da? Weniger sind es geworden

In der Stadt, seit du herrschst, und werden noch weniger werden.
Warum kommst du allein? Du bist mit vielen gegangen.

KREON

Was vermißt du dich?

ANTIGONE

Wo sind die Jungen, die Männer? Kommen sie nicht mehr?

KREON

Wie sie doch lüget! Jedermann weiß, nur das Schlachtfeld
Ganz zu säubern, von letzten Äxten, sind sie mir aus noch.

ANTIGONE

Und dir die letzte Missetat noch zu verüben
Und eine Furcht zu sein, bis ihre Väter sie
Nicht mehr erkennen, wenn sie am End wie
Reißende Tiere endlich erlegt sind.

KREON

Sie schändet die Toten!

ANTIGONE

Dummer Mensch, mir ist nicht zum Recht-
Haben zumute.

DIE ALTEN

Unglücklich ist sie, zähle ihr nicht das Wort nach.

KREON

Wann verhehlte ich je die Opfer für das Gewonnene?

DIE ALTEN

Aber du, vergiß nicht, Rasende, über
Eigener Trauer Thebes herrlichen Schlachtsieg!

KREON

Aber die will ja nicht, daß
Thebes Volk sitzet in Argos Häusern. Lieber
Sähe sie Thebe zerschlagen.

ANTIGONE

Besser zwischen den Trümmern der eigenen Stadt
Säßen wir doch und sicherer auch als mit dir
In den Häusern des Feinds.

KREON

Jetzt hat sie's gesagt! Und ihr hörtet's.
Jedwede Satzung bricht sie, die Maßlose, wie der Gast, der
Nicht mehr verbleibend lang, noch jemals zurückgewünscht
Frech, sein Bündel machend, die Lagergurte durchschneidet.

ANTIGONE

Aber genommen hab ich nur meins und mußt es mir
stehlen.

KREON

Immer nur die Nase neben dir siehst du, aber des Staats
Ordnung, die göttliche, siehst du nicht.

ANTIGONE

Göttlich mag sie wohl sein, aber ich wollte doch
Lieber sie menschlich, Kreon, Sohn des Menökeus.

KREON

Geh jetzt! Uns warst du Feind und bleibst's auch
unten, Vergeßne
Wie der Zerstückte es war; der wird gemieden auch
unten.

ANTIGONE

Wer weiß, da kann doch drunt' ein andrer Brauch sein.

KREON

Nie wird ein Feind, auch wenn er tot ist, Freund.

ANTIGONE

Aber gewiß. Zum Hasse nicht, zur Liebe leb ich.

KREON

So geh hinunter, wenn du lieben willst
Und liebe dort. Mir leben solche hier
Wie du nicht lang.
Auftritt Ismene.

DIE ALTEN

Aber jetzt kommt aus dem Tor Ismene
Die liebliche, die für Frieden.
Aber die Zähre wäscht
Wäscht das vom Schmerze durchgeblutet' Gesicht.

KREON

Ja! Du! Die du drin hockst, daheim! Zwei
Greuel zog ich mir auf, schwesterlich Schlangengezücht.
Komm, sag's, und gleich
Mitgemacht hast du am Grabe.
Oder hast du's mit der Unschuld?

ISMENE

Ich bin die Täterin, stimmt mir die Schwester zu.
Ich nahm auch teil und nehm die Schuld auf mich.

ANTIGONE

Das wird die Schwester aber nicht erlauben.
Sie wollte nicht. Ich nahm sie nicht dazu mit.

KREON

Handelt's euch aus! In Kleinem will ich da nicht klein
sein.

ISMENE

Ich schäm mich an der Schwester Unglück nicht
Und bitt sie jetzt, sie nehm mich als Gefährtin.

ANTIGONE

Bei denen, die durchgängiger Weise sind
Und die Gespräche halten miteinander drunten:
Die mit den Worten liebt, die mag ich nicht.

ISMENE

Schwester, sich aufzuwerfen ist nicht jedes gut genug
Zu sterben aber trifft vielleicht so eine auch.

ANTIGONE

Stirb du nicht allgemein. Was dich nicht angeht
Das mache dein nicht. Mein Tod wird genug sein.

ISMENE

Die Schwester ist zu streng, ich liebe dich.
Hab ich denn, ist sie weg, noch was zu lieben?

ANTIGONE

Den Kreon, liebe den. Dem bleib, und ich verlaß euch.

ISMENE

Vielleicht macht es der Schwester Lust, mich zu verspotten?

ANTIGONE

Vielleicht macht's Kummer auch, und ich begehr mein
Schmerzglas voll?

ISMENE

Doch was ich sprach zu dir, ist auch dabei noch.

ANTIGONE

Das war auch schön. Doch so hab ich entschieden.

ISMENE

Weil ich gefehlt an dir, fehl ich dir nicht, ist's so?

ANTIGONE

Sei guten Muts, du lebst. Mir ist die Seel gestorben;
So daß ich nur Gestorbenen noch diene, Schwester.

KREON

Von diesen Weibern, sag ich euch, wird eben da
Närrisch die ein', und lang schon ist's die andre.

ISMENE

Ich kann nicht leben ohne diese.

KREON

Die Red ist nicht von dieser. Die ist nimmer.

ISMENE

Du tötest aber deines Sohnes Braut auch.

KREON

's gibt mehr als einen Acker, wo man pflügen kann.
Zum Tode mach dich fertig. Daß du aber weißt
Wann's sein wird: wenn zum Bacchusreigen
Thebe, die Trunkene, mir zum Tanz tritt. Schaff
Die Weiber fort.
Der Wächter ab ins Haus mit Antigone und Ismene.
Kreon beordert seinen Leibwächter, das Schwert abzugeben.

EIN ALTER *das Schwert abnehmend:*

Der du zum Siegesreigen dich einmummst, stampfe du
Nicht zu hart den Boden und nicht, wo er grünet.
Welcher aber dich ärgerte, Mächtiger
Laß ihn dich loben.

EIN ALTER *Kreon den Bacchusstab gebend:*

Nicht zu tief wirf ihn hinab
Daß du ihn nicht mehr siehst
Dorten nämlich und auf den Grund
Gekommen, liegt dir der Nackte getrost. Der Scham
Ganz entäußert er sich; erschrocken und schrecklich
Wirft der Verworfne sich auf; der Entmenschte entsinnt sich
Einstiger, ausgelebter Gestalt und erhebt sich, ein Neuer.

DIE ALTEN

Duldend saßen im feuerzerfressenen Haus die Lachmyschen
Brüder
Modrig, mit Flechten genährt; immer die Winter
Schütteten Eis auf sie; und die Weiber, die ihren
Wohnten zur Nacht nicht da und saßen am Tage
Heimlich in Windeln purpurn. Und allezeit
Neigte zu Häupten ihnen das dräuende Kliff sich.
Doch nicht bevor Peleas
Zwischentrat, mit dem Stab sie teilend, wiewohl nur
Leicht sie berührend, standen sie auf und
Erschlugen der Peiniger alle.
Dies war diesen das ärgste, doch oft wird des Elends
Summe durchs Kleinste gerundet. Der blicklose
Schlaf im Jammer, als lägen in
Alterloser Zeit die Erschöpften, ist endlich.
Langsam und schnell, uneben, wachsen die Monde und
Schwinden hin, und alle die Zeit durch
Wächst das Übel, und schon ist
Über die letzte Wurzel gerichtet das Licht
In Ödipus' Häusern.
Und es fällt nicht in sich das Große; auf vieles dann
Fällt es. So wie wenn unten
Auf Pontischer See, bei übelwehenden
Thrazischen Winden, die Nacht unter dem Salze
Eine Hütte befallen: von Grund auf wälzt sie das dunkle
Gestad um, das zerzauste
Und vom Gestöhne rauschen die geschlagenen Ufer.

Hämon kommt hier, von deinen Söhnen
Der Jüngergeborene; bekümmert ist der
Daß ihm untergehen soll Antigone
Die junge Frau, die hochzeitliche
Vom tückischen Bett erkranket.

Auftritt Hämon.

KREON

Sohn, ein Geschwätz war da, du kämst
Der jungen Frau zulieb vor mich, nicht als zum Herrscher
Eher zum Vater, und, wär dem so
Kämst du vergebens ganz. Heimkehrend aus der Schlacht
Die günstig ging, durch vieler blutige Hingab
Traf einzig sie ich unbotmäßig, unserm Haus den Sieg
Mißgönnend, an, beschäftigt nur mit eigner Sach
Und übler auch.

HÄMON

Gleichwohl in dieser Sach
Komm ich und wünschend, dem Vater
Möcht die vertraute Stimme übel nicht lauten
Des, den er gezeugt, wenn sie dem Herrscher
Zuträgt das üble Gerücht.

KREON

Wenn einer freilich freche Kinder zeugte
Von dem könnt nur gesagt sein, daß er Mühe sich
Und viel Gelächter seiner Feinde zeugte. Saures
Ätzt Gaumen, und drum wird's geboten.

HÄMON

Von vielem Verwalter bist du. Wenn etwa du liebst
Gerüchte lieblich immer zu hören, nicht
Mühe zu sehr dich mit Aufwand: löse
Gleich wie ein nicht mehr steuernder Mann das Segel und
treibe!
Furchtbar ist dein Name dem Volke. So, auch wenn Großes
Aufflammt, Kleines würde dir zugetragen doch höchstens.
Doch ist's ein Vorteilhaftes bei Verwandtschaft

Daß alles so nicht nach Verdienst geht. Manche Schuld
Wird gar nicht eingefordert; und so können wir
Von Anverwandten manchmal Wahres hören
Weil wir, erzürnt, uns mäßigen für sie.
Sagen freilich kann es dir nicht Megareus, mein Bruder
Der vor Argos kämpfte und nicht zurück ist
Und die Furcht nicht kennt; so muß eben ich es dir sagen.
Wisse, die Stadt ist voll von innerer Unlust.

KREON

Und wisse du: verdirbt das Eingeborne
Dann nähr ich meinen Feind. Der unbestimmt ist
Und sich nicht kennt, noch findet, auch
Uneins noch im Verdruß, des Zinsens einer
Ein anderer des Kriegsdiensts überdrüssig
Gehalten beide aber unter mir und auseinander
Durch meine Speermacht. Doch wenn
Da Lücken sind und auch die Herrschaft uneins
Erscheint und schwankt und unbestimmt wird, dann
Find't sich der Kiesel zum Geröll und drückt
Sich an das Haus, das selbst sich aufgab. Sprich
Doch ich hör den, den ich erzeugt und den ich
Der Speere Stürmen vorgestellt, den Sohn.

HÄMON

Zwischen allem ist Wahrheit. Heißt es nicht:
Am lügenlosen Amboß stähle die Zunge? Die
Vom unbarmherzigen Hunde nicht wollte
Fressen lassen den Bruder: die Stadt
Ist mit ihr in diesem, gleichwohl verwerfend
Des Toten Untat.

KREON

Und 's ist nicht genug. Ich nenn das Schlaffheit.
Nicht, daß, was faul, ich abhau, ist genug –
Es muß am Markt sein, so dem andern Faulen
Recht unvergeßlich, daß ich Faules abhau.
Und meine Hand zeig, daß sie sicher trifft.

Du aber, wenig wissend von der Lag
Nichts wissend, rätst: blick dich unsicher um
Nimm anderer Gedanken, sprich in deren Sprach
Als ob die Obrigkeit die vielen Körper
Ausrichten könnt auf eine schwere Aufgab, wenn sie
Nichts als ein kleines Ohr ist und ein feiges.

DIE ALTEN

Doch frißt's viel Kraft, auf grausam Strafen denken.

KREON

Den Pflug zu Boden drücken, daß er pflügt, braucht Kraft.

DIE ALTEN

Doch milde Ordnung, spielend schafft sie viel.

KREON

Der Ordnungen sind viel. Doch: wer ordnet?

HÄMON

Wär ich auch nicht dein Sohn, ich sagte: du.

KREON

Doch wär's mir auferlegt, müßt ich's auf meine Weis' tun.

HÄMON

Auf deine Weis', doch sei's die richtige Weis'.

KREON

Nicht wissend, was ich weiß, könntst du's nicht wissen.
Bist du mir Freund, wie ich auch handeln mag?

HÄMON

Ich wollt, du handeltest, daß ich dir Freund sei
Doch sagtest nicht, du habest recht, kein andrer.
Denn wer allein hält von sich selbst, er habe
Gedanken nicht und Sprach und Seele wie ein andrer:
Wenn aufgeschlossen würd ein solcher Mensch
Erschien' er leer. An einem Manne aber
Wenn irgendwo ein Weiser ist, ist's keine Schande
Viel lernen und nichts gar zu weit betreiben.
Sieh, wie am Regenbache, der vorbeistürzt
Die Bäume all ausweichen, allen denen
Erwärmet ihr Gezweig; die aber gegenstreben

Sind gleich hin. Weiter, wenn ein habhaft Schiff
Sich breit macht und nicht weichen will in etwas:
Rücklings hinunter von den Ruderbänken
Muß das zuletzt den Weg und gehet scheitern.

DIE ALTEN

Gib nach, da wo der Geist ist, schenk uns Ändrung
Und nimm's aus uns, da wo wir kreatürlich zaudern
Und zaudre mit uns.

KREON

Und den Wagenlenker
Lenk das Gespann! Das willst du wohl?

HÄMON

Und das Gespann
Wenn in die Nüstern ihm vom Aase ein Geruch schlägt
Schindanger-her, könnt sich aufbäumen, wundernd
Wohin's getrieben, also scharf getrieben
Und in den Abgrund wirft es sich mit Rad und Lenker.
Wiss', daß die Stadt von Zweifels Stachel
Was ihr der Frieden droht, im Kriege schon verrückt
ist.

KREON

Da ist kein Krieg mehr. Dank für die Belehrung.

HÄMON

Dann auch, daß du, die Siegesfeier rüstend
Vorhabst, mit allen blutig aufzuräumen
Im Haus, die je dich ärgerten, war der Verdacht
Mir häufig anvertraut.

KREON

Von wem? Hier läg Verdienst für dich. Weit mehr
Als wenn du nur ihr Mund sein willst, die mir
Da so verdächtig von Verdacht herschwatzen.

HÄMON

Vergiß sie.

DIE ALTEN

Von der Herrscher Tugenden

Die heilsamste, so heißt's, ist: Gut vergessen.
Laß alt sein, was alt ist.

KREON

Da ich zu alt bin
Fällt's mit Vergessen bei mir schwer. Doch du
Könntest du nicht, wenn ich dich bät
Vergessen die, um die du dich so aussetz'st
Daß alle, die mir übelwollen, raunen:
Der, scheint's, ist von dem Weib ein Waffenbruder.

HÄMON

Ich bin's dem Recht, wo sich's auch weist.

KREON

Und wo's ein Loch hat.

HÄMON

Auch beleidigt schweigt nicht
Mir meine Sorg für dich.

KREON

Noch blieb dein Bett dir leer.

HÄMON

Das nennt ich dumm, käm's nicht vom Vater.

KREON

Das nennt ich frech, käm's nicht von Weibes Knecht.

HÄMON

Des Weibes lieber als dein Knecht sein will.

KREON

Jetzt ist's heraus und kann nicht mehr zurückgehn.

HÄMON

Und soll auch nicht. Du möchtest alles sagen
Und hören nichts.

KREON

So ist es. Und jetzt geh
Mir aus den Augen. Mach es nur wie die Memme, die
Sich auch gespart, in zweifelhafter Stunde.
Weg schafft die Brut, und gleich!

HÄMON

Und ich schaff mich weg, daß du keinen sehn mußt
Der aufrecht geht, und zitterst.
Hämon ab.

DIE ALTEN

Herr, der im Zorn da wegging, ist dein Jüngstgeborner.

KREON

Doch rettet er vom Tode nicht die Weiber.

DIE ALTEN

So denkst du beide also nun zu töten?

KREON

Nein, die sich fernhielt, nicht; da hast du recht.

DIE ALTEN

Und denkst du über jene nach, wie willst du töten?

KREON

Sie führen aus der Stadt, wo jetzt des Bacchus
Reigen die Sohlen der Meinen hebt; aber die Schuldige
Sei verwahrt, wo einsam der Menschen Spur ist
Lebend im Felsgrund, mit Hirse und Wein nur
Wie es den Toten gebührt; als wär: sie bestattet selbst.
So verfüg ich's.
Daß nicht die Stadt zuschanden mir werde vollends.
Kreon ab in die Stadt.

DIE ALTEN

Wie ein Wolkengebirg nun aber stehet es vor mir
Daß es die Stunde ist, da des Ödipus Kind in der Kammer
Fernher Bacchus hört und zum letzten Weg sich bereit
macht
Denn jetzt ruft er die Seinen, und immer nach Freude doch
dürstend
Gibt ihm unsere Stadt verhärmt die freudige Antwort.
Groß nämlich ist Sieg und unwiderstehlich ist Bacchus
Wenn er der Sorgenden naht und reicht ihr den Trank des
Vergessens.
Fort, an dem sie genäht, das Trauergewand für die Söhne

Wirft sie und hastet zur Orgie des Bacchus, suchend
Erschöpfung.
Die Alten holen sich Bacchusstäbe.
Geist der Lüste im Fleisch, dennoch
Sieger immer im Streit! Die blutsverwandt selbst
Wirft er untereinander, der mächtig Bittende.
Nie zuschanden wird der, es ist
Wer's an sich hat, nicht bei sich. Ergriffen rast er. Und
Regt sich unter dem Joch und macht dem
Frische Nacken. Fürchtend nicht
Den Odem der Salzgrub, noch das dünn-
Wandige Schiff auf den schwarzen Gewässern. Andere
Häute
Mischt er und wirft
Alle zusammen, aber verwüstet
Nicht das Erdreich mit der Gewalt der Hände, sondern
Friedlich ist er vom Anbeginne dem Werden großer
Verständigungen gesellet. Unkriegerisch nämlich
Spielt da die göttliche Schönheit mit.
Auftritt Antigone, geführt vom Wächter und gefolgt von Mägden.

DIE ALTEN

Jetzt aber komm ich, eben, selber
Aus dem Takte, und halten kann ich
Nicht mehr die Quelle der Tränen, da
Jetzt Antigone soll die Totengeschenke
Hirse und Wein, empfangen.

ANTIGONE

Bürger der Vaterstadt, seht
Mich gehn den letzten Weg
Und das letzte Licht
Anschauen der Sonne.
Und nie das wieder?
Denn der alle bettet einst, der Todesgott
Lebendige führt er mich

Zu des Acheron Ufer.
Und wird mir keine Hochzeit, kein
Bräutlich Lied feiert mich, Braut
Des Acheron bin ich.

DIE ALTEN

Aber bekannt gehst, geleitet mit Lob, du
Hin in diese, der Toten, Kammer.
Siechtum raffte dich nicht, des Eisens
Handlohn, das Eisen, empfingst du nicht.
Sondern dein eigen
Leben lebend, gehst du lebendig
Hinab in die Totenwelt.

ANTIGONE

Weh mir, sie spotten meiner!
Meiner, die noch nicht untergegangen
Die noch am Tag ist.
Stadt, und o meiner Stadt
Ihr vielbegüterten Männer! Doch, doch müßt
Ihr mir bezeugen dereinst, wie unbeweint
Von Lieben und nach was für
Gesetzen in die gegrabene Gruft ich
Ins unerhörte Grab muß. Ich
Den Sterblichen nicht
Und nicht den Schatten gesellt
Dem Leben, dem Tod nicht.

DIE ALTEN

Macht, wo es die gilt
Die weichet nicht. Die hat verderbt
Das zornige Selbsterkennen.

ANTIGONE

O mein Vater, o unglückliche Mutter
Von denen einmal ich Trübsinnige kam
Zu denen im Fluche
Mannlos zu wohnen, ich komme.
Oh, oh, mein Bruder

Süß zu leben, gefallen!
Mich auch, die nur noch da war
Ziehst mit du hinab.

EIN ALTER *eine Schale mit Hirse vor sie stellend:*
Aber der Leib auch Danaes mußte
Statt des himmlischen Lichts in Geduld
Das eiserne Gitter haben. Im Dunkeln lag sie.
Und doch war sie aus großem Geschlecht, Kind.
Und zählte dem Schöpfer der Zeit dann
Die Stundenschläge, die goldnen.

ANTIGONE
Jammervoll, hört ich, starb
Die aus Phrygien kam
Tantalos' Tochter, auf
Sipylos' Gipfel.
Höckricht worden sei die und, wie eins Efeuketten
Antut, in langsamen Fels
Zusammengezogen; und immerhin bei ihr
Wie Männer sagen, bleibt der Winter
Und waschet den Hals ihr unter
Schneehellen Tränen der Wimpern. Recht der gleich
Bringt mich ein Geist zu Bette.

EIN ALTER *einen Krug mit Wein vor sie stellend:*
Heilig gesprochen jedoch, heilig gezeuget
Ist die, wir aber Erd und irdisch gezeuget.
Freilich vergehst du, groß aber. Und nicht
Unähnlich göttlichen Opfern.

ANTIGONE
Und schon gebt ihr seufzend mich auf.
Nach oben blickt ihr ins Bläulichte, nimmer
Ins Aug mir. Und doch hab ich nur Heiligs
Heilig betrieben.

DIE ALTEN
Auch gehascht ward behend des Dryas Sohn in
Begeistertem Schimpf der Unbill von

Dionysos und mit stürzenden
Steinhaufen gedecket. Und kennen lernt' er
Im Wahnsinn tastend den Gott, mit schimpfender Zunge.

ANTIGONE

Und besser wär's auch, ihr
Sammeltet ein den Schimpf der Unbill und trocknet
Ihn mir von Zähren und nutzt ihn. Nicht
Weit blickt ihr.

DIE ALTEN

Aber bei kalkigen Felsen, wo
An beiden Enden Meer ist, an Bosporos' Ufern
Dort sah, nahe der Stadt, der Schlachtgeist zu, als beiden
Phineiden, den allzu weit
Blickenden, dann die Adleraugen
Mit Speeren durchstoßen wurden, und finster ward's
In den mutigen Augenzirkeln.
Aber des Geschicks ist furchtbar die Kraft.
Nicht Reichtum, der Schlachtgeist nicht
Kein Turm entrinnt ihm.

ANTIGONE

Nicht, ich bitt euch, sprecht vom Geschick.
Das weiß ich. Von dem sprecht
Der mich hinmacht, schuldlos; dem
Knüpft ein Geschick! Denkt nämlich nicht
Ihr seid verschont, ihr Unglückseligen.
Andere Körper, Zerstückte
Werden euch liegen, unbestattet, zu Hauf um den
Unbestatteten. Ihr, die dem Kreon den Krieg
Über unheimische Marken schlepptet, so viele
Schlachten auch dem glücken, die letzte
Will euch verschlingen. Ihr, die Beute rieft, nicht
Volle Wagen werdet ihr kommen sehen, sondern
Leere. Euch beweine ich, Lebende
Was ihr sehen werdet
Wenn mein Auge schon voll des Staubs ist! Liebliche Thebe

Vaterstadt! Und ihr, Dirzäische Quellen
Um Thebe rings, wo die Wagen
Hochziehn, oh, ihr Haine! Wie schnürt's mir den Hals zu
Was dir geschehen soll! Aus dir sind kommen
Die Unmenschlichen, da
Mußt du zu Staub werden. Sagt
Wer nach Antigone fragt, sie
Sahen ins Grab wir fliehn.
Antigone mit dem Wächter und den Mägden ab.

DIE ALTEN

Wandte sich um und ging, weiten Schrittes, als führe sie
Ihren Wächter an. Über den Platz dort
Ging sie, wo schon die Säulen des Siegs
Ehern errichtet sind. Schneller ging sie da;
Schwand.

Aber auch die hat einst
Gegessen vom Brot, das in dunklem Fels
Gebacken war. In der Unglück bergenden
Türme Schatten: saß sie gemach, bis
Was von des Labdakus Häusern tödlich ausging
Tödlich zurückkam. Die blutige Hand
Teilt's den Eigenen aus, und die
Nehmen es nicht, sondern reißen's.
Hernach erst lag sie
Zornig im Freien auch
Ins Gute geworfen!
Die Kälte weckte sie.
Nicht ehe die letzte
Geduld verbraucht war und ausgemessen der letzte
Frevel, nahm des unsehenden Ödipus
Kind vom Aug die altersbrüchige Binde
Um in den Abgrund zu schauen.
So unsehend auch hebt
Thebe die Sohle jetzt und taumelnd
Schmeckt sie den Trank des Siegs, den viel-

Kräutrigen, der im Finstern gemischt ist
Und schluckt ihn und jauchzt.
Tiresias, der Blinde, kommt hier, der Seher. Getrieben wohl
Vom üblen Gerücht wachsenden Zwists
Und unten kochenden Aufruhrs.

Auftritt Tiresias, geführt von einem Kind und gefolgt von Kreon.

TIRESIAS

Immer gemach, Kind, gehe du stetig
Unerschüttert vom Reigen, du
Führst. Der Führende
Folge dem Bacchus nicht:
Unvermeidlich ist Sturz dem, der zu hoch
Vom Boden die Sohle hebt.
Auch an den Säulen des Siegs
Stoße nicht an. Sieg
Schreien sie in der Stadt
Und die Stadt ist voll Narren!
Und es folgt
Der Blinde dem Sehenden, aber dem Blinden
Folgt ein Blinderer.

KREON *der ihm spottend gefolgt ist:*

Was ist das, was du murmelst
Mürrischer, da vom Krieg?

TIRESIAS

Das ist das, weil du tanzest
Närrischer, vor dem Sieg.

KREON

Störrischer Greis, Seher
Dessen, was nicht ist, aber
Rings errichtete Säulen, ragende
Siehest du nicht.

TIRESIAS

Sehe ich nicht. Und unverstellt

Bleibt der Verstand mir. Und drum komm ich
Ihr lieben Freunde. Denn auch des Lorbeers
Blätter, die fetten, weiß ich ja selten
Eh sie mir, dürre geworden, rascheln
Oder ich beiße sie an und schmecke
Bittres darin und weiß, es ist Lorbeer.

KREON

Feste hast du nicht gern. Sogleich dann
Sprichst du mit furchtbarerem Mund uns.

TIRESIAS

Furchtbares sah ich. Hört, was die Vogelschau
Der Thebe ausmacht, die so trunken
Vom frühen Sieg ist und vom dröhnenden
Geruf des Bacchusreigens taub: auf altem
Stuhl saß ich, wo vor mir ein Hafen aller Vögel.
Da hört ich in den Lüften es sich regen, mörderisch.
Und war ein Wüten, Sich-mit-Klauen-Zerrn
In schlachtendem Geflügel. Fürchtend
Prüft ich die schnell entzündeten Altäre. Und
An keiner Stelle fand ich gutes Feuer an. Nur Rauch
Wälzte sich tranig auf und des Opferviehs
Schenkel sahn offen aus dem Fett, das sie bedeckte.

DIE ALTEN

Sehr böses Zeichen, an des Sieges Tag
Und Freude fressendes Gerücht!

TIRESIAS

Dies wär der zeichenlosen Orgien tödliche Erklärung:
Du Kreon bist's, durch den die Stadt erkrankte.
Denn die Altäre sind und Feuerstellen
Entweiht von Hund und Vogel, die sich sättigten
Vom unschicklich gefallnen Sohn des Ödipus.
Drum nicht mehr rauscht der Vögel wohlbedeutendes
Geschrei her, denn es hat von totem Menschen
Das Fett gegessen. Aber den Göttlichen
Schmeckt solcher Rauch nicht. Drum

Weich du dem Toten und verfolge nicht
Den, der dahin ist!

KREON

Deine Vögel, Alter
Fliegen dir schön. Ich weiß das. Flogen sie
Doch auch für mich! Nicht eben ungeschult
Bin ich im Handel und der Seherkunst
Da ich nicht geizig bin. So steck dir
Elektrum ein von Sardes und von Indien Gold
Doch wiss', ich laß die Memme nicht begraben
Und fürcht Erkrankungen des Himmels nicht.
Kein Mensch regt Götter an, ich weiß das.
Es fallen aber, alter Mann
Von Sterblichen auch sehr gewaltige
Sehr wüsten Fall, wenn solche Worte sie
Die wüst sind, schön aussprechen, Vorteils wegen.

TIRESIAS

Ich bin zu alt, als daß ich um kleines
Zeitlein mich hinstellt.

KREON

Keiner ist so alt
Als daß er nicht gern älter würd.

TIRESIAS

Ich weiß.
Doch weiß ich mehr noch.

DIE ALTEN

Sag's, Tiresias.
Herr, laß den Seher sich vernehmen.

KREON

Sag's, auf jede Art, nur laß das Feilschen.
Die Seherzunft liebt nämlich all das Silber.

TIRESIAS

Tyrannen bieten's, hört ich.

KREON

Und wenn eines blind ist

Dann beißt man in die Münze und man weiß:
's ist Silber.

TIRESIAS

Und ich wollt, du bötst mir keines.
Denn keiner weiß im Krieg, was er behält.
Sei's Silber, seien's Söhne, sei's die Macht.

KREON

Der Krieg ist aus.

TIRESIAS

Ist er's?
Ich fragt dich was!
Da ich, wie du mir sagst, nichts weiß
Muß unsereiner fragen. Da ich ins Zukünftige
Wie du mir sagst, nicht schaun kann, muß ich
Ins Jetzige und Vergangne sehn und bleib
In meiner Kunst so und ein Seher. Zwar, ich seh
Nur, was ein Kind sieht: daß den Siegessäulen
Das Erz recht dünn ist; sag ich: weil man noch
Viel Speere macht. Daß man fürs Heer
Jetzt Felle näht; sag ich: als käm ein Herbst.
Und daß man Fische dörrt, als gäb's ein Winterlager.

DIE ALTEN

Ich dacht, das war, bevor der Schlachtsieg war
Und ist jetzt abbestellt? Und Beute käm
Mit Erz und Fisch aus Argos jetzt?

TIRESIAS

Und Wächter gibt es Haufen; ob sie viel
Ob wenig sie bewachen, niemand weiß es. Aber großes
Zerwürfnis gibt's in deinem Haus und kein Vergessen
Nach glücklichem Geschäfte üblich. Und es heißt
Daß Hämon ging, dein Sohn, von dir verstört
Weil du Antigone, ihm anverlobt
In einen Felsgrund warfst, wie die dem Bruder
Dem Polyneikes, wollt ein Grab aufmachen
Weil du den niederschlugst und grablos ließest

Wie er sich wider dich erhob, weil ihm
Dein Krieg den Bruder nahm, Eteokles.
So weiß ich grausam dich in Grausamkeit verstrickt
Und, da ich nicht von Silber dumm bin, frag ich
Die zweite Frag: warum du grausam bist
Kreon, Menökeus' Sohn. Ich mach dir's leichter:
Ist's, weil es dir für deinen Krieg an Erz fehlt?
Was ist's, das du gemacht hast, Törichts oder Übles
Daß du jetzt Übles machen mußt und Törichts weiter?

KREON

Du doppelzüngiger Schurk!

TIRESIAS

Halbzüngiger wär schlimmer.
Ich hab jetzt meine Doppelantwort, sie heißt: keine.
Und ich verknüpfe nichts mit nichts und sag:
Mißwirtschaft schreit nach Großen, findet keine.
Krieg geht aus sich heraus und bricht das Bein.
Raub kommt von Raub und Härte brauchet Härte
Und mehr braucht mehr und wird am End zu nichts.
Und hab ich so zurückgeschaut und um mich
Schaut ihr voraus und schaudert.
Führ mich fort, Kind.
Tiresias ab, geführt vom Kind.

DIE ALTEN

Herr, und wäre mein Haar
Eben noch schwarz gewesen, es wäre
Jetzt doch weiß. Der zornige Mann
Schlimmes hat er gesagt
Schlimmeres nicht gesagt.

KREON

Und so sag ich: warum
Was nicht gesagt ist, erörtern?

DIE ALTEN

Kreon, Sohn des Menökeus, wann
Kehren die Jungen zurück zur

Männerleeren Stadt und wie
Fähret dein Krieg, Kreon, Sohn des Menökeus?

KREON

Da nun jener übelwollend ein Auge
Auf dieses gelenkt hat, sag ich's: den uns das tückische
Argos gemacht hat, der Krieg, am Ende
Ist er noch nicht und fähret
Nicht zu gut. Als ich den Frieden befahl
Fehlte ein kleines nur und dies
Durch Polyneikes' Verrat.
Aber gezüchtigt liegt
Der und die ihn beweint.

DIE ALTEN

Und nicht am Ende
Ist auch dieses; denn abwandte
Sich von dir, der die Stürme der Speere
Hier dir führt, der Jüngergeborene
Hämon, der Sohn.

KREON

Und auch nicht begehr ich ihn
Irgend mehr. Mir aus den Augen und euch
Soll er, der mich verließ
Ob kleinlicher Sorg für sein Bette.
Denn noch kämpft mir Megareus, der Sohn
Werfend in unaufhörlichen Schwüngen
Auf der Argiver wankendes Mauerwerk
Thebes erzgewappnete Jugend.

DIE ALTEN

Die nicht unerschöpfliche.
Kreon, Sohn des Menökeus
Immer folgten wir dir. Und Ordnung
War in der Stadt; und hieltst uns vom Halse
Unsere Feinde allhier, unterm thebanischen Dach
Räuberisch Volk, das nichts hat und gut im Kriege
versorgt ist

Und die von Zwietracht leben, die Schreier mit
Langen Mägen und großen Lungen am Marktplatz
Redend, weil sie bezahlt sind, oder, weil nicht bezahlt.
Jetzt schreien sie wieder und haben
Mißlichen Stoff auch: hast du denn
Etwa allzu Gewaltiges anbegonnen, Sohn des Menökeus?

KREON

Da ich auf Argos zog
Wer hat mich geschickt? Das Erz im Speer ging
Erz zu holen im Berg
Auf euer Geheiß; denn Argos
Reich ist's an Erz.

DIE ALTEN

Und so an Speeren reich, wie's scheint. Manches
Üble hörten wir da und verwarfen's, dir vertrauend
Mit den Berichtern und stopften das Ohr zu
Fürchtend die Furcht. Und schlossen das Auge, wenn enger
Du den Zügel zogst; nur einen noch
Zug am Zügel und eine Schlacht noch
Sagtest du, braucht's; doch jetzt
Fängst du schon an, mit unseresgleichen zu handeln
Als mit dem Feind. Und grausam
Führst du den Doppelkrieg.

KREON

Den euren!

DIE ALTEN

Den deinen!

KREON

Hab ich erst Argos
Ist es wohl wieder der eure gewesen! Genug das!
So also hat sie, die Aufsässige
Euch verstört und die auf sie hörten!

DIE ALTEN

Freilich hatte die Schwester ein Recht, den Bruder zu
bergen.

KREON

Freilich hatte der Feldherr ein Recht, den Verräter zu züchtigen.

DIE ALTEN

Nackicht geltend gemacht, stürzt uns Recht und Recht in den Abgrund.

KREON

Krieg schafft neues Recht.

DIE ALTEN

Und lebt von dem alten.
Und es frißt sich selber der Krieg, dem, was er da braucht, nicht gegeben.

KREON

Undankbare! Fresser der Fleische, aber
Des Kochs blutige Schürze gefällt nicht! Sandelholz
Gab ich euch für die Häuser, in die nicht
Lärm von Schwertern dringt, wuchs aber in Argos!
Und noch keiner hat mir die Erzplatt' zurückgeschickt
Die ich, aus Argos, geholt, doch drüber gebückt
Schwatzt ihr über Gemetzel dort und beklagt meine Rauheit.
Größre Entrüstung bin ich gewöhnt, wenn die Beute nicht einläuft.

DIE ALTEN

Mann, wie lange noch soll Thebe dir mannlos gehn?

KREON

Bis ihre Männer ihr das reichliche Argos erkämpften.

DIE ALTEN

Ruf sie zurück, Unseliger, ehe sie hin sind!

KREON

Leerer Hände? Den Auftrag müßt ihr beeiden!

DIE ALTEN

Leerer Hände und ohne Hände, alles was noch Fleisch und Blut ist!

KREON

Freilich. Gleich fällt Argos, gleich dann ruf ich sie.
Und mein Erstgeborner, Megareus, wird sie euch bringen.
Und seht zu, daß Tür und Tor nicht etwa zu klein sind
Hoch genug für solche nur, die sich niedrig bewegen.
Schultern von Männern größeren Ausmaßes könnten
ansonsten
Hier ein Palasttor und dort ein Schatzkämmertürchen mit
eindrücken.
Und sie mögen euch auch mit solcher Freude ergreifen
Daß sie beim Wiedersehn euch Hände und Arme selbst
Aus den Gelenken schütteln. Und presset stürmisch
An die ängstliche Brust der Panzer, achtet der Rippen!
Denn ihr werdet am freudigen Tage mehr nacktes Eisen
sehn
Als am verwaisten. Mancher zögernde Sieger
Ward schon mit Ketten bekränzt und tanzte mit sinkenden
Knieen.

DIE ALTEN

Elender, willst du uns drohn mit den Eigenen? Willst du
die Eigenen
Peitschen auf uns jetzt?

KREON

Ich will's
Mit dem Sohn, mit Megareus, besprechen.
Auftritt ein Bote aus der Schlacht.

BOTE

Herr! Steife dein Genick! Ein Abgesandter
Des Unglücks bin ich! Halt die hastige Feier
Des allzu früh geglaubten Siegs! In neuer Schlacht
Geschlagen ist dein Heer vor Argos, auf der Flucht.
Dein Sohn Megareus ist nicht mehr. Zerstückt
Liegt er auf Argos' hartem Boden. Als du
Des Polyneikes Flucht geahndet und die vielen
Die das im Heer verübelten, gefaßt

Und öffentlich gehängt und selber
Zurückgeeilt nach Theben warst, trieb gleich
Dein Erstgeborner uns aufs Neue vorwärts.
Die Stürme, von dem Blutbad in den eignen
Reihn noch nicht ausgeschlafen, hoben müd nur
Die Beile, naß noch von thebanischem Blut
Wider das Argosvolk. Und allzu viele
Gesichter rückgewandt nach dem Megareus, der
Um ihnen fürchterlicher als der Feind zu sein
Vielleicht sie mit zu rauher Stimme antrieb.
Jedoch das Schlachtenglück schien mit uns erst.
Der Kampf erzeugt ja seine eigne Kampflust
Und Blut riecht gleich, ob eignes oder andres
Und es berauscht. Was Tapferkeit nicht kann
Kann Furcht. Doch das Gelände
Und Ausrüstung und Nahrung spielen auch mit.
Und, Herr, das Argosvolk focht abgefeimt.
Die Weiber fochten und die Kinder fochten.
Eßkessel, lang schon ohne Eßbares
Von ausgebrannten Firsten wurden sie mit kochendem
Wasser auf uns gestürzt; selbst heilgebliebne Häuser
In unserm Rücken angefeuert, so als dächte
Keiner mehr jemals wo zu hausen. Denn zu Schanzzeug
Und Waffe wurde Hausgerät und Wohnung.
Doch immer trieb dein Sohn uns vor und trieb
Uns tiefer in die Stadt, die sich, verheert
Jetzt in ein Grab verwandelte. Die Trümmerstätten
Begannen uns zu trennen voneinander. Rauch von all
Den eingenommnen Vierteln, Feuermeeren
Verhüllte uns die Aussicht. Feuer fliehend
Und Feinde suchend, stießen wir auf Eigne.
Und keiner weiß, von welcher Hand dein Sohn fiel.
Die Blüte Thebes, alles ist verschwunden
Und nicht mehr lang kann Thebe selber stehn; denn

Herauf kommt nun das Argosvolk mit Mann und Wagen
Auf allen Straßen. Und ich, der's gesehen
Ist froh, daß er schon hin ist.
Er stirbt.

DIE ALTEN
Weh uns!

KREON
Megareus! Sohn!

DIE ALTEN
Versäum nicht
Zeit mit Klage. Sammle die Stürme!

KREON
Sammle das Nichts! Im Sieb!

DIE ALTEN
Im Siegesrausch
Hüpft die Thebe und allherauf
Mit grauem Eisen ziehet der Feind!
Uns zur Täuschung
Gabst du das Schwert weg. Jetzt
Magst du des andern Sohns dich erinnern.
Hole den Jüngeren!

KREON
Ja, Hämon, letzter! Ja, mein Jüngstgeborner!
Komm jetzt zu Hilf im großen Verfalle! Vergiß
Was ich gesagt, denn da ich mächtig war
War ich nicht meiner Sinne mächtig.

DIE ALTEN
Zum Felsgrund
Eile und löse die Grabschütterin schnell
Antigone löse!

KREON
Wenn ich die ausgrab
Steht ihr zu mir dann? Ihr habt
Alles geduldet, wo ihr's nicht fordertet. Das
Verwickelt euch!

DIE ALTEN

Geh!

KREON

Beile! Beile!

Kreon ab.

DIE ALTEN

Endet den Reigen!

DIE ALTEN *die Becken schlagend:*

Geist der Freude, der du von den Wassern
Welche Kadmos liebte, aller Stolz bist
Komme, wenn du sie zu sehn begehrst noch einmal
Deine Stadt, und reise schnell und komme
Noch vor Nachtanbruch, denn später
Ist sie nicht mehr.
Hier nämlich, Freudengott
In der Mutterstadt, der Bacchantischen
In Thebe wohntest du, an Ismenos kaltem Bach.
Der Opferrauch, der wohlgestalt ist über
Des Daches Schultern, hat dich gesehen.
Ihrer vielen Häuser nicht das Feuer
Nicht den Rauch vom Feuer und vom Rauche
Nicht den Schatten magst du treffen.
Die für tausend Jahre, ihre Kinder
Sich schon sahen an den fernsten Meeren sitzend
Haben morgen, haben heute
Kaum den Stein, ihr Haupt zu betten.
Am Cocytus, zu deiner Zeit
Freudengott, saßest du mit den Liebenden
Und in Kastalias Wald. Doch
Auch die Schmiede hast du besucht und prüftest
Mit dem Daumen lächelnd die Schärfe der Schwerte.
Oftmals gingest du nach der Thebe
Unsterblichen Sängen
In den Gassen, da sie noch frohlockten.
Ach, die Eisen hauten in das Eigne

Doch den Arm frißt dennoch die Erschöpfung!
Ach, Gewalttat braucht ein Wunder
Und die Milde braucht ein wenig Weisheit.
Also jetzt der viel
Geschlagene Feind, über unsern
Palästen steht er und weist
Voll blutiger Speere, rings
Das siebentorige Maul;
Und davon geht er nicht
Ehe von unsrem
Blut er die Backen gefüllt.
  Dort aber naht der Mägde eine
  Teilend der Flieh'nden Gewühl, mit Botschaft
  Sicher von Hämon, welchen der Vater
  Vor die rettenden Stürme gestellt hat.
Auftritt eine Magd als Botin.

BOTIN

Oh, viel verbraucht! Oh, letztes Schwert zerbrochen!
Hämon ist hin, von eignen Händen blutend.
Ich war ein Augenzeuge; was bevor geschehn
Hab ich von Knechten, gehend mit dem Herrn
Zum hohen Felde, wo, vom Hund zerfleischt
Der arme Leichnam lag des Polyneikes.
Sie wuschen schweigend ihn und legten ihn
In frische Zweige, soviel übrig war
Und einen kleinen Hügel sorgsam
Erbauten sie von heimatlicher Erde.
Vorausgeeilt mit andern, nahte sich der Herr
Dem Grab im Felsgrund, wo wir Mägde standen.
Es hörte aber eine eine Stimme
Und laute Klage rufen in der Kammer
Und lief dem Herrn entgegen, ihm's zu sagen.
Der eilte sich; und wie er ging, umgab
Ihn merkbarer die dunkle, mühesel'ge Stimme.
Dann schrie er auf, nah dran, und ärmlich klagend

Sah er den Riegel an, der aus der Mauer
Gerissen war, und sagte schwierig, doch
Als glaubte er sich selbst: »Das ist nicht Hämons
Des Kindes Stimme.« Des geängstigten
Herrn Wort nach forschten wir. Darauf
Zuhinterst in den Gräbern sehen wir
Am Nacken hängend sie, Antigone
Aus Linnen eine Schlinge um den Hals
Und ihn, dahingestreckt zu ihren hohen Füßen
Jammernd ums Brautbett und den Abgrund drunten
Und um des Vaters Werk. Der, wie er's sieht
Gehet hinein zu ihm und spricht ihn an:
»Oh, komm heraus, mein Kind, fußfällig bitt ich.«
Kalt blickend, nichts entgegensagend, starrt
Entgegen ihm der Sohn
Und zieht das Schwert, zweischneidig gegen ihn.
Und da der Vater, aufgeschreckt, zur Flucht
Sich wandte, fehlte er.
Weiter nichts sagend
Stößt er sich stehend, langsam, die Spitze
Des Schwerts in seine eigne Seite. Wortlos fällt er.
Das Tote liegt beim Toten, bräutliche
Erfüllung trifft es schüchtern in den Häusern
Der untern Welt. Dort kommt der Herr jetzt selbst.

DIE ALTEN

Aus ist die Stadt uns, Zügel gewohnt und
Ohne Zügel. Auf Weiber gestützet
Kommt der Vereitelte und
Ein großes Angedenken in Händen trägt er
An dummes Rasen . . .

Auftritt Kreon, den Rock des Hämon tragend.

KREON

Seht, was ich da hab. 's ist der Rock. Ich hab geglaubt
Es könnt ein Schwert sein, was ich holen ging. Früh ist's
Mir verstorben, das Kind. Noch eine Schlacht

Und Argos läg am Boden! Aber was da aufkam
An Mut und Äußerstem, das ging nur gegen mich.
So fällt jetzt Thebe.
Und fallen soll es, soll's mit mir, und es soll aus sein
Und für die Geier da. So will ich's dann.
Kreon ab mit Mägden.

DIE ALTEN

Und wandte sich um und ging, in
Händen nicht mehr als ein blutbefleckt
Tuch von des Labdakus ganzem Haus
In die stürzende Stadt hin.

Wir aber
Folgen auch jetzt ihm all, und
Nach unten ist's. Abgehaun wird
Daß sie nicht zuschlag mehr
Uns die zwingbare Hand. Aber die alles sah
Konnte nur noch helfen dem Feind, der jetzt
Kommt und uns austilgt gleich. Denn kurz ist die Zeit
Allumher ist Verhängnis, und nimmer genügt sie
Hinzuleben, undenkend und leicht
Von Duldung zu Frevel und
Weise zu werden im Alter.

Neuer Prolog zu »Antigone«*

Auf die Bühne treten die Darsteller der Antigone, des Kreon und des Sehers Tiresias. Zwischen den beiden anderen stehend, wendet sich der Darsteller des Tiresias an die Zuschauer:

Freunde, ungewohnt
Mag euch die hohe Sprache sein
In dem Gedicht, tausende Jahre alt
Das wir hier einstudiert. Unbekannt
Ist euch der Stoff des Gedichts, der den einstigen Hörern
Innig vertraut war. Deshalb erlaubt uns
Ihn euch vorzustellen. Das ist Antigone
Fürstin aus dem Geschlecht des Ödipus. Das hier
Kreon, Tyrann der Stadt Theben, ihr Oheim. Ich bin
Tiresias, der Seher. Dieser da
Führt einen Raubkrieg gegen das ferne Argos. Diese
Tritt dem Unmenschlichen entgegen, und er vernichtet sie.
Aber sein Krieg, nun unmenschlich geheißen
Bricht ihm zusammen. Die unbeugsam Gerechte
Nichtachtend des eignen geknechteten Volkes Opfer
Hat ihn beendet. Wir bitten euch
Nachzusuchen in euren Gemütern nach ähnlichen Taten
Näherer Vergangenheit oder dem Ausbleiben
Ähnlicher Taten. Und nunmehr
Werdet ihr uns und die anderen Schauspieler
Ein um den andern den kleinen Schauplatz
Im Spiele betreten sehn, wo einst unter den

* Für die Aufführung in Greiz 1951 schrieb Brecht einen Prolog, der an Stelle des Vorspiels stand.

Tierschädeln barbarischen Opferkults
Urgrauer Zeiten die Menschlichkeit
Groß aufstand.

Die Darsteller begeben sich nach hinten, und auch die anderen Darsteller betreten die Bühne.

Zu »Die Antigone des Sophokles«

Vorwort zum Antigonemodell 1948

1

Der totale materielle und geistige Zusammenbruch hat zweifellos in unserem unglücklichen und Unglück schaffenden Land einen vagen Durst nach Neuem erzeugt und, was die Kunst anbetrifft, wird sie, dem Vernehmen nach, hie und da ermutigt, Neues zu versuchen. Da freilich große Verwirrung darüber zu bestehen scheint, was alt und was neu ist, auch Furcht vor der Rückkehr des Alten sich mit Furcht vor der Einkehr des Neuen mischt, und überdies die Besiegten vielerorts angewiesen werden, den Nazismus lediglich geistig und seelisch zu überwinden, werden die Künstler gut tun, nicht blindlings auf die Beteuerung zu vertrauen, daß Neues willkommen sei. Jedoch kann die Kunst sich nur orientieren, indem sie fortschreitet, und sie muß es tun mit den fortschrittlichen Teilen der Bevölkerung und nicht etwa von ihnen weg; mit ihnen muß sie aus dem Zustand des Wartens auf Behandlung zum Handeln kommen und in dem allgemeinen Verfall an irgendeinem Ort beginnen. Sie wird es keineswegs leicht haben, wieder zu ihren Mitteln zu kommen und sie durch neue zu ergänzen. Der schnelle Verfall der Kunstmittel unter dem Naziregime ging anscheinend nahezu unmerklich vor sich. Die Beschädigung an den Theatergebäuden ist heute weit auffälliger als die an der Spielweise. Dies hängt damit zusammen, daß die erstere beim Zusammenbruch des Naziregimes, die letztere aber bei seinem Aufbau erfolgte. So wird tatsächlich jetzt noch von der »glänzenden« Technik der Göringtheater gesprochen, als wäre solch eine Technik übernehmbar, gleichgültig, auf was da ihr Glanz nun gefallen war. Eine Technik, die der Verhüllung der gesellschaftlichen Kausalität diente, kann nicht zu ihrer Aufdeckung verwendet werden. Und es

ist Zeit für ein Theater der Neugierigen! Die bürgerliche Gesellschaft, die anarchisch produziert, wird nur in der Katastrophe ihrer Bewegungsgesetze gewahr: erst der einstürzende Dachfirst enthüllt, wie Marx sagt, ihr auf den Kopf krachend, das Gesetz der Schwerkraft. Aber das Unglück allein ist ein schlechter Lehrer. Seine Schüler lernen Hunger und Durst, aber nicht eben häufig Wahrheitshunger und Wissensdurst. Die Leiden machen den Kranken nicht zum Heilkundigen; weder der Blick aus der Nähe noch der aus der Ferne machen den Augenzeugen schon zum Experten. Wenn das Theater imstande ist, die Wirklichkeit zu zeigen, muß es auch noch imstande sein, ihre Betrachtung zum Genuß zu machen. Wie nun ein solches Theater machen? Es ist schlimm an Ruinen, daß das Haus weg ist, aber der Platz ist auch nicht mehr da. Und die Baupläne, scheint es, gehen niemals verloren. So läßt der Aufbau die Lasterhöhlen und Krankheitsherde wiedererstehen. Fieberhaftes Leben gibt sich als besonders starkes Leben aus: niemand tritt so kräftig auf wie die Rückenmärkler, die das Gefühl in den Fußsohlen verloren haben. Und dabei ist es doch das Schwierige bei der Kunst, daß sie ihre Geschäfte, und seien es die aussichtslosesten, mit vollkommener Leichtigkeit betreiben muß.
So mag es gerade in der Zeit des Wiederaufbaus nicht eben leicht sein, fortschrittliche Kunst zu machen. Dies sollte uns anfeuern.

2

Für das vorliegende theatralische Unternehmen wurde das Antigonedrama ausgewählt, weil es stofflich eine gewisse Aktualität erlangen konnte und formal interessante Aufgaben stellte. Was das stofflich Politische betrifft, stellten sich die Analogien zur Gegenwart, die nach der Durchrationalisierung überraschend kräftig geworden waren, freilich als eher nachteilig heraus: die große Figur des Widerstands im antiken Drama repräsentiert nicht die Kämpfer des deutschen Widerstands, die uns am bedeutendsten erscheinen müssen. Ihr Gedicht konnte hier nicht geschrieben werden, und dies ist um so bedauerlicher, als heute so wenig geschieht, sie in Erinnerung, und so viel, sie in Vergessenheit zu bringen. Daß von ihnen auch hier nicht die Rede ist, wird nicht jedem ohne weiteres klar sein, und nur der, dem es klar ist, wird das Maß von Fremdheit aufbringen, das nötig ist, soll das Sehenswerte dieses Antigonestückes, nämlich die Rolle der Gewaltanwendung bei dem Zerfall der Staatsspitze, mit Gewinn gesehen werden. Auch das Vorspiel konnte da nicht mehr tun, als einen Aktualitätspunkt zu setzen und das subjektive Problem zu skizzieren. Das Antigonedrama rollt dann objektiv, auf der fremden Ebene der Herrschenden, das Gesamtgeschehen auf. Diese Möglichkeit, eine Staatsaktion von Ausmaß zu objektiver Darstellung zu bringen, war jedoch gerade durch den (andererseits fatalen) Umstand gegeben, daß das alte Stück durch seine historische Entrücktheit nicht zu einer Identifizierung mit der Hauptgestalt einlud. Auch seine formalen Elemente epischer Art kamen hier zu Hilfe und bildeten für sich selbst Interessantes für unser Theater.

Die hellenische Dramaturgie versucht durch gewisse Verfremdungen, besonders durch die Einschnitte für die Chöre, etwas von der Freiheit der Kalkulation zu retten, die Schiller nicht weiß, wie sicherzustellen.[1] Im übrigen handelt es sich in

1 »Die dramatische Handlung bewegt sich vor mir, um die epische bewege ich mich selbst, und sie scheint gleichsam stille zu stehen. Nach meinem Bedünken liegt viel in diesem Unterschied. Bewegt sich die Begebenheit vor mir, so bin ich streng an die sinnliche Gegenwart gefesselt, meine Phantasie verliert alle Freiheit, es entsteht und erhält sich eine fortwährende Unruhe in mir, ich muß immer beim Objekte bleiben, alles Zurücksehen, alles Nachdenken ist mir versagt, weil ich einer fremden Gewalt folge. Beweg ich mich um die Begebenheit, die mir nicht entlaufen kann, so kann ich einen ungleichen Schritt halten, ich kann nach meinem subjektiven Bedürfnis mich länger oder kürzer verweilen, kann Rückschritte machen oder Vorgriffe tun und so fort.«

Briefwechsel mit Goethe. 26. 12. 1797

keiner Weise darum, etwa durch das Antigonedrama oder für dasselbe den »Geist der Antike zu beschwören«, philologische Interessen konnten nicht bedient werden. Selbst wenn man sich verpflichtet fühlte, für ein Werk wie die »Antigone« etwas zu tun, könnten wir das nur so tun, indem wir es etwas für uns tun lassen.

3

Da es sich weniger darum handelte, daß sich eine neue Dramaturgie, mehr darum, daß sich eine neue Spielweise an einem antiken Stück versuche, kann die neue Bearbeitung nicht in der üblichen Weise den Theatern zur freien Gestaltung übergeben werden. Es wurde ein verpflichtendes Aufführungsmodell hergestellt, das aus einer Sammlung von Photographien nebst erklärenden Anweisungen ersichtlich ist.
Ein solches Modell steht und fällt natürlich mit seiner Nachahmbarkeit und Variabilität. Das Ganze oder gewisse Teile mögen bei der Wiedergabe nichts Lebendiges hervorrufen; das Ganze oder solche Teile wären dann aufzugeben. Ein Modell kann nicht auf Tonfällen beruhen, deren Reiz durch besondere Stimmen, auf Gesten und Gängen, deren Schönheit durch besondere körperliche Eigenschaften entsteht: derlei hat nicht Modellwert, es ist sozusagen beispiellos und nicht beispielhaft. Damit etwas mit Gewinn nachgeahmt werden kann, muß es vorgemacht sein. Die aktuale Leistung bei der Benutzung von Modellen kann dann eine Mischung von Beispielhaftem und Beispiellosem sein.
Der Vorschlag, ein Modell zu benutzen, enthält eine klare Herausforderung an die Künstler einer Zeit, die nur dem »Ursprünglichen«, »Unvergleichlichen«, »Niedagewesenen« applaudiert und die das »Einmalige« fordert. Sie mögen durchaus erkennen, daß ein Modell keine Schablone ist, aber in ihrer Arbeitsweise doch nichts finden, was ihnen hülfe, Modelle zu benutzen. Es fällt ihnen schwer genug, jung ihre

Vorbilder zu vergessen, nun haben sie gelernt, alles an ihren Rollen selbst, ganz aus dem, was das Selbst ausmacht, zu kreieren. Wo bleibt, werden sie fragen, bei Modellbenutzung das Schöpferische? Die Antwort ist, daß die moderne Arbeitsteilung auf vielen wichtigen Gebieten das Schöpferische umgeformt hat. Der Schöpfungsakt ist ein kollektiver Schöpfungsprozeß geworden, ein Kontinuum dialektischer Art, so daß die isolierte ursprüngliche Erfindung an Bedeutung verloren hat. Der anfänglichen Erfindung eines Modells braucht wirklich nicht allzuviel Gewicht beigelegt zu werden, bringt doch der Schauspieler, der es benutzt, sogleich sein Persönliches hinein. Es steht ihm frei, Abänderungen des Modells zu erfinden, solche nämlich, die das Wirklichkeitsabbild, das er zu geben hat, wahrheitsgetreuer und aufschlußreicher oder artistisch befriedigender machen. Die choreographischen Figuren (Stellungen, Bewegungen, Gruppierungen und so weiter)[1] können sowohl knechtisch als auch souverän behandelt werden; souverän allerdings nur dadurch, daß die Wirklichkeit frei einströmt. Die Abänderungen, richtig vorgenommen, haben selber modellhaften Charakter, der Lernende verwandelt sich in den Lehrer, das Modell ändert sich.
Denn das Modell ist wahrhaftig nicht aufgestellt, die Aufführungsweise zu fixieren, ganz im Gegenteil! Auf der Entwicklung liegt das größte Gewicht, die Änderungen sollen provoziert und wahrnehmbar gemacht werden, an die Stelle der sporadischen und anarchischen Schöpfungsakte sollen Schöpfungsprozesse mit schritt- oder sprunghaften Änderungen treten.[2] Das Modell, in einundeinhalb Dutzend Proben

1 Für Gruppierung und Maskierung wurden übrigens Nehersche Skizzen verwendet, so daß die Modellbauer selber sozusagen schon nach Vorlage arbeiteten.

2 Der erste Versuch, Modelle epischen Theaters zu benutzen, wurde von R. Berlau in Kopenhagen unternommen. Sie benutzte für »Die Mutter« und »Die Gewehre der Frau Carrar« mit der Volksschauspielerin Dagmar Andreasen Photographien früherer Aufführungen. Die Wlassowa der

am Stadttheater in Chur hergestellt, ist von vornherein als unfertig zu betrachten; gerade daß seine Mängel nach Verbesserungen schreien, sollte die Theater einladen, es zu benutzen.

4 Die Nehersche Antigonebühne

Vor einer Halbrunde von Schirmen, beklebt mit geröteten Binsen, stehen lange Bänke, auf denen die Schauspieler ihr Stichwort abwarten können. In der Mitte lassen die Schirme eine Lücke, in der die sichtbar bediente Schallplattenapparatur steht und durch welche die Schauspieler, wenn mit ihrer Rolle fertig, abgehen können. Das Spielfeld wird durch vier Pfähle gebildet, von denen die Skelette von Pferdeschädeln hängen. Im Vordergrund steht auf der linken Seite das Gerätebrett mit den Bacchusstabmasken, dem kupfernen Lorbeerkranz des Kreon, der Hirseschale und dem Weinkrug für Antigone und dem Hocker für Tiresias. Später wird Kreons Schlachtschwert von einem der Alten hier aufgehängt. Auf der rechten Seite steht das Gerüst mit der Eisenplatte, die von einem der Alten zu dem Chorlied »Geist der Freude, der du von den Wassern« mit der Faust angeschlagen wird. Für das Vorspiel ist eine geweißte Wand an Drähten herabgelassen. Sie hat eine Tür und einen Wandschrank. Vor ihr stehen ein Küchentisch und zwei Stühle, und rechts vorn liegt ein Sack. Über der Wand wird zu Beginn eine Tafel mit Ort- und Zeitangabe herabgelassen. Es gibt keinen Vorhang.
Die Schauspieler sitzen deshalb offen auf der Bühne und nehmen erst beim Betreten des (sehr hell erleuchteten) Spielfelds die ausgemachten Haltungen der Figuren an, damit das Publikum sich nicht auf den Schauplatz der Handlung versetzt glauben kann, sondern der Ablieferung eines antiken Gedichts,

Andreasen und ihre Carrar unterschieden sich völlig von den Figuren der Weigel. Der Versuch gereichte sowohl ihr als der Weigel, die etwas veränderbar Nachahmbares geschaffen hatte, zur Ehre.

wie immer es restauriert sein mag, beizuwohnen eingeladen wird.
Es gab eine erste und eine zweite Konzeption der Bühne. In der ersten bildeten die Bänke der Schauspieler sozusagen den Ort des alten Gedichts. Der Schirm hinter ihnen bestand aus ochsenblutfarbenen Blachen, die an Segel und Zelte erinnerten, und die Pfähle mit den Pferdekopfskeletten standen dazwischen. Das Spielfeld sollte lediglich grell beleuchtet und durch niedrige Fähnchen markiert werden. Die säkularisierte Fassung wäre so vom alten Gedicht sichtbar getrennt gewesen. Die Konzeption erregte uns dann mehr und mehr Unbehagen, bis wir entschlossen die erneuerte Handlung ebenfalls zwischen die barbarischen Kriegskultpfähle legten.
In einer dritten Konzeption könnte man, bei Weglassung des Vorspiels, statt der Schirme hinter den Bänken eine Tafel mit der Darstellung einer modernen Trümmerstadt aufstellen.

Die Kostüme und Requisiten

Die Kostüme der Männer waren aus unbemalter Sackleinwand, die der Frauen aus Baumwolle geschneidert. Kreons und Hämons Kostüme hatten rote Ledereinsätze. Antigones und Ismenes waren grau.
Auf die Requisiten wurde besondere Sorgfalt verwendet: sie wurden bei guten Handwerkern in Arbeit gegeben. Dies geschah nicht, um sie dem Publikum oder den Schauspielern echt erscheinen zu lassen, sondern lediglich, um dem Publikum und den Schauspielern schöne Gegenstände auszuliefern.

5

Was den Darstellungsstil betrifft, sind wir mit dem Aristoteles eins in der Meinung, daß das Herzstück der Tragödie die Fabel ist, wenn wir auch uneins sind, zu welchem Zweck sie vorgetragen werden soll. Die Fabel soll nicht ein bloßer

Ausgangspunkt für allerhand Ausflüge in die Seelenkunde oder anderswohin sein, sondern sie soll alles enthalten, und alles soll für sie getan werden, so daß, wenn sie erzählt ist, alles geschehen ist. Gruppierung und Bewegung der Figuren müssen die Fabel erzählen, welche eine Verknüpfung von Begebenheiten ist, und der Schauspieler hat keine andere Aufgabe. Die Stilisierung, welche sein Spiel zur Kunst macht, darf dabei die Natürlichkeit nicht austilgen, sondern hat sie im Gegenteil zu steigern. Aufdringliches Temperament und Sprechen, dessen Deutlichkeit auffällt, sind von Übel. Die Stilisierung bedeutet die große Herausarbeitung des Natürlichen, und ihr Zweck ist es, dem Publikum als einem Teil der Gesellschaft das für die Gesellschaft Wichtige an der Fabel aufzuzeigen. So darf die sogenannte »Welt des Dichters« nicht als eine abgeschlossene, autoritäre, »in sich logische« behandelt werden: sondern es muß das, was von der wirklichen Welt darinnen enthalten ist, zur Wirkung gebracht werden. Das »Wort des Dichters« ist nicht heiliger, als es wahr ist, das Theater ist nicht die Dienerin des Dichters, sondern der Gesellschaft.

6

Um die Darstellung der Fabel unterzuordnen, wurden den Schauspielern beim Probieren Brückenverse gegeben, welche sie in die Haltung von Erzählern brachten. Bevor die Darstellerin der Antigone zum erstenmal die Spielfeldgrenze überschritt, sagte sie (und hörte in späteren Proben den Inspizienten sagen):

Aber Antigone ging, des Ödipus Kind, mit dem Kruge
Staub aufsammeln, damit Polyneikes' Leib zu bedecken
Den der erzürnte Tyrann vor die Vögel und Hunde geworfen.

Die Darstellerin der Ismene sagte, bevor sie auftrat:

Und Ismene, die Schwester, betraf sie beim Sammeln des Staubes.

Vor Vers 1 sagte die Darstellerin der Antigone:

Bitter beklagte Antigone da der Brüder Verhängnis.

Und so fort. Die so eingeleitete Rede oder Verrichtung be-

kommt dann den Charakter der näheren Ausführung, und die restlose Verwandlung des Schauspielers in die Figur wird verhindert: der Schauspieler zeigt.
Auch die Masken, zu denen erheblich mehr Schminke verwendet wurde, als es üblich ist, sollten etwas erzählen: zum Beispiel bei den Alten die Verwüstungen, welche die Gewohnheit zu herrschen in den Gesichtern anrichtet und so weiter. Wie die Bilder zeigen, kam dies nicht ganz heraus.
Das Tempo der Aufführung war sehr rasch.

7

Das Studium des vorliegenden Modells ist übrigens einigermaßen dadurch erschwert, daß es viel Ungewolltes und Vorläufiges enthält, das man als solches herausfinden und ausscheiden können muß. Dazu gehört der ganze Bezirk des Mimischen, in dem sich die Schauspieler, mit Ausnahme der Weigel, sozusagen selbst forthelfen. In diesem Bezirk hat man es mit dem beinahe unentwirrbaren Stilgemisch unserer Periode des Ausverkaufs zu tun, welche die Stücke aller Zeiten und Länder ausstellt und für sie die allerverschiedensten Stile ausdenkt, ohne einen eigenen zu haben. Natürlich mißlingen dann diese Bestrebungen, und in ein und derselben Aufführung stößt man auf das sonore Pathos, das den Aischylos, und die Bizarrerie, die den Gozzi unerträglich machen würden; und ganz offensichtlich spielen die Schauspieler zu ganz verschiedenen Zwecken. Dieser Übelstand beeinträchtigt auch naturgemäß den eigentlichen Bezirk des Modells, den der Haltungen und Gruppierungen. Im großen und ganzen ist die Gruppierung am sorgfältigsten gemacht. Sparsamkeit in der Hin- und Herbewegung der Gruppen und Figuren sollte die Bedeutung dieser Bewegungen sicherstellen. Die einzelnen Konstellationen, selbst die Abstände, haben dramaturgischen Sinn, und in gewissen Augenblicken ist es einer Handbewegung eines Darstellers möglich, die Situation zu verändern. Auch wird versucht, die Erfindungen der Spielleitung und der Schauspieler als theatralische Gedanken sichtbar werden zu lassen – sind doch hier alle Maßstäbe verlorengegangen, so daß niemand mehr das Große vom Kleinen unterscheiden kann. In diesem wie in dem übrigen sollte das Studium der Abbildungen und Anmerkungen hauptsächlich auf das Beginnerische und Unterscheidliche gerichtet werden, das sich in dem verwirrten und allzu vollen Bereich des zu Ende Gehenden, Fertigen und Allgemeinen unseres Kunstmachens etablieren muß. Wie man überdies das ganze Experiment nicht für unwichtig halten sollte, wenn man es nicht für gut ausgeführt hält, so sollte man es sich auch nicht durch die Befürchtung verleiden lassen, es könnte ein Aufgeben aller bisherigen Praxis bedeuten. Theater ist einfältig, wenn es nicht vielfältig ist. Und die Tanzkunst erreicht manchen Höhepunkt, wenn aus der Reihe getanzt wird. Man braucht die Arbeit an Modellen auch nicht mit mehr Ernst zu betreiben, als zu jedem Spiel nötig ist. Ja, sie mögen ruhig als etwas dem »Wohltemperierten Klavier« Verwandtes betrachtet werden.

1948 Brecht. Neher.

Der Hofmeister

von Jakob Michael Reinhold Lenz

Bearbeitung

Mitarbeiter: R. Berlau, B. Besson, E. Monk, C. Neher

Personen

Läuffer, Hofmeister · Pastor Läuffer, sein Vater · Geheimer Rat von Berg · Fritz, sein Sohn · Major von Berg · Majorin von Berg, seine Frau · Gustchen, ihre Tochter · Leopold, ihr Sohn · Magd bei Majors · Wenzeslaus, Dorfschullehrer · Lise, sein Mündel · Graf Wermuth · Pätus, Bollwerk – Studenten · Frau Blitzer, Hauswirtin · Jungfer Rehhaar · Karoline Pätus · Jungfer Watten · Jungfer Müller · Jungfer Rabenjung

Prolog

in dem der Hofmeister sich dem Publikum vorstellt

Geehrtes Publikum, unser heutiges Stück
Wurd verfaßt einhundertfünfzig Jahre zurück.
Drin trete aus der Vergangenheit Tor
Ich, des deutschen Schulmeisters Urahn, hervor.
Ich bin noch in des Adels Dienst
Und lehr seine Sprößling mit kargem Gewinst.
Bring ihnen bei Bibel und etwas Manieren
Naserümpfen, Klugscheißen und Kommandieren.
In allen höheren Künsten gewandt
Bin ich selber vom niederen Stand.
Freilich, die Zeiten wandeln sich grad:
Der Bürger wird jetzt mächtig im Staat
Und ich bedenk schon früh und spät
Daß ich in seine Dienste tret.
Er hätte in mir, wie das so heißt
Allezeit einen dienenden Geist:
Der Adel hat mich gut trainiert
Zurechtgestutzt und exerziert
Daß ich nur lehre, was genehm
Da wird sich ändern nichts in dem.
Wills euch verraten, was ich lehre:
Das Abc der Teutschen Misere!

Erster Akt

I

ZU INSTERBURG IN PREUSSEN. VOR DEM ZIERGÄRTCHEN DES GEHEIMEN RATS VON BERG.

Geheimer Rat. Major.

MAJOR Mit der Ökonomie geht es nicht zum Besten, Wilhelm; keine Gäule aufzutreiben, selbst fürs Geld. Potz hundert, die sieben Jahre Krieg sind noch nicht verwunden im Land. – Da ist er wieder, der verhungerte Kerl läuft mir immer übern Weg.

Läuffer geht mit vier Scharrfüßen vorbei. Er wird nicht zurückgegrüßt.

LÄUFFER Der Teufel hol euch, Flegel.

GEH. RAT Wer ist der Speichellecker?

MAJOR Ein gewisser Läuffer, ich hör, ein Pastorensohn. Meine Frau hat ihn wollen zu sich bestellen, sie braucht für Leopolden einen Hofmeister, er mag vielleicht dienen so gut wie ein anderer.

GEH. RAT Ich erinnere mich an den Namen. Sein Vater hat mir das Haus eingerannt für ihn. Wollt eine Stell an der Stadtschule. Da ist er nicht studiert genug. Seines Vaters Beutel hat für die Schlußexamina nicht gelangt. Was soll er deinen Sohn lehren?

MAJOR Er soll ihm die Wissenschaften und Manieren eintrichtern, daß er ein Soldat wird wie ich.

GEH. RAT Dazu mag er ausreichen, Friedrich. *Geht dem Major voran in den Garten, bleibt vor einer Pflanze stehen.* Farra communis, gemeiner Farn, älteste aller Erdpflanzen. –

Übrigens weißt du denn, was du für einen Menschen mit diesem Läuffer ins Haus bekommst, Bruder? Hat er die sittliche Reife? Meine Ermittelungen waren so ernsthaft nie, als daß ich mich erkundigt, wie sein Vorleben ist.

MAJOR Ich weiß nur, er überfordert nicht. Und mit dem Krieg und der Teuerung ...

GEH. RAT Ich mag nicht, was wohlfeil. Drum schick ich meinen Fritz auf die Universität nach Halle.

MAJOR Potz Donner! Genug über den Kerl geschwatzt. Wir waren bei deinem Farn da.

GEH. RAT Das Farnkraut, dessen größerer Urahn, der Schachtelhalm, schon in der Eiszeit nachgewiesen werden kann ...

2

GUSTCHENS ZIMMER.

Gustchen. Fritz von Berg.

GUSTCHEN Fritz! Wie weit ist Halle?

FRITZ Dreihundert Meilen oder drei Meilen – wie du es willst! Kann ich nicht hier sein bei dir, Gustchen, und du doch nicht erreichbar, was weiter weg sind dreihundert Meilen als drei Meilen?

GUSTCHEN Und in Halle sein und –

FRITZ Bei dir! Aber du wirst mir nicht nach Halle schreiben, und ich werde nicht mehr sein.

GUSTCHEN Denkest du also, daß wir uns nicht trennen, wenn du in die Kutsche steigst, nicht wirklich trennen?

FRITZ Sondern im Geiste zusammenbleiben. Nimm dies, Gustchen! *Gibt ihr Klopstocks Oden.*

GUSTCHEN Klopstock! *Liest:*

»Jene trunkene Lust, wenn die erweinete
Fast zu selige Stunde kommt,
Die dem Liebenden sagt, daß er geliebet wird!«

FRITZ *liest weiter:*

»Und zwo bessere Seelen nun
Ganz, das erste Mal ganz, fühlen, wie sehr sie sind!«

Ach! – Aber der Onkel wird dich dem gottlosen Grafen Wermuth geben, noch eh ich meine Schulen gemacht habe, und drei Jahre auf der Universität, das ist lange für dich!

GUSTCHEN Dreißig Jahre oder drei Jahre, wie ich es will. – Ich hör meinen Vater und den Onkel im Flur, laß uns in den Garten laufen.

FRITZ Nein, sie sind fort. Ich komme ja wieder. Gustchen, halt, lies das noch, »Hermann und Thusnelda«. Des Cheruskers Heimkehr.

GUSTCHEN *liest:*

»Ha, dort kömmt er mit Schweiß, mit Römerblute,
Mit dem Staube der Schlacht bedeckt! So schön war
Hermann niemals! So hats ihm
Nie von dem Auge geflammt!

Komm'! ich bebe vor Lust, reich' mir den Adler
Und das triefende Schwert! komm', athm' und ruh' hier
Aus in meiner Umarmung,
Von der zu schrecklichen Schlacht.«

Wart, komm in den Pavillon.

FRITZ Nein, nein, der Papa ist vorbeigegangen! Lies!

GUSTCHEN *liest:*

»Ruh' hier, daß ich den Schweiß der Stirn abtrockne
Und der Wange das Blut! Wie glüht die Wange!
Hermann, Hermann, so hat dich
Niemals Thusnelda geliebt!«

Ach Fritz!

»Selbst nicht, da du zuerst im Eichenschatten
Mit dem bräunlichen Arm mich wilder faßtest!
Fliehend blieb ich und sah dir
Schon die Unsterblichkeit an.«

FRITZ Gustchen ...

GUSTCHEN Du solltest mir – nein, ich darf das nicht von dir verlangen.

FRITZ Verlange mein Leben, meinen letzten Tropfen Bluts.

GUSTCHEN Wir wollten uns beide einen Eid schwören.

FRITZ O komm! Vortrefflich! Hier laß uns niederknien; am Bette; und heb du so deinen Finger in die Höh und ich so meinen. – Nun sag, was soll ich dir schwören?

GUSTCHEN Daß du in allen Ferien zu deinem Gustchen eilen, aber in drei Jahren von der Universität zurückkommen willst und dein Gustchen zu deiner Frau machen. Dein Vater mag dazu sagen, was er will.

FRITZ Und was willst du mir dafür wieder schwören, mein englisches ... *Küßt sie.*

GUSTCHEN Ich will schwören, daß ich in meinem Leben keines andern Menschen Frau werden will als deine, und wenn der Kaiser von Rußland käme.

FRITZ Ich schwör dir hunderttausend Eide –

Der Geheime Rat tritt herein: beide springen mit lautem Geschrei auf.

GEH. RAT Gleich gesteht mir alles. Was habt ihr hier gemacht? Pfui, ich glaubt, einen vernünftigen Sohn zu haben. Du willst Juriste werden, Sohn, und kannst dir selber nicht Mores lehren? Kommt beide her. Ich will nur das Beste annehmen. Wenn du dein Mühmchen gern siehst, Fritz, ich hab nichts dawider, aber jetzt heißts: nach Halle und eine Leuchte der Menschheit geworden! Daß du ihrer würdig werdest! Und die wahre Freiheit kapierst! Als welche die Menschen von den Tieren unterscheidet. Die Hengste und Stuten müssens, aber die Menschen sind frei, es nicht zu tun. Verstanden, Sohn? *Fritz nickt schamvoll.* Deshalb will ich, daß ihr eure Separation aus Notwendigkeit selber wissentlich vollzieht, ohn Zwang, aus Einsicht, freiwillig. Kein anderer Brief zwischen euch geschrieben als ein offener! Ists versprochen? *Fritz und Gustchen nicken.* Der Gedank ist frei, aber Geschriebenes wird zensurieret! Jetzo nehmt Abschied, in meiner Gegenwart – und, aus eigenem Antrieb, nichts, was nicht in Gegenwart von Zeugen stattfinden kann! *Fritz macht zu Gustchen ein Kompliment, Gustchen zu Fritz einen Knicks.* Ja, meine Lieben, die Vernunft ist eine gestrenge Herrin.

3

DER MAJORIN ZIMMER.

Frau Majorin (am Spinett). Läuffer (in sehr demütiger Haltung neben ihr stehend). Leopold (steht und fängt Fliegen).

MAJORIN Ich habe mit Ihrem Herrn Vater gesprochen, und von den dreihundert Dukaten stehenden Gehalts sind wir bis auf hundertundfünfzig einig geworden. Dafür verlang ich aber auch, Herr – wie heißen Sie? –, Herr Läuffer, daß Sie sich in Kleidern sauber halten und unserem Hause keine Schande machen. Und nun Ihr Taglauf: Sie nehmen Ihre Schokolade um sieben Uhr mit dem jungen Herrn und sehen zu, daß er ordentlich ißt, er ist von zarter Gesundheit. Schule von acht bis zwölf. Nachmittag: Spaziergang im Stadtpark und ihn nicht von der Hand gelassen, er ist lebhaften Geistes. Von sechs bis zum Nachtmahl mögen Sie sich in den Erker setzen und sich weiterbilden. Abends rechne ich mit Ihnen für die Unterhaltung der Gäste. Ich hoff, Sie sind nicht aufs Maul gefallen. Ich fordere Geschmack von Ihnen und Ehrlichkeit desgleichen; der vorige Hofmeister mußt entlassen werden, weil er sich die Taschen mit Birnen vollgestopft hat. – Laufen Sie Schlittschuh? Können Sies Leopolden lehren? – Wie ists mit der Conduite?

LÄUFFER Ich hoff, Euer Gnaden werden mit mir zufrieden sein. Wenigstens hab ich in Leipzig keinen Ball ausgelassen und wohl über die fünf Tanzmeister im Leben gehabt.

MAJORIN So? Lassen Sie doch sehen. Versuchen Sie doch einmal, mir ein Kompliment aus dem Menuett zu machen. Nicht furchtsam, Herr... Läuffer! Nicht furchtsam! Mein Sohn ist buchscheu genug; wenn er einen blöden Hofmeister bekommt, so ists aus mit ihm. Zur Probe nur, damit ich doch sehe. – Nun, nun, das geht schon an! Auch einen Pas, wenns beliebt. – Es wird schon gehen; das wird sich alles geben, wenn Sie einer unsrer Assembleen werden beigewohnt haben... Sind Sie musikalisch?

LÄUFFER Ich spiele Geige und das Klavier zur Not.

MAJORIN Desto besser: ich habe bisher ihnen immer was vorsingen müssen, wenn die guten Kinder Lust bekamen zu tanzen, aber besser ist besser.

LÄUFFER Euer Gnaden setzen mich außer mich: wo wär ein Virtuos auf der Welt, der auf seinem Instrument Euer Gnaden Stimme zu erreichen hoffen dürfte?

MAJORIN Hahaha, Sie haben mich ja noch nicht gehört... Warten Sie; ist Ihnen dies Menuett bekannt? *Singt.*

LÄUFFER Oh... Oh..., verzeihen Sie einem Enthusiasmierten! *Küßt ihr die Hand.*

MAJORIN Und ich bin doch enrhümiert dazu, ich muß heut krähen wie ein Rabe. Vouz parlez français, sans doute?

LÄUFFER Un peu, Madame.

MAJORIN Avez-vous déjà fait votre tour de France?

LÄUFFER Non, Madame... Oui, Madame...

MAJORIN Vous devez donc savoir, qu'en France on ne baise pas les mains, mon cher...

MAGD *tritt herein:* Der Graf Wermuth.

MAJORIN Ein Anbeter meiner Tochter ...

Herein Graf Wermuth. Nach einigen stummen Komplimenten setzt er sich aufs Kanapee.

GRAF Haben Euer Gnaden den neuen Tanzmeister schon gesehen, der aus Dresden angekommen? Er ist ein Marchese aus Florenz und heißt ... Ich habe nur zwei auf meinen Reisen angetroffen, die ihm vorzuziehen waren.

MAJORIN Nur zwei! In der Tat. Sie machen mich neugierig; ich weiß, welchen verzärtelten Geschmack der Graf Wermuth hat.

LÄUFFER Pintinello ..., nicht wahr? Ich hab ihn in Leipzig auf dem Theater tanzen sehen; er tanzt nicht sonderlich ...

GRAF Er tanzt – on ne peut pas mieux. – Wie ich Ihnen sage, gnädige Frau, in Petersburg hab ich einen Beluzzi gesehen, der ihm vorzuziehen war; aber dieser hat eine Leichtigkeit in seinen Füßen, so etwas Freies, Göttlichnachlässiges in seiner Stellung, in seinen Armen, in seinen Wendungen –

LÄUFFER Auf dem Kochischen Theater ward er ausgepfiffen, als er sich das letzte Mal sehen ließ.

MAJORIN Merk Er sich, mein Freund! daß Domestiken in Gesellschaften von Standespersonen nicht mitreden. Geh Er auf sein Zimmer. Wer hat Ihn gefragt?

Läuffer tritt zur Tür.

GRAF Vermutlich der neue Hofmeister!

MAJORIN Er kommt ganz frisch von der hohen Schule. – Geh Er endlich! Er hört ja, daß man von Ihm spricht; desto weniger schickt es sich, stehenzubleiben.

Läuffer ab. Majorin und Graf nehmen die Schokolade.

MAJORIN Es ist was Unerträgliches, daß man für sein Geld keinen rechtschaffenen Menschen mehr antreffen kann. Stellen Sie sich vor, jährliches Gehalt fünfhundert Dukaten, ist das nicht erschröcklich?

GRAF Aber dieser Pintinello tanzt wie ein Gott! Ich habe mir mein Tanzen einige dreißigtausend Dukaten kosten lassen, aber noch einmal so viel gäb ich drum, wenn ... *Seufzt.* Wie befindet sich Fräulein Gustchen?

MAJORIN Soso, lala. Mich dünkt, sie sei ein wenig bläßlich die letzten Tage.

4

AUF DER SCHLITTSCHUHBAHN.

Jungfer Watten. Jungfer Rabenjung. Jungfer Müller. Sie laufen Schlittschuh. Seitab lehrt Läuffer Leopold Schlittschuhlaufen.

JUNGFER MÜLLER Den Pastor Detzer mag ich hören. In seiner Predigt kommen so Stellen vor.

JUNGFER WATTEN Über heimlich Sündigen!

JUNGFER MÜLLER Er donnert, aber in Andeutungen. *Ahmt nach:* »Sie denken, keiner siehts, keiner ist dabei, offenbarlich kanns nicht werden. Aber ich sage euch, auf die, so die Frucht allein verspeisen, spitzt sich der Teufel besonders.«

JUNGFER RABENJUNG Da ist der Neue. Jetzt läuft er Achter! *Läuffer läuft vorbei.*

JUNGFER MÜLLER Meinst du den? Das ist der neue Hofmeister beim Major Berg. Schaut nicht auf ihn!

JUNGFER WATTEN Er überlegts, ob er grüßt.

JUNGFER RABENJUNG Er ist ein Strammer.

JUNGFER MÜLLER So heißts.

JUNGFER WATTEN Wo heißts so? Sei nicht so bedeutungsvoll, Müller.

JUNGFER MÜLLER Schön, geht mit ihm, laßt euch von dem grüßen, ich sag nichts mehr.

JUNGFER RABENJUNG Sollen wir an ihm vorbei oder –

JUNGFER WATTEN Ich bin dafür.

Sie laufen an Läuffer vorbei.

JUNGFER RABENJUNG *hochnäsig:* Das Wetter dünkt mich etwas schneeig heut.

JUNGFER WATTEN *prustet los:* Vielleicht frägst du deinen Hofmeister, wanns taut!

JUNGFER MÜLLER Laß es genug sein. Seid nicht zu albern. Ich möcht verhindern, daß er sich uns anschließt. Er ist bald stadtbekannt wie ein gelber Hund.

JUNGFER WATTEN Wobei?

JUNGFER MÜLLER Er ist am letzten Sonntag sogar hinter der Beckschen hergegangen. Sie hat ihn nicht angenommen und ist nicht etepetete, wahrhaftig nicht, das lüderliche Mensch. *Tuschelt mit den andern.*

JUNGFER RABENJUNG Aber was soll er machen, wenn keine Ordentliche mit ihm geht?

JUNGFER WATTEN Wenn eine von uns sich mit ihm zeigt, weiß mans zu gut, bei dem wärs nicht nur zum Spaß.

JUNGFER MÜLLER Gehst du mit Nachbars Hans, denkt sich niemand was. Ein Hurenbock mag er sein, aber er ist kein Fremder. Aber mit einem Fremden, wozu wirst du wohl mit ihm gehn? Wenn man mit so einem Schokolade trinkt, ist man verschrien in Insterburg bis ans Lebensende.

JUNGFER WATTEN Jetzt kommt er.

Läuffer ist ihnen ohne Leopold gefolgt und zieht den Hut. Sie stehen steif und grüßen nicht zurück.

JUNGFER MÜLLER So, jetzt kennt er sich aus.

JUNGFER WATTEN 's ist ein Jammer. Es sind nicht viele hier von seiner Art.

Läuffer ist zornig zu Leopold zurückgelaufen und wird von dem Ungeschickten niedergezogen. Die Fräuleins lachen.

5

LÄUFFERS ZIMMER.

Läuffer (an die Schultafel »agricola« anschreibend). Leopold (am Tische).

LEOPOLD *liest mit falscher Betonung:* – – cola.

LÄUFFER *stellt angeekelt die Betonung richtig:* Agricola.

Herein der Major.

MAJOR *liest mit falscher Betonung:* Agricola. So ists recht, so lieb ichs; hübsch fleißig – und wenn die Kanaille nicht behalten will, Herr Läuffer, so schlagen Sie ihm das Buch an den Kopf, daß ers Aufstehen vergißt. Seht, da zieht er das Maul schon wieder. Bist empfindlich, wenn dir dein Vater was sagt! Ich werd einen Kerl aus dir machen und wenn ich dich peitschen soll, daß dir die Eingeweide krachen sollten, Duckmäuser! Und Sie, Herr, sein Sie fleißig mit ihm, das bitt ich mir aus. Der Aufsatz über den Heldenkönig, den ich da lese, ist schlampig, daß ichs nur sag. Bei der Aufzählung der Feinde, die Er auf sich genommen hat, ist vergessen, daß Er nicht nur die Sachsen, die Österreicher, die Franzosen und die Russen herausgefordert hat, sondern daß Er auch noch mit den Briten eine deutliche Sprache gesprochen hat. Es kommt so nicht heraus, wie Er vor dem Untergang gestanden ist – und so nichts von der Glorie.

LÄUFFER Der Herr Major verzeihen; ich nehms auf mich, ich habs ihm nicht schwarz genug gemalt.

MAJOR Macht Er sich etwa lustig? Oder nimmt Er einen Duckmäuser hier in Schutz? – Wie stehts, kann er seinen Cornelio? Kopf grad! Den Kopf in die Höhe, Junge! *Richtet ihn.* Tausend Sackerment, den Kopf aus den Schultern! oder ich zerbrech dir dein Rückenbein in tausendmillionen Stücken.

LÄUFFER Der Herr Major verzeihen: er kann kaum lateinisch lesen.

MAJOR Was? So hat der Racker vergessen. – Der vorige Hofmeister hat mir doch gesagt, er sei perfekt im Lateinischen, perfekt ... Ich will dich zu Tode hauen – *gibt ihm eine Ohrfeige* –, schon wieder wie ein Fragezeichen? Er läßt sich nichts sagen – fort, mir aus den Augen – fort! Soll ich dir Beine machen? Fort, sag ich! *Stampft mit dem Fuß, Leopold geht ab. Major setzt sich auf seinen Stuhl. Zu Läuffer:* Setzen Sie sich, Herr Läuffer, ich wollte mit Ihnen ein paar Worte allein sprechen, dazu schickt ich den jungen Herrn fort. Setzen! Ganz! Zum Henker, Sie brechen mir ja den Stuhl entzwei, wenn Sie immer so auf einer Ecke ... Dafür steht ja der Stuhl da, daß man drauf sitzen soll. Sind Sie so weit gereist und wissen das noch nicht? – Hören Sie nun: ich seh Sie für einen hübschen, artigen Mann an, der Gott fürchtet und folgsam ist, sonst würd ich das nimmer tun, was ich für Sie tue. Hundertundvierzig Dukaten hab ich Ihnen versprochen, nicht?

LÄUFFER Hundertundfünfzig, gnädiger Herr.

MAJOR Hundertundvierzig.

LÄUFFER Aber mit Euer Gnaden gnädiger Erlaubnis, die Frau Majorin haben mir hundertundfünfzig Dukaten zugesagt.

MAJOR Ei, was wissen die Weiber! – Hundertundvierzig Dukaten, das macht in Talern drei – warte – drei mal hundertundvierzig: wieviel macht das?

LÄUFFER Vierhundertundzwanzig.

MAJOR Ists gewiß? Macht das soviel? Nu, damit wir gerade Zahl haben, vierhundert Taler preußisch Kurant hab ich zu Ihrem Salarie bestimmt. Sehen Sie, das ist mehr, als das ganze Land gibt. Vierhundert Taler.

LÄUFFER Aber die hundertfünfzig Dukaten machten gerade vierhundertfünfzig Taler, und auf diese Bedingung hab ich mich eingelassen.

MAJOR Vierhundert Taler, Monsieur, mehr kann Er mit gutem

Gewissen nicht fordern. Der vorige hat zweihundertfünfzig gehabt und ist zufrieden gewesen wie ein Gott. Er war doch, meine Seel! ein gelehrter Mann. Da muß Er noch ganz anders werden, eh Er so wird. Ich tus nur aus Freundschaft für Seinen Herrn Vater, was ich an Ihm tue, und um Seinetwillen auch, wenn Er hübsch fleißig ist. Aber hör Er doch einmal; ich hab eine Tochter, sie weiß ihr Christentum aus dem Grunde und in dem Grunde, aber es ist denn nun doch, weil sie bald zum Abendmahl gehen soll, und man weiß, wie die Pfaffen sind, so soll Er auch alle Morgen etwas aus dem Christentum mit ihr nehmen.

LÄUFFER Jawohl, Herr Major.

MAJOR Ich geb ihm vierhundert, dafür lehr Er aber auch meiner Tochter noch Religion. Alle Tage morgens eine Stunde, und da geht Er auf ihr Zimmer.

LÄUFFER Jawohl, Herr Major.

MAJOR Angezogen, das versteht sich; denn Gott behüte, daß Er so ein Schweinigel sein sollte, wie ich einen gehabt habe, der durchaus im Schlafrock an Tisch kommen wollte. So ists ausgemacht?

LÄUFFER Herr Major, wärs recht kühn, eine untertänigste Bitte vorzubringen – anläßlich Ihrer neueren Proposition und da es mir schwerfällt, Gesellschaft und Anschluß in Insterburg zu bekommen, auch mir das Leben in einer größeren Stadt fast zur Gewohnheit geworden, als welche sich dem Fremden nicht so sehr verschließt ...

MAJOR Heraus mit der Sprache!

LÄUFFER Wenn ich, allvierteljährlich, nicht öfter, ein Reitpferd könnte zugestanden bekommen, für einen zwei-, dreitägigen Ritt nach Königsberg? ...

MAJOR Nun, das könnte beredet werden.

LÄUFFER *springt auf und vollführt Verbeugungen:* O gnädigster Herr Major –

MAJOR Wärs doch wohl erst für das Frühjahr, jetzt im Winter könnt Er ja so nicht reiten. – Kann Er auch zeichnen?

LÄUFFER Etwas, gnädiger Herr. – Ich kann Ihnen einige Proben weisen.

MAJOR *besieht sie:* Das ist ja charmant! – Recht schön, gut das. Er soll meiner Tochter auch zeichnen lehren. – Mein Beutel erlaubts nicht, daß ich ein ganzes Bataillon sündhaft teurer Hofmeister in Sold setz. Aber hören Sie, werter Herr Läuffer, um Gottes willen ihr nicht scharf begegnet; das Mädchen hat ein ander Gemüt als der Junge. Das Mädchen ist meines Herzens einziger Trost. Nun ist sie zudem in letzter Zeit etwas dasig geworden, wenn Er weiß, was das heißt. Ich muß zusehn, daß das Kind von Tag zu Tag abfällt, daß sie Gesundheit, Schönheit und den ganzen Plunder verliert. Es frißt mir die Leber ab. – Ich sags Ihm, damit Er sie zart anfäßt.

Zweiter Akt

6

ZU HALLE IN SACHSEN.

Fritz von Berg. Pätus (in Hose und Hemd am Tisch sitzend). Bollwerk (auf dem Bette liegend). Frau Blitzer.

BOLLWERK Drei Monate in Halle und noch mit keinem Mädchen gesprochen!

FRITZ Schließlich, man kömmt nicht ganz ohne Bindung, was zuhause anlangt.

PÄTUS Hast ein Mädchen dort?

BOLLWERK Hic Rhodus, hic salta! Der Herr aus Insterburg scheinen seine Physiologie zu vergessen. Man will nicht schlafen, weil man liebt; man liebt, weil man schlafen will. Wart Er nur auf den Märzen!

PÄTUS Kein Mädchen, das muß melancholisch machen. Du mußt uns hier einziehen, daß du lustig wirst. Was machst du da bei deinem Pastor? Das ist keine Stube für dich.

FRITZ Was zahlt ihr hier?

PÄTUS Wir zahlen – was zahlen wir, Bollwerk?

BOLLWERK Nichts.

PÄTUS Wahrhaftig, Bruder, ich weiß es nicht. Die Blitzer schreibt uns alles auf, Hausmiete, Kaffee, Tabak, alles, was wir verlangen, und dann zahlen wir die Rechnung alle Jahre, wenn der Wechsel kommt.

FRITZ Seid ihr jetzt viel schuldig?

PÄTUS Wir haben die vorige Woche bezahlt.

BOLLWERK Sein Wechsel kommt.

PÄTUS So wirds deiner. Eines Tags, Bruder Bollwerk!

FRITZ Helft ihr einander aus? Ihr seid brave Burschen.

PÄTUS Halb und halb. Ich könnt mirs allein nicht leisten. Diesmal haben sie mirs arg gemacht; mein ganzer Wechsel hat herhalten müssen, nicht, Bollwerk? Und mein Rock, den ich vorigen Juli versetzt hatte, steht noch zu Gevattern. Weiß der Himmel, wann ich den wieder einlösen kann.

FRITZ Und wie machst dus denn jetzt?

PÄTUS Ich? – Ich bin krank. Heute morgen hat mich die Frau Rätin Hamster invitieren lassen, gleich kroch ich ins Bett –

FRITZ Aber bei dem schönen Winterwetter immer zu Hause sitzen!

BOLLWERK Was macht das? Er liest seinen Leibphilosophen, den Immanuel Kant.

FRITZ Und wie ists mit seinem Mädchen – die Physiologie nicht zu vergessen!

BOLLWERK Bei den Mädchen ists nicht unser Rock, sondern unser –

PÄTUS Kopf, Berg. Und bei mir ists besonderlich Wurst, mein Mädchen kennt mich nicht.

FRITZ So ists schwärmerisch?

BOLLWERK Er träumt von ihr. Das Leintuch muß es büßen. Ich lehr Ihm: Sag mir, von welcher du träumst, und ich sag dir, mit welcher du nicht geschlafen hast. Aber wir müssen Insterburg bewirten. Potz-Mordio! Wo bleibt denn der Kaffee? *Pocht mit dem Fuß.* Frau Blitzer! Zum Teufel, Frau Blitzer! Wir haben bezahlt, oder haben wir nicht?

Frau Blitzer tritt herein mit einer Portion Kaffee.

BOLLWERK In aller Welt, Mutter, wo bleibst du denn? Herr Pätus wartet schon eine Stunde.

FRAU BLITZER *zu Pätus:* Was? Du nichtsnutziger Kerl, du abgeschabte Laus, was lärmst du? Den Augenblick trag ich meinen Kaffee wieder hinunter –

BOLLWERK Zwieback!

FRAU BLITZER Es ist keiner im Hause. *Auf Pätus:* Ob so ein

kahler, lausichter Kerl nun alle Nachmittag Zwieback frißt oder nicht –

BOLLWERK Was der? Ich brauch Zwieback! Sie weiß, daß ich keinen Kaffee ohne Zwieback ins Maul nehme – wofür geb ich mein Geld aus?

FRAU BLITZER *langt ihm Zwieback aus der Schürze:* Ist das kein Zwieback, Posaunenkerl? Der Herr Bollwerk hat eine Stimme wie ein ganzes Regiment Soldaten. *Zu Pätus:* Räum Er die Bücher vom Tisch, sie sind so für nichts und wieder nichts. All die schönen teuren Bücher, und Er weiß immer noch nicht, wo der Hase läuft! Nu, ist der Kaffee gut? Ist er nicht? Gleich sag Ers mir, oder ich reiß Ihm das letzte Haar aus seinem kahlen Kopf heraus.

PÄTUS *trinkt:* Unvergleichlich – Aye! – Ich hab in meinem Leben keinen bessern getrunken.

FRAU BLITZER Siehst du, Hundejunge. Wenn du die Mutter Blitzer nicht hättest, die sich deiner annähme und dir zu essen und zu trinken gäbe, du müßtest an der Straße elendiglich verhungern. Sehen Sie ihn einmal an, Herr von Berg, wie er dahergeht, keinen Rock auf dem Leibe, und sein Schlafrock ist auch, als ob er darin wär aufgehenkt worden und wieder vom Galgen gefallen. Das vierte Jahr ist er im Examen Philosophikus durchgerasselt. Warum? Er begreifts nicht! Seine Mutter kann einem leid tun, und eine Witwe dazu. Und die Witwen- und Waisenpensionen gekürzt wegen dem siegreichen Krieg. Sie sind doch ein hübscher, feiner Herr, ich weiß nicht, wie Sie mit dem Menschen umgehen können, nun freilich unter Landsleuten, da ists immer so wie eine kleine Blutsverwandtschaft, drum sag ich immer, wenn doch der Herr von Berg zu uns einlogieren täte. Da könnte doch noch was aus ihm werden, sag ich. *Geht ab.*

PÄTUS Sie ist eine gute Seele, weißt du, Berg.

FRITZ Bei was fällst du immer durch, Pätus?

PÄTUS Wir haben den Professor Wolffen zum Ordinarius, der

kann den Herrn Kant in Königsberg nicht ausstehen, und ich halt zu ihm.

BOLLWERK Der Herr Kant ist ein Wirrkopf. Hör Er nur – *nimmt ein Buch auf –:* »Nach einem beendigten Kriege, beim Friedensschlusse, möchte es wohl für ein Volk nicht unschicklich sein, daß nach dem Dankfeste ein Bußtag ausgeschrieben würde, den Himmel im Namen des Staats um Gnade für die große Versündigung anzurufen, die das menschliche Geschlecht sich noch immer zu Schulden kommen läßt – das barbarische Mittel des Krieges zu gebrauchen.« – Das will er einer teutschen Universität offerieren!

FRITZ Und ist doch so unwahr nicht.

BOLLWERK Ganz unwahr! Schon der Titel »Zum ewigen Frieden!« Wenn wir beide hier einen Tag aufhörten, mit der Blitzer Krieg zu führen, bestünde ihr Kaffee nur noch aus Gerste. Aber derlei Unsinn vom Herrn Kant in Königsberg ist es, was der Gute schon im vierten Jahr dem Herrn Ordinarius Wolffen vorbringt und davor mit Recht durchfällt. Repetiers: Der Herr Kant ist ein Schwachkopf!

FRITZ Kannst dus nicht sagen, daß du durchkommst?

PÄTUS *der mit dem Taschenmesser etwas in die Tischplatte geschnitzelt hat:* Lies, was ich geschnitzelt hab!

FRITZ »Nein.«

PÄTUS Das ist meine Antwort im fünften Jahr, wenns sein muß. Und dies Nein gilt gleichermaßen der ganzen teutschen Untertänigkeit, indem sie doch nur selig sind, wenn sie Knechte sein können, am liebsten Kriegsknechte, als welche sie sich für irgendein Oberhaupt aufopfern!

BOLLWERK Ich nenns Seelenstärke. Mich schaudert. Pätus, der Aufrechte! Pätus, der Furchtlose!

PÄTUS Wer ist Wolffen! Die Kreatur haßt die Kantschen Freiheitsschriften wie der Kapaun das Hahnenkrähn!

FRITZ So sind Sie selbst nicht vom Streit der Geister betroffen, Herr Bollwerk?

BOLLWERK Nein, ich werd Hofmeister, da gehts in die Klausur in einem abgelegenen Nest, ich muß mich bevor weidlich auslieben.

FRITZ Der Kaffee schmeckt nach Gerste.

BOLLWERK Was sagst du? – *Schmeckt gleichfalls.* Ja, wahrhaftig, mit dem Zwieback hat ichs nicht so – *sieht in die Kanne.* Nun, so hol dich! *Wirft das Kaffeezeug zum Fenster hinaus.* Gerstenkaffee für fünfhundert Gulden jährlich! Und das Pätus, dem Aufrechten!

PÄTUS Bollwerk, du rasest, lieber Bollwerk!

FRAU BLITZER *stürzt herein:* Wie? Was zum Teufel ist das? *Zu Pätus:* Herr, ist Er rasend oder plagt Ihn gar der Teufel? –

PÄTUS Still, Mutter, ich zahls.

FRAU BLITZER *mit gräßlichem Geschrei:* Aber wo ist mein Kaffeezeug? Ei! Zum Henker! Aus dem Fenster. – Ich kratz Ihm die Augen aus dem Kopf heraus.

PÄTUS Es war eine Spinne darin, und ich warfs in der Angst – was kann ich dafür, daß das Fenster offenstand?

FRAU BLITZER Daß du verreckt wärst an der Spinne! Wenn ich dich mit Haut und Haar verkaufe, so kannst du mir mein Kaffeezeug nicht bezahlen, nichtswürdiger Hund! Nichts als Schaden und Unglück kann Er machen. Ich will dich verklagen; ich will dich in Karzer werfen lassen.

PÄTUS Lassen Sies noch einmal gut sein, Frau Blitzer, es kömmt nicht mehr vor, bitte, Frau Blitzer.

FRAU BLITZER Und was mit meinem Tisch, du Ungeheuer? Verdecks nicht, Kreatur! Geschnitzelt hat Er! Was Unanständiges! »Nein«!

PÄTUS Das betrifft den Immanuel Kant.

FRAU BLITZER In meinen Tisch! Ich hol den Profoß! Ich –

BOLLWERK Genug, Blitzen. Erschreck mir nicht Pätus, den Furchtlosen! Der Kaffee ist unzulänglich, heb dich hinweg, Weib!

FRAU BLITZER *eingeschüchtert:* Das ist doch – das ganze teure Kaffeezeug durchs Fenster in die Schneeweh werfen ... *Ab.*

PÄTUS Ich fürcht nichts als die Blitzer, sie hat keinen Verstand.

BOLLWERK Ich möcht wissen, wo du hinkämst ohne Bollwerk. Du möchtest bei zahlendem Leibe verhungern.

FRITZ Ich will mich auch auf die Philosophie werfen.

BOLLWERK Herr von Berg, ich kann nur hoffen, sie verträgts. Man wirft sich auf sie allenthalben. Ich zieh mich jetzt an, ich geh heut abend in die Komödie, sie geben »Minna von Barnhelm«. Ich hab eine Schwäche für die Aktricen.

FRITZ Ich komm mit. Ein artiges Stück. Ich wollt, ich könnt mein Gustchen hineinführen.

PÄTUS Ich möchts auch sehen. Daß ich keinen Rock hab! – Heißt sie Gustchen? Ich zeig dir gern die meine. Jetzt braucht ich einen Rock.

BOLLWERK Aber du hast keinen. So werd ich ihm dein Mädchen zeigen. Sie ist die Tochter von dem Lautenisten Rehhaar und hat durch den Herrn Vater einen Stehplatz. Ein kleiner Beitrag zur Kriegsgeschichte! Kommen Sie, Berg. Vergessen Sie mir nicht auf Ihre Physiologie! *Bollwerk und Berg ab.*

7

ZU INSTERBURG, IM MÄRZEN. GUSTCHENS ZIMMER.

Gustchen. Läuffer.

GUSTCHEN Ich glaube, daß mich Gott geschaffen hat.

LÄUFFER Hätt ers doch nicht! *Hilft ihr aus:* Samt . . .

GUSTCHEN Samt allen Kreaturen . . .

LÄUFFER Mir Leib . . .

GUSTCHEN Mir Leib und Seele . . .

LÄUFFER Auch Leib ...

GUSTCHEN Augen, Ohren und alle Glieder, Vernunft und alle Sinne gegeben hat ...

LÄUFFER Und noch ...

GUSTCHEN Und noch erhält. Dazu Kleider und Schuh, Essen und Trinken, Haus und Hof, Weib und Kind, Äcker, Vieh und alle Güter ...

LÄUFFER Mit aller Notdurft und ...

GUSTCHEN Nahrung ...

LÄUFFER Des Leibs ...

GUSTCHEN Und Lebens ...

LÄUFFER Leiblich und täglich ...

GUSTCHEN Versorget. Wider alle Fährlichkeit beschirmt und vor allem Übel ...

LÄUFFER Bewahret ...

GUSTCHEN Was fehlt Ihnen denn?

LÄUFFER Ohn all mein Verdienst und Würdigkeit.

GUSTCHEN Amen.

LÄUFFER Wie stehts mit dem Zeichnen nach der Natur? Nicht wahr, Sie haben recht gelacht in Gedanken an den Narr von einem Hofmeister, Ihrer harrend bei der Mühle? Und wieviel schöne Märzmorgen gibts noch? *Läuffer gibt sich Tatzen mit dem Lineal.*

GUSTCHEN Hahaha. Lieber Herr Hofmeister! Ich habe wahrhaftig nicht Zeit gehabt.

LÄUFFER Grausame!

GUSTCHEN Aber was fehlt Ihnen denn? Sagen Sie mir doch! So tiefsinnig sind Sie ja noch nie gewesen! Ich habe gemerkt, Sie essen nichts.

LÄUFFER Haben Sie? In der Tat? Sie sind ein rechtes Muster des Mitleidens.

GUSTCHEN O Herr Hofmeister –

LÄUFFER Wollen Sie heute nachmittag nach der Natur zeichnen?

GUSTCHEN *faßt ihn an die Hand:* Liebster Herr Hofmeister! Verzeihen Sie, daß ich Sie gestern aussetzte. Es war mir wahrhaftig unmöglich, zur Mühle zu kommen, ich war enrhümiert auf eine erstaunende Art.

LÄUFFER So werden Sie es wohl heute noch sein. Ich denke, wir hören ganz auf, nach der Natur zu malen. Es macht Ihnen kein Vergnügen länger.

GUSTCHEN *halbweinend:* Wie können Sie das sagen, Herr Läuffer? Es ist das einzige, was ich mit Lust tue.

LÄUFFER Oder Sie nehmen einen Zeichenlehrer. Überhaupt würde ich Ihren Herrn Vater bitten, den Gegenstand Ihres Abscheues, Ihres Hasses, Ihrer ganzen Grausamkeit von Ihnen zu entfernen. Ich sehe doch, daß es Ihnen auf die Länge unausstehlich wird, von mir Unterricht anzunehmen.

GUSTCHEN Herr Läuffer –

LÄUFFER Lassen Sie mich. Ich muß sehen, wie ich das elende Leben zu Ende bringe, weil mir doch der Tod verboten ist.

GUSTCHEN Herr Läuffer –

LÄUFFER Sie foltern mich. *Reißt sich los und stürzt ab.*

GUSTCHEN Wie dauert er mich!

8

ZIERGÄRTCHEN DES GEHEIMEN RATS VON BERG.

Geheimer Rat. Pastor Läuffer. Läuffer.

GEH. RAT Ich bedaure ihn und Sie noch viel mehr, Herr Pastor, aber mich bei meinem Bruder für Ihren Sohn verwenden – nein.

PASTOR Aber bedenken Sie doch: nichts mehr als dreihundert Taler! Dreihundert arme Talerchen; und vierhundert hat der Herr Major ihm doch im Jahr versprochen: aber beim Ende des Halbjahres hat er ihm nur hundertundvierzig ausgezahlt; jetzt beim Beginn des zweiten, da doch die Arbeit meines Sohnes immer zunimmt, nennt er ihm zweihundert als Jahrgehalt. Das ist wider alle Billigkeit! Verzeihen Sie mir!

GEH. RAT Warum? Hofmeister! Tagdieben und sich Geld dafür bezahlen lassen? Die edelsten Stunden des Tags bei einem jungen Herrn versitzen, der nichts lernen mag, noch braucht; den Rest an den Winken der gnädigen Frau hängen und sich in die Falten des gnädigen Herrn hineinstudieren; essen, wenn er satt ist, und fasten, wenn er hungrig ist, Punsch trinken, wenn er p-ss-n möchte, und Karten spielen, wenn er das Laufen hat? Ohne Freiheit geht das Leben rückwärts, Freiheit ist das Element des Menschen wie das Wasser des Fisches, und ein Mensch, der sich der Freiheit begibt, vergiftet die edelsten Geister seines Blutes, erstickt seine süßesten Freuden des Lebens in der Blüte und ermordet sich selbst.

PASTOR Aber – oh! Erlauben Sie mir; das muß sich ja der Hofmeister gefallen lassen; jeder kann nicht immer seinen Willen haben, und das läßt sich mein Sohn auch gerne gefallen, nur –

LÄUFFER Es handelt sich um das Pferd, Herr Geheimer Rat.

GEH. RAT Desto schlimmer, wenn er sich dies gefallen läßt, desto schlimmer! Potz hundert, Herr Pastor, Sie haben ihn doch nicht zum Bedienten aufgezogen. Und was ist er jetzt anders als Bedienter.

PASTOR Aber Herr Geheimer Rat! Gütiger Gott!

LÄUFFER Nur das Pferd, Vater.

PASTOR Es müssen doch, bei Gott! auch Hauslehrer in der Welt sein.

GEH. RAT Ich behaupt: es müssen keine Hauslehrer in der Welt sein! Das Geschmeiß taugt den Teufel zu nichts.

PASTOR Herr Geheimer Rat, ich bin nicht hergekommen, mir Grobheiten sagen zu lassen; ich bin auch Hauslehrer gewesen. Ich habe die Ehre.

LÄUFFER Herr Vater!

PASTOR Ich bin kein Cholerikus, aber was man mir sagt, muß Hand und Fuß haben. Hauslehrer taugen zu nichts! Wer hat Ihrem Herrn Sohn, der in Halle studiert, wie ich höre, den Verstand und die guten Sitten beigebracht?

GEH. RAT Ei, ich hab ihn wohlweislich zur öffentlichen Schul gehalten, Herr Pastor. Die paar Prinzipien, die er braucht, daß er sich treu philosophisch im Leben verhält, die hat er von mir gehört, da waren einige Tischgespräche genug.

PASTOR Oh – *zieht seine Uhr heraus* –, ich hab, verzeihen Sie mir, Herr Rat, leider nicht die Zeit für längere Dispute. Ich bin ein armer Pastor und Seelenhirt und hab allerhand Gänge, wenn ich schon von Ingelshausen nach Insterburg komm.

LÄUFFER Gnädiger Herr, könnten Sie nicht ...

PASTOR Laß es, Sohn, komm.

LÄUFFER Das Pferd. Könnten Sie nicht doch auf den Herrn Bruder einwirken? Das Ärgste ist, daß ich gar nicht von Insterburg komme und in einem ganzen halben Jahr – gleich, Vater – meinen Fuß nicht aus Insterburg habe setzen ... Man hat mir ein Pferd versprochen, alle Vierteljahr einmal nach Königsberg zu reiten!

GEH. RAT Was will Er denn in Königsberg?

LÄUFFER Gnädiger Herr Rat, in die Bibliotheken.

GEH. RAT Ich dacht, in die Bordelle. Ihn sticht wohl der Hafer? *Pastor ab.*

LÄUFFER Gnädiger Herr ..., es könnte zu etwas Schröcklichem kommen ... *Folgt seinem Vater.*

GEH. RAT *ruft ihnen nach:* Mein Bruder bekommt für seine Ökonomie nicht Ackergäule, und da will Er von ihm einen Gaul für Seine Ausschweifungen!

Dritter Akt

9

ZU HALLE.

Pätus. Fritz.

FRITZ Sie hat es mir artig aus dem Klopstock ausgeschrieben, den ich ihr schenkte:
»Dich zu finden, ach dich, lernt ich die Liebe, sie,
Die mein steigendes Herz himmlisch erweiterte,
Nun in süßeren Träumen
Mich in Edens Gefilde trägt!«
Und das:
»Schön ist, Mutter Natur, deiner Erfindung Pracht
Auf die Fluren verstreut ...«
Sie zeichnet jetzt nach der Natur! Aber woran brütest du?

PÄTUS Über was Metaphysischem, Bruder. Ich will dir die Frage vorsezieren. Wenn zum Beispiel – es ist eine Frage in re philosophia – die Sinne oder der Körper des Weibes in ihrem Objekt, einem bestimmten Manne, gleichgerichtet sind mit der Seele oder dem Kopf, das heißt, sie denket mit dem Kopf als sie begehret mit dem Körper, dann ist alles, wie es sein muß und hat kein philosophisches Interesse. Einverstanden?

FRITZ Einverstanden. Aber wo willst du hinaus?

PÄTUS Darauf, daß es von philosophischem Interesse ist, wenn sie einen bestimmten Mann A liebt und begehret oder befriedigt mit dem Körper einen andern B.

FRITZ Sprichst du von einem gewesenen Fall?

PÄTUS Einem vorgestellten. Nun, wie ist es dann? Ist dann in der Beurteilung Körper oder Geist, was zählt? Es ist eine Frage in re philosophia.

FRITZ Meinst du: solle man da sagen, sie liebt A, oder sagen, sie schläft mit B?

PÄTUS Getroffen. Was also?

FRITZ Ich denke, du willst, ich sage: der Geist zählt. Aber warum zitterst du? Betriffts dich?

PÄTUS Berg, ich bins manchmal fast müd, Philosophie zu betreiben! *Bricht in Tränen aus.* Oh, Bollwerk, Bollwerk! Warum mußtest du Jungfer Rehhaar für mich treffen und warum gingst du in den Schießstand mit ihr, für mich gut Wetter machen? Hätt ich doch nur einen Rock gehabt! Für mich, für mich hast du sie gestreichelt, sie geschwängert für mich!

FRITZ Ist es das! Hat es der Bollwerk dir gestanden? Armer Pätus!

PÄTUS Armer Pätus! Ärmer noch, da ohne Mittel, den Unglücklichen nunmehr wenigstens zu helfen! – Deine Standhaftigkeit gegen den Professor Wolffen hat dich hineingeritten, durchgefallener Pätus! Ohne Mittel jetzt, deine Pflicht zu tun.

FRITZ Welche Pflicht?

PÄTUS Siehst du es nicht? Der Chirurgus verlangt zwanzig Taler!

FRITZ Von dir doch nicht! Du hast doch nicht –

PÄTUS Aber für mich geschah es, für wen sonst? Mich liebt sie! Wäre er nicht anstatt meiner gekommen, hätte sie sich nie ... Ihr tränenübergossenes Gesicht verfolgt mich in meinem Schlaf. Wie Bollwerk sie vor mich bringt und sie meine Hand faßt und murmelt: Wir haben immer von Ihnen nur geredet! Wie kann ich sie verlassen?

FRITZ *umarmt ihn:* Ich verstehe dich! Großherziger Pätus! Was wirst du tun, was wollen wir tun? Ja, wir? Bin ich nicht dein Freund? Auch ich bin verpflichtet. Verfüge über meine Börse.

PÄTUS Fritz, mein Fritz, kann das sein? Ist die Erde von einem Geschlecht der Philosophen bevölkert?

FRITZ *gibt ihm Geld:* Nimm das gleich. Ich trags mit mir herum, weil ich nach Insterburg wollt in den Ferien.

PÄTUS Dann kann ichs nicht nehmen. Dein Gustchen! Wie mag sie dich brauchen, sich die Augen ausschauen nach dir? Und kein Fritz taucht auf, sie zu umarmen! Er gibts Reisegeld für Jungfer Rehhaar ...

FRITZ Schön, mein Pätus, so laß es denn keine Wallung des Gemüts sein! Das Denken entscheide! Mein Mädchen erwartet mich in den Ferien, sie gesteht es mir in diesem Briefe. *Liest:* »In den Osterferien wirst du eine kühnere Julie wiederfinden!« Empfange mein Geständnis, mein Pätus: der Passus hat mich geängstiget. Nein, glaub mir, 's ist eben besser, ich fahr nicht nach Insterburg dieses Jahr. Ich möcht der alte keusche Joseph nicht mehr sein. Hab ich mich doch auch entwickelt in eurem Halle!

PÄTUS Wie soll ich dirs je lohnen, Bruder?

FRITZ Führe mich in diesen Ferien tiefer ein in deinen aufwieglerischen Immanuel Kant, und ich werde den besseren Teil unseres Handels gewinnen.

PÄTUS Seis gewiß! ist er aufwieglerisch doch nur in der Idee!

Die Haustürschelle klingt.

Pätus springt zum Fenster.

PÄTUS Sie sinds!

Herein Bollwerk und Jungfer Rehhaar.

BOLLWERK Da sind wir wieder. Die Hunoldsche verlangt gar dreißig Taler. – Die Jungfer ist unpäßlich. Ein Glas Wasser wäre angezeigt.

PÄTUS Liebes, verehrungswürdiges Kind, Ihr seht mich, auch mein Freund hier, er weiß alles, in Rührung.

BOLLWERK Hoffentlich wird nicht nur Rührung, sondern auch einiges an Zechinen offeriert.

PÄTUS Es wird alles aufs beste geordnet werden. Aber ich muß das Glas Wasser –

BOLLWERK Alles geordnet? Du zahlst, hast du Geld? Laß das Gelaufe! Hast dus?

PÄTUS Fräulein Rehhaar! Keine Minute mehr sollen Sie in Ungewißheit sein, daß die Pflicht erfüllt wird, ohne Bedenken noch Aufschub.

BOLLWERK Zwanzig Taler?

PÄTUS *zählt ihm das Geld auf den Tisch:* Flüssig gemacht durch die tiefen Einwirkungen der Philosophie! – Zwanzig Taler.

JUNGFER REHHAAR Sie sind sehr gütig, gnädiger Herr Pätus. Wo Sie doch selber nichts dadurch gehabt haben!

BOLLWERK Sag das nicht! Aber, à la bonne heure! Umarm sie, aufrechter Pätus, du hast dirs verdient.

PÄTUS *verbeugt sich tief:* Ihr Diener, Jungfer Rehhaar.

Bollwerk und Jungfer Rehhaar ab.

PÄTUS Es ist ein guter Kern in Bollwerken, wie wär er ansonsten so rauh? Es frißt ihm das Herz aus. *Gibt ihm den Beutel zurück.* Du tatst nach dem Immanuel Kant, Bruder Berg. *Blättert ein Buch nach.* »Handle nur nach derjenigen Maxime, durch die du zugleich wollen kannst, daß sie ein allgemeines Gesetz werde.« Moralische Schriften. Erstens: Grundlegung zur Metaphysik der Sitten. Zweiter Abschnitt.

10

GUSTCHENS ZIMMER ZU INSTERBURG.

Gustchen und Läuffer (liegen im Bette).

LÄUFFER An allem war von Anfang nur dein Vater schuld. Mußt er einen Präzeptor für dich sparen wollen? Im selben Atem seines Geizes kürzte er mich. Nun will er mir gar aufs folgende Jahr nur hundertundzwanzig Taler geben. Ich muß quittieren.

GUSTCHEN Und was werd ich dann anfangen?

LÄUFFER Machen, daß du zu meinem Vater in die Pfarre kommst; nach Ingelshausen!

GUSTCHEN Mein Onkel leid't es nimmer, daß mein Vater mich zu deinem Vater ins Haus gibt.

LÄUFFER Mit dem verbrieften Adelsstolz!

GUSTCHEN *nimmt seine Hand:* Wenn du auch böse wirst, Hermannchen! *Küßt ihn.* O mein Lehrer, wie sieht deine Schülerin drein? Blaß wie der Tod?

LÄUFFER Gesund wie der Fisch im Wasser. Rate mir selber. – Gestern hat mir dein Herr Bruder wieder eine Ohrfeige gegeben.

GUSTCHEN Du duldetsts um meinetwillen.

LÄUFFER Soll ich mir da ein Gewissen daraus machen, daß ich mich nicht bezähmt? Sicherlich, ich werde zu üppig verköstigt für einen Sklaven. Der Sellerie, die Truthähne, die Schokolade – ein so gepäppelter Korpus soll nicht sündig werden?

GUSTCHEN Pfui! So spricht Liebe nicht. Es war Schicksal, mein guter Lehrer.

LÄUFFER *da sie fortfährt, seine eine Hand von Zeit zu Zeit an die Lippen zu bringen:* Laß mich denken ... *Bleibt nachsinnend sitzen.*

GUSTCHEN *in der beschriebenen Pantomime:* O Romeo! Wenn dies deine Hand wäre. – Warum hast du mich verlassen, unedler Romeo! Siehst du nicht, daß deine Julie für dich stirbt – von der ganzen Welt, von ihrer ganzen Familie gehaßt, verachtet, ausgespien. *Drückt seine Hand an ihre Augen.* O unmenschlicher Romeo!

LÄUFFER *sieht auf:* Was schwärmst du wieder?

GUSTCHEN Es ist ein Monolog aus einem Trauerspiel, den ich gern rezitiere, wenn ich Sorgen habe.

LÄUFFER Ich mag keine Trauerspiele.

GUSTCHEN O weltenfernes Halle! – Aber vielleicht bist du nicht ganz strafbar. Deines Vaters Verbot, Briefe mit mir zu wechseln, aber die Liebe setzt sich über alle Verbote – du hast mich vergessen ...

LÄUFFER *mißtrauisch:* Noch les ich, dünkt mich, im Bette deinen Lippen alles vom Blatt!

GUSTCHEN *küßt Läuffers Hand inbrünstig:* O göttlicher Romeo!

LÄUFFER *grob:* Ich bin nicht Romeo, ich bin Läuffer, wenns beliebt.

Gustchen wendet sich zur Wand, weint.

LÄUFFER *küßt reumütig ihre Hand und sieht sie eine Weile stumm an:* Es könnte mir gehen wie Abälard. Sie haben den Roman gelesen, denk ich, wiederholen Sie, mein Fräulein, was Sie über Abälard und Heloise wissen!

GUSTCHEN Als es ruchbar wurde, daß Abälard und seine Heloise sich insgeheim verehelicht hatten, ließ ihr Oheim, Monsignore Fulbert, Canonicus in Paris, ihn durch Häscher ergreifen und seines Geschlechts berauben.

LÄUFFER Ich hör Schritte auf dem Gang.

GUSTCHEN Meines Vaters – um Gottes willen! – Du bist drei Viertelstunden zu lang hier geblieben. *Läuffer läuft fort.* Mein Fritz!

11

DER MAJORIN ZIMMER. IM AUGUST.

Die Majorin. Graf Wermuth. Der Major.

MAJORIN *am Spinett:* Ach, Graf, so manch Talent muß unter den Scheffel gestellt werden; es findet keinen Platz in unsrer engen Welt. Sängerin! Im Schein der Kerzen, vielleicht gar der Bühne! Es ist uns verwehrt, unser Stand gestattet solche Freiheiten nicht. Mögen Sie dies? *Sie singt ein schmachtendes Lied.*

GRAF Superb!

MAJORIN Schmeichler! Ich bin heute nicht eben bei Stimme. Dies da ... *Sie singt ein anderes.*

GRAF Das ist angeborenes Talent! Die einen haben es, die anderen haben es nicht. Dann hilft nichts.

MAJORIN Es ist auch die éducation, der Fleiß, glauben Sie mir. Der Wille, zum Beispiel.

GRAF Ich wollte, Fräulein Gustchen hätte dieses Genie geerbt! Wo ist sie?

MAJORIN Ach ja. *Summt.* Ich halte Sie auf, nicht? Nichts Gräßlicheres als Künstler, noch so begabt, die nicht die Kunst des Aufhörens beherrschen. Vielleicht nur dies noch. *Sie singt.*

GRAF Charmant. Aber, gnädige Frau, kriegt man denn Fräulein Gustchen gar nicht mehr zu sehen? Wie befindet sie sich auf die vorgestrige Jagd?

MAJORIN Zu Ihrem Befehl; sie hat die Nacht Zahnschmerzen gehabt, darum darf sie sich heut nicht sehen lassen. Was macht Ihr Magen, Graf, auf die Austern?

GRAF Oh, das bin ich gewohnt. – Im übrigen dünkte mich Fräulein Gustchens Entwicklung ganz prächtig – erblüht wie eine Rose gegen den vorigen Herbst.

MAJORIN Die jungen Mädchen von heute ... sie wechseln beständig. Etwas zu viel empfindsame Lektüre, und die Augen umschatten sich wie bei Schwindsüchtigen, ein bißchen Zeichnen nach der Natur, und sie blühen auf ... Ich sage immer: gesund wird man erst nach den Dreißigern.

GRAF Und Gesundheit ist die veritable Quelle der Schönheit. *Da die Majorin wieder auf dem Spinett spielt:* Wenn Fräulein Gustchen käme, macht ich ein paar Touren im Garten mit ihr. Ihnen, gnädige Frau, darf ichs nicht zumuten; mit Ihrer Fontanelle am Fuß.

MAJORIN Wenn nur gewisse andere Leute auch so besorgt um meine Gesundheit wären ... Der Major kennt seit dem Krieg nichts mehr außer seiner leidigen Ökonomie. Den ganzen geschlagenen Tag auf dem Felde, und wenn er nach Hause kommt, sitzt er stumm wie ein Stock. – Ach, Graf ... Neulich hat er wieder einmal den Einfall, bei mir zu schlafen, da ist er mitten in der Nacht aus dem Bett gesprungen und hat sich, hehe, ich sollts Ihnen nicht erzählen, aber Sie kennen ja die lächerliche Seite von meinem Mann schon ...

GRAF Und hat sich ...

MAJORIN An die Rechnungsbücher gemacht. Er hat im Schreibzimmer drunten gestöhnt, daß mir zu grauen anfing. Aber was gehen mich seine Narrheiten an? Mag er Pietist oder Quäker werden. Meinethalben! Er wird dadurch weder häßlicher noch liebenswürdiger in meinen Augen werden, als er ist.

Sieht den Grafen schalkhaft an.

GRAF *faßt sie ans Kinn:* Boshafte Frau! – Aber wo ist Gustchen? Ich möchte gern mit ihr spazierengehn.

MAJORIN Still, da kommt ja der Major ... Sie können mit ihm gehen, Graf. Er wird Ihnen 's Gewächshaus zeigen.

GRAF Denk doch. – Ich will nun aber mit Ihrer Tochter gehn.

MAJORIN Sie wird noch nicht angezogen sein: es ist was Unausstehliches, wie faul das Mädchen ist.

Major von Berg kommt im kotigen Rock.

MAJORIN *spielt auf dem Spinett das Largo von Händel:* Nun wie stehts, Mann! Wo treiben Sie sich denn wieder herum? Man kriegt Sie ja den ganzen Tag nicht zu sehen. Sehn Sie ihn nur an, Herr Graf! Sieht er doch aus wie der Heautontimorumenos in meiner großen Madame Dacier abgemalt! Ich glaube, du hast Mist gefahren, Herr Major?

GRAF In der Tat, Herr Major, Sie haben noch nie so übel ausgesehen. Daß Ihnen die Ökonomie so auf dem Gemüt liegt!

MAJORIN Geiz, nichts als der leidige Geiz, er meint, wir werden verhungern, wenn er nicht täglich wie ein Maulwurf auf dem Felde wühlt. Bald gräbt er, bald pflügt er, bald eggt er. Du willst doch nicht Bauer werden. Du mußt mir vorher einen andern Mann geben!

MAJOR Meiner Treu, du vergißt, Frau, daß ein Krieg bezahlt sein muß. Aber, 's ist wahr, ich seh euch gar nimmer. Wo ist die Gustel?

MAJORIN *immerfort spielend:* Gustel! Gustel! Gustel! Das ist alles, was man hört. Alles, was er noch im Kopf hat, der Maulwurf, wenn nichts anderes mehr. Sein Gustchen, immer sein Gustchen!

MAJOR Ja, und du hältst sie mir aus den Augen, du bist schalu über sie.

MAJORIN Hören Sie nur, wie er mich anfährt! Als ob ich sie auf ihrem Zimmer halte. Aber ich bins satt, sie soll mir herunterkommen, wenn Besucher da sind. *Ab.*

GRAF Major, ich bin embarrassiert, darf ich mich empfehlen?

MAJOR Bleiben Sie nur.

GRAF *nach einer Pause:* Was die Ökonomie angeht, haben Sie letztlich einen Blick in die Gazetten getan, Herr Major? Es hat da viel Gerede gegeben, daß der König eine Berliner Bank gegründet, die Akzise auf französischem Fuß ...

MAJOR Berlin!

GRAF Sagen Sie nichts gegen Berlin. Wir schreiten fort, das

ist definitiv, Europa blickt auf uns. Erst das Ballett und jetzt die Bank, à la bonne heure!

MAJOR Bank! Lieber Graf, da ist was faul, glauben Sies mir. Wir können unseren sodomitischen Untergang auch ohne Banken und solch neumodisch Zeug haben, o ja.

GRAF Und das Ballett? Unter uns, Major, ich habe immer gedacht, ein kleiner Abstecher hin und wieder nach Sodom frischt das Blut auf.

Die Majorin stürzt herein.

MAJORIN Zu Hilfe, Mann – wir sind verloren – unsere Familie! Unsere Familie!

GRAF Frau Majorin! Was stellen Sie an?

MAJORIN Unsere Familie – Infamie – oh, ich kann nicht mehr. *Fällt auf einen Stuhl.* – Deine Tochter!

MAJOR *geht auf sie zu:* Was ist mit ihr? Willst du mit der Sprach heraus? – Oder ich dreh dir den Hals um.

MAJORIN Deine Tochter – der Hofmeister – lauf! *Fällt in Ohnmacht.*

MAJOR Hat er sie zur Hure gemacht? *Schüttelt sie.* Wühl ich dafür in der Erde? Was fällst du da hin? Jetzt ists nicht Zeit zum Hinfallen. Zur Hure gemacht? Ists das? Nun so werd denn die ganze Welt zur Hure mit Ballett, Akzise und Cembalo, und du, Berg, nimm die Mistgabel zur Hand! *Zu seiner Frau:* Komm, komm, Hure, du auch! Sieh zu! *Reißt die Tür auf.* Ich will ein Exempel statuieren – Gott hat mich bis hierher erhalten, damit ich an Weib und Kindern Exempel statuieren kann. – Verbrannt, verbrannt, verbrannt! *Schleppt seine Frau ohnmächtig vom Theater.*

GRAF Parbleu!

12

DORFSCHULE NAHE BEI INSTERBURG.

Wenzeslaus. Läuffer. Lise.

WENZESLAUS *sitzt an einem Tisch, die Brille auf der Nase und liniiert:* Wer da? Was gibts?

LÄUFFER *der atemlos hereingestürzt ist:* Schutz! Schutz! Werter Herr Schulmeister! Man steht mir nach dem Leben.

WENZESLAUS Wer ist Er denn?

LÄUFFER Ich bin Hofmeister im benachbarten Schloß. Der Major Berg ist mit all seinen Bedienten hinter mir und wollen mich erschießen.

WENZESLAUS Behüte. – Setz Er sich nieder bei mir. – Hier hat Er meine Hand: Er soll sicher bei mir sein. – Und nun erzähl Er mir, derweil ich diese Vorschrift hier schreibe.

LÄUFFER Lassen Sie mich erst selber zu mir kommen.

WENZESLAUS Gut, verschnauf Er sich, aber sag Er mir noch – Hofmeister – *legt das Lineal weg, nimmt die Brille ab und sieht ihn eine Weile an –:* wie ist Er denn zu dem Unstern gekommen, daß sein Herr Patron so entrüstet auf Ihn ist? – Reich Er mir doch das Sandbüchslein. – Sehen Sie, da muß ich meinen Buben die Linien selber ziehen, denn nichts lernen die Burschen so schwer als das Gradeschreiben, das Gleichschreiben. – Nicht zierlich geschrieben, nicht geschwind geschrieben, sag ich immer, aber nur grad geschrieben, denn das hat seinen Einfluß auf alles, auf die Sitten, auf die Wissenschaften, auf alles, lieber Herr Hofmeister. Ein Mensch, der nicht grad schreiben kann, sag ich immer, der kann auch nicht grad handeln. – Wo waren wir? Leg Er mir doch die Blätter dort hinüber!

LÄUFFER *der ihn bedient hat:* Dürft ich mir ein Glas Wasser ausbitten?

WENZESLAUS Wasser? – Sie sollen Bier haben. Aber – ja wovon redeten wir?

LÄUFFER Vom Gradschreiben.

WENZESLAUS Nein, vom Major – hehehe! Aber wissen Sie auch, Herr – wie ist Ihr Name?

LÄUFFER Name – ich heiße – Mandel.

WENZESLAUS Herr Mandel! – Und darauf mußten Sie sich noch besinnen? Nun ja, man hat bisweilen Abwesenheiten des Geistes.

LÄUFFER Darf ich mir das Fenster auftun? Um Gottes willen, der Graf Wermuth!

WENZESLAUS *streng:* Reich Er mir noch einmal das Sandbüchslein! *Läuffer bringt es ihm zitternd. Herein Graf Wermuth mit Bedienten, die Pistolen tragen. Läuffer springt in eine Kammer.*

WENZESLAUS Nervi corrupti.

GRAF Hier ist ein gewisser Läuffer. Ein Student im braunen Rock mit Litzen.

WENZESLAUS Herr, in unserm Dorf ists Mode, daß man den Hut abzieht, wenn man in die Stube tritt und mit dem Herrn des Hauses spricht.

GRAF Die Sache pressiert. – Sagt mir, ist er hier oder nicht?

WENZESLAUS Und was soll er denn verbrochen haben, daß Ihr ihn so mit gewaffneter Hand sucht? *Graf will in die Kammer, Wenzeslaus stellt sich vor die Tür.* Halt, Herr! Die Kammer ist mein, und wo Ihr nicht augenblicklich Euch aus meinem Hause packt, so zieh ich nur an meiner Schelle und ein halb Dutzend handfester Bauernkerle schlägt Euch zu morsch Pulver-Granatenstücken, Herr! Seid Ihr Straßenräuber, so muß man Euch als Straßenräuber begegnen, Herr! Und damit Ihr Euch nicht verirrt und den Weg zum Haus hinaus so gut findet, als Ihr ihn hineingefunden habt – *faßt ihn an der Hand und führt ihn zur Tür hinaus.*

LÄUFFER *guckt aus der Kammer hervor:* Glücklicher Mann! Beneidenswerter Mann! Ich bewundere Sie ...

WENZESLAUS Und jetzt setzen Sie sich nieder und nehmen mit einem Salat und Knackwurst vorlieb auf den Schrecken. Lise! *Herein Lise.* Hol dem Herrn Mandel einen Krug Bier! *Lise ab.* Das war mein Mündel. – Und während Sie auf das Bier warten, helfen Sie mir beim Liniieren, daß Sie sich Ihr Abendbrot verdienen, das hilft der Moral. *Läuffer setzt sich zum Liniieren.* Was war das für ein ungeschliffener Kerl, der nach Ihnen suchte?

LÄUFFER Es ist ein Graf Wermuth, der künftige Schwiegersohn des Majors; er ist eifersüchtig auf mich, weil das Fräulein ihn nicht leiden kann, das ist alles.

WENZESLAUS Aber wie soll denn das auch? Was will das Fräulein denn mit Ihm, Monsieur Jungfernknecht? Das laß Er sich aus dem Kopf und eß Knackwurst. Fang Er schon an damit! Aber mach Er mir keine Fettflecke!! Und liniier Er gerade, wenns gefällig ist! – Nicht wahr, es ist ein Abstand von meinem Tisch und des Majors? Aber wenn der Schulmeister Wenzeslaus seine Wurst ißt, so hilft ihm das gute Gewissen verdauen, und wenn der Herr Mandel Fasan mit der Champignonsauce aß, so stieß ihm sein Gewissen jeden Bissen, den er hinabschluckte, mit der Moral wieder in den Hals zurück.

LÄUFFER Oh! Und Sie haben noch nicht alles gesagt, Sie kennen Ihren Vorzug nicht ganz. Haben Sie nie einen Sklaven im betreßten Rock gesehen? O Freiheit, güldene Freiheit!

WENZESLAUS *verweist ihn auf seine Linierarbeit:* Der Flegel da, der mir vorhin in meine Kammer wollte, ohne mich vorher um Erlaubnis zu bitten! Laß Er ihn ruhig wiederkommen und alle Majors der Welt dazu! Aber potz Millius, jetzt ist die Knackwurst gar und das Bier noch nicht da! – Ihr raucht doch eins mit?

LÄUFFER Ich wills versuchen, ich hab in meinem Leben nicht geraucht.

WENZESLAUS Ja freilich, Ihr Herren, das verderbt Euch die Zähne, nicht wahr? Ich habe geraucht, als ich kaum von meiner Mutter Brust entwöhnt war; die Warze mit dem Pfeifenmundstück verwechselt. Hehehe! Das ist wider die böse Luft und die bösen Begierden ebenfalls. Das ist so meine Diät: des Morgens kalt Wasser und eine Pfeife, dann Schul gehalten bis elfe, dann wieder eine Pfeife, bis die Suppe fertig ist. Die kocht mir meine Lise so gut wie Eure französischen Köche, und dann wieder eine Pfeife, dann wieder Schul gehalten bis viere – dann Vorschriften geschrieben bis zum Abendessen; da eß ich dann gemeiniglich kalt etwas, eine Wurst mit Salat, ein Stück Käs oder was der liebe Gott gegeben hat, und dann wieder eine Pfeife vorm Schlafengehen. –

LÄUFFER Gott behüte, ich bin in eine Tabagie geraten. –

WENZESLAUS Und da werd ich dick und fett bei und lebe vergnügt und denke noch ans Sterben nicht.

LÄUFFER Da haben Sie wohl einen ansehnlichen Lohn?

WENZESLAUS Was für Lohn? Das war dumm gefragt, Herr Mandel. Verzeih Er mir, was für Lohn? Gottes Lohn hab ich dafür, ein gutes Gewissen! Weiß Er denn überhaupt, was das heißt: Lehrer sein? *Stolziert schrecklich auf und ab.* Ich bilde Menschen nach meinem Ebenbilde. Teutsche Hermanne! Gesunde Geister in gesundem Körper, nicht so welsche Affen. Er mag wohl sagen: halb Geistesriesen, halb gute Untertanen. Was ist das? Untertänige Riesen oder riesige Untertanen? Immer sternenwärts, aber: dreimal wehe, wenn Er gegen den Stachel lökt! – Will Er denn nicht rauchen? So rauch Er doch! Er muß nämlich sich besiegen, ich meine nicht Ihn, sondern den teutschen Hermann, bevor er die Welt besiegt. Ei, ich will Ihm mit dem Stock, wenn Er da ... Aber ... aber ... aber – *er reißt ihm den Federkiel, mit dem Läuffer in den Zähnen stochert, aus dem Mund* –, was ist denn das da? Habt Ihr denn noch nicht einmal soviel gelernt, großer Mensch, daß Ihr für Euren eigenen Körper Sorge tragen könnt? Das Zähnestochern ist ein Selbstmord. Da, wenn Euch was im Zahn sitzen bleibt –

nimmt Wasser und schwängt den Mund aus. So müßt Ihrs machen, wenn Ihr gesunde Zähne behalten wollt. Mach Ers. *Läuffer macht es ihm nach.*

LÄUFFER Der wird mich noch zu Tode meistern.

WENZESLAUS Schmeckt Euch der Toback nicht? Ich wette, nur noch ein paar Tage mit dem alten Wenzeslaus zusammen, und ich will Euch nach meiner Hand ziehen, daß Ihr Euch selber nicht mehr kennen sollt. – Mit dem Hofmeisterspielen ist es ja nun wohl aus, junger Herr, so ohne Zeugnis. Und auf eine Stelle in der Dorfschule kann Er da auch nicht hoffen, wo jetzo der König doch nach seinem Krieg die invaliden Unteroffiziers zu Lehrern anstellt, ja, ja. Ich vermute, daß Ihr schwach in der Latinität seid, aber da Ihr doch eine gute Hand schreiben müßt, als Hofmeister, so könntet Ihr mir doch fleißig so abends an die Hand gehen, weil ich meine Augen muß anfangen zu schonen, und meinen Buben die Vorschriften schreiben. Aber Ihr müßt fleißig sein, das sag ich Euch!

LÄUFFER Welche Demütigung!

Der Major, der Geheime Rat und Graf Wermuth treten herein mit Bedienten.

MAJOR *mit gezogenem Pistol:* Daß dich das Wetter! Da sitzt der Has im Kohl. *Schießt und trifft Läuffer in den Arm. Läuffer fällt vom Stuhl.*

GEH. RAT *der vergeblich versucht hat, ihn zurückzuhalten:* Bruder! *Stößt ihn unwillig.* So habs denn darnach, Tollhäusler!

MAJOR Was? Ist Er tot? Kann Er mir keine Nachricht mehr von meiner Tochter geben?

WENZESLAUS Ihr Herren! Ist das Jüngste Gericht nahe, oder sonst etwas? Was ist das? *Greift nach dem Brotmesser.* Ich will Euch lehren, einen christlichen Mann in seinem Hause überfallen.

LÄUFFER Ich beschwör Euch: tut nichts! – Es ist der Major; ich habs an seiner Tochter verdient.

GEH. RAT Ist kein Chirurgus im Dorf, ehrlicher Schulmeister? Er ist am Arm verwundet, ich will ihn kurieren lassen.

WENZESLAUS Ei was, kurieren lassen! Straßenräuber! Schießt man Leute übern Haufen, weil man so viel hat, daß man sie kurieren lassen kann? Er ist mein Kollaborator; er ist eben ein Jahr in meinem Hause: ein stiller, friedfertiger, fleißiger Mensch, und Ihr kommt und erschießt mir meinen Kollaborator in meinem eigenen Hause! – Das soll gerochen werden!

GEH. RAT *winkt einem Bedienten, Läuffer zu verbinden:* Wozu das Gelüge, lieber Mann? Es ist alles aufgedeckt. *Zum Major:* Meinen Fritz schick ich nach Italien, er darfs gar nicht erfahren. – Die Wunde könnt sich verbluten, lauf nach einem Chirurgen.

WENZESLAUS Ei was! Wenn Ihr Wunden macht, so mögt Ihr sie heilen, Straßenräuber! Ich lauf nicht nach dem Gevatter Schöpsen, ich lauf die Sturmglock läuten! *Ab.*

Die Bedienten setzen Läuffer auf seinen Stuhl. Läuffer erwacht.

MAJOR Und jetzt zu Ihm! Und wenn wir glühende Zangen ansetzen sollten: Wo ist meine Tochter?

LÄUFFER Hätt mir der Herr Major doch nur das Pferd nach Königsberg gegeben, wie ausgemacht war!

MAJOR Was hat das Pferd damit zu schaffen, Schurke? Wo ist meine Tochter?

LÄUFFER Ich weiß es nicht.

MAJOR Du weißt nicht? *Zieht noch ein Pistol hervor.*

LISE *herein mit dem Bier:* Schießt nicht! O unglücklicher Herr Mandel! *Wirft sich vor Läuffer.*

GEH. RAT *entreißt das Pistol, schießt es aus dem Fenster ab:* Sollen wir dich mit Ketten binden lassen, du ... *Zu Läuffer:* Antwort Er doch!

LÄUFFER Ich habe sie nicht gesehen, seit ich aus Ihrem Hause geflüchtet bin; das bezeug ich vor Gott, vor dessen Gericht ich vielleicht bald erscheinen werde.

MAJOR *will wieder auf ihn los:* Nun denn, so wieder eine Ladung Pulver umsonst verschossen! Ich wollt, sie wär dir durch den Körper gefahren, da du doch kein gescheutes Wort zu reden weißt, Lumpenhund!

GEH. RAT Berg!

LISE Sind Sie der Herr Major von Berg? Gnädiger Herr! Ein Fräulein ist im Wirtshaus gewesen und hat Kaffee verlangt. Sie hat gezahlt und zum Wirt gesagt: wenn mein Vater kommt und nach mir fragt, so sagt ihm nicht, daß ich am Teich bin bei den Ulmen. Aber sagt ihm, ihr lieben Leute, daß ich ihn grüße.

MAJOR Am Teich? An den Teich, an den Teich! *Ab.*

GEH. RAT Und er kann nicht schwimmen!

GRAF Könnt ichs wenigstens!

GEH. RAT Ich darf ihn nicht aus den Augen lassen. *Wirft Läuffer einen Beutel hin.* Lassen Sie sich davon kurieren, und bedenken Sie, daß Sie meinen Bruder weit gefährlicher verwundet haben als er Sie.

Geheimer Rat und Graf schnell ab.

LÄUFFER *bitter:* Was hat das Pferd damit zu schaffen! Wo bleibt meine vita sexualis?

13

NAHE BEI INSTERBURG.

Gustchen (an einem Teich mit Gesträuch umgeben). Major. Geheimer Rat. Graf Wermuth. Bediente.

GUSTCHEN Niemand kömmt. Soll ich denn hier sterben? Fritz, mein Fritz! Warum kamst du nicht in die Ferien? Da war ich noch nicht ... Da gehen jetzt auch die Wolken über den Mond. Bald findet mich keiner mehr.

MAJOR *von weitem:* Gustel! Gustel!

Gustchen stellt ihre Schuhe hin und watet mit zurückgewandtem Antlitz in den Teich.

MAJOR *gefolgt vom Geheimen Rat und Graf Wermuth:* Hei! Ho! Da gings in den Teich – ein Weibsbild wars! Nach, Berg, das ist der Weg zu Gustchen oder zur Hölle! *Watet ihr nach.*

GEH. RAT Gott im Himmel! Er ersäuft mit!

GRAF Hoffentlich ists seicht.

GEH. RAT Auf die andere Seite! *Zu den Bedienten, die lange Stangen tragen:* Nach, Kerle! – Mich deucht, er haschte das Mädchen ... Dort – hinten im Gebüsch. – Sehen Sie nicht? Nun watet er den Teich hinunter. Gott bewahr uns unsern kühlen Verstand. Andererseits – wer vom Menschlichen nicht angerührt wird –

Die Bedienten stochern mit den Stangen im Teich herum.

MAJOR *hinter der Szene:* Hilfe! Hilfe! 's ist meine Tochter!

GEH. RAT *zum Grafen:* Die Tragik in all dem, die Tragik! Er mag zwei Leben retten, der Unglückliche!

GRAF *zum Geheimen Rat:* Man fühlt sich so ohnmächtig. Diese grobschlächtigen Kreaturen – *auf die Bedienten* – finden sich besser zurecht.

MAJOR Sackerment und all das Wetter! Reicht mir doch die Stange! Daß Euch die schwere Not!

GEH. RAT *gibt einem Bedienten einen Tritt in den Hintern, daß er ins Wasser fällt:* Nach, Kerl, schon dich nicht!

Major Berg trägt Gustchen aufs Theater.

MAJOR Da! – *Setzt sie nieder und kniet nieder bei ihr.* Gustel! Was fehlt dir? – Hättest du mir nur ein Wort vorher davon gesagt; ich hätte dem Lausejungen einen Adelsbrief gekauft, da hättet ihr können zusammenkriechen. – Gott behüt! So helft ihr doch; sie ist ja nur ohnmächtig.

GEH. RAT Wenn ich nur wüßt, wo der maledeite Chirurgus vom Dorf bleibt!

GUSTCHEN *mit schwacher Stimme:* Vater!

MAJOR Was verlangst du?

GUSTCHEN Verzeihung.

MAJOR Verzeih dirs der Teufel, ungeratenes Kind. – Nein, fall nur nicht hin; ich verzeih dir – verzeih du mir nur! Ich habe dem Hundsfott eine Kugel durch den Kopf geknallt.

GEH. RAT Ich denke, wir tragen sie fort.

MAJOR Laßt stehen! Was geht sie Euch an? Bekümmert Euch um Euer Fleisch und Bein zuhause! *Er hat sie auf dem Arm.* Da, Mädchen – ich sollte wohl wieder nach dem Teich mit dir – *schwenkt sie gegen den Teich zu* –, aber wir wollen nicht eher schwimmen, als bis wirs Schwimmen gelernt haben, mein ich. – *Drückt sie an sein Herz.* Gottlose Kanaille! *Trägt sie fort.*

Zwischenspiel

Zur Glockenmusik einer Spieldose, der einige Töne fehlen, dreht sich die Bühne, und man sieht das Vergehen eines Jahres und wie unsere Personen es zubringen. Im Winter wandelt Fritz von Berg unter italienischen Zitronenbäumen; im Frühjahr ehelicht Pätus seine Karoline in Halle; im Sommer näht Gustchen Windeln zu Insterburg; im Herbst macht Läuffer immer noch Schreibarbeiten in der Dorfschule.

Vierter Akt

14

DORFSCHULE.

a

Stürmische Nacht im November. Läuffer (korrigiert Hefte). Lise (herein).

LISE Ich habe Sie geschreckt, und ich wollt doch nur fragen, ob Sie – noch was brauchen, Herr Mandel.

LÄUFFER Ich was brauchen? Nein, niemals! Was sollt ich Elendiger denn brauchen? Ich hab alles. Und bald geh ich zu Bett.

LISE Hätt ich Sie nicht stören sollen? Ich geh, Herr Mandel, Sie schreiben so viel.

LÄUFFER Du himmlische Erscheinung!

LISE Ich dacht, es könnt die Lampe blaken.

LÄUFFER Gewiß.

LISE Sie blakt gar nicht.

LÄUFFER Kind, du frierst ja, laß mich das Halstuch umlegen. Geh jetzt.

LISE Einen Topf Kaffee, Herr Mandel, daß Sie nicht frieren?

LÄUFFER Nein. Doch, mach ihn. *Lise ab.* Bin ich von Sinnen? Was entdeck ich? Dieses unschuldsvolle Wesen. Dieser Engel der Freundlichkeit, und ich, in wenigen Minuten eine Beute der verabscheuungswürdigsten Regungen? Woher dieser Orkan im Innern, entstehend aus einem Nichts? Von ihr eine unschuldige Handreichung, diese Lampe könnte blaken, und von mir, zum Dank, eine fleischliche Regung! Und unter dem Dach meines Wohltäters, im Anblick der Gegenstände, des Stuhls hier, des Bettes dort, mit denen seine Menschenliebe mich umgab! Dies ihm, der mir erst lehrte, was lehren heißt! Kann ich Ungeheuer mich niemals verbessern? Beginnt alles von Neuem? Habe ich nicht schon eine... Mir schwindelt. Geschändet, von einem verzweifelten Vater aus dem Teich gefischt, von mir hineingestoßen. Wird es jetzt sie sein? Nimmer, nimmer. *Er verriegelt die Tür.* Zu den Schulheften, Mandel! *Er arbeitet wieder.* Rechtschreibung, Rechtlebung. Wohin gehen wir, mit den Orkanen in der Brust? Wie lange nimmt es, einen Topf Kaffee zu kochen? Schreib Zensuren, du, entdecke Schreibfehler, der du deine Augen nicht bändigen kannst, daß sie nicht sehen, was das Brusttüchlein verhüllt. Schurke ohne Zeugnis und Zukunft! *Es klopft.* Nicht gemuckst. Der Riegel ist gut. Kehr um, Engel! *Er öffnet.*

LISE *herein mit einem Topf:* Warum verschließen Sie sich? Niemand Widriger kann über diese Schwelle zu später Nachtzeit. Hier das wärmende Getränk.

LÄUFFER Schon gut. *Er nimmt ihr ab und schiebt sie hinaus.* Geschafft! *Sinkt auf einen Stuhl.* Geh, Lise, du bist gerettet. *Es klopft wieder.* Der Riegel! *Lise tritt noch einmal ein.*

LISE Ich komme noch einmal, Herr Mandel, nichts für ungut.

LÄUFFER Doch für ungut!

LISE Ich komme, weil Sie gesagt haben, es wird morgen keine Kinderlehr – weil Sie – so komm ich – gesagt haben – ich komme, zu fragen, ob morgen Kinderlehr sein wird.

LÄUFFER Ach! – Seht diese Wangen, ihr Engel! Wie sie in unschuldigem Feuer brennen, und dann verdammt mich, wenn ihr könnt – Lise, warum zittert deine Hand? Warum sind dir die Lippen so bleich und die Wangen so rot? Was willst du?

LISE Ob morgen Kinderlehr sein wird?

LÄUFFER Setz dich zu mir nieder – wer steckt dir das Haar auf, wenn du nach der Kirche gehst? *Setzt sie auf einen Stuhl neben seinem.*

LISE *will aufstehen:* Verzeih Er mir; die Haube wird wohl

nicht richtig gesteckt sein; es hat einen so erschrecklichen Wind gemacht, als ich zur Küche kam.

LÄUFFER *nimmt ihre beiden Hände in seine Hand:* O du bist – wie alt bist du, Lise? Hast du niemals – was wollt ich doch fragen – hast du nie Freier gehabt?

LISE *munter:* O ja, einen, und des Schafwirts Grete war neidisch auf mich und hat immer gesagt: ich weiß nicht, was er sich um das einfältige Mädchen so viel Mühe macht, und dann hab ich auch noch einen Offizier gekannt, bevor Sie kamen.

LÄUFFER Einen Offizier? Und?

LISE Ja doch, und einer von den recht vornehmen. Ich sag Ihnen, er hat drei Tressen auf dem Arm gehabt; aber ich war noch zu jung und meine Mutter wollt mich ihm nicht geben.

LÄUFFER Und?

LISE Wegen des soldatischen Wesens und ewigen Herumziehens und weil sie doch nichts haben.

LÄUFFER Und ich? Was hab ich?

LISE Aber Sie sind doch im Unglück, Herr Mandel.

LÄUFFER Würdest du – würdest du wohl – *er gibt sich Tatzen mit dem Lineal.*

LISE O ja, von ganzem Herzen.

Läuffer stürzt sich auf sie, küßt ihre Hand.

LISE *zieht sie weg:* O lassen Sie, meine Hand ist ja so schwarz vom Herdfeuer – o pfui doch! Was machen Sie? Sehen Sie, einen geistlichen Herrn hätte ich allewege gern; von meiner ersten Jugend an hab ich die studierten Herren immer gern gehabt, sie sind alleweil so artig, so manierlich, nicht so puff, paff, wie die Soldaten, obschon ich einewege die auch gern habe, das leugn ich nicht, wegen ihrer bunten Röcke; ganz gewiß, wenn die geistlichen Herren in so bunten Röcken gingen wie die Soldaten, das wäre zum Sterben.

LÄUFFER *stürzt sich auf sie und reißt sie an sich:* O Lise! Wenn du wüßtest, wie unglücklich ich bin.

LISE O pfui, Herr, was machen Sie?

LÄUFFER Noch einmal und dann ewig nicht wieder!
Küßt sie.

LISE Nein, nein, nein ...

WENZESLAUS *stürzt herein:* Was ist das? Ist das die Sorgfalt, die du deiner Herde schuldig bist? Reißender Wolf in Schafskleidern! Die Unschuld selber verführen, die du vor Verführung bewahren sollst?

LÄUFFER Herr Wenzeslaus!

WENZESLAUS Nichts mehr! Kein Wort mehr! Ihr habt Euch in Eurer wahren Gestalt gezeigt. Aus meinem Hause, Verführer!

LISE *kniet vor Wenzeslaus:* Lieber Herr Pate, er hat mir nichts Böses getan.

WENZESLAUS Er hat dir mehr Böses getan, als dir dein ärgster Feind tun könnte. Er hat deinen unschuldigen Sinn verführt.

LÄUFFER Ich bekenne mich schuldig. – Nur, kann man solchen Reizungen widerstehen? Wenn man mir nicht das Herz aus dem Leibe reißt –

WENZESLAUS Wollt Ihr fortfahren, Unschuldige zu schänden, wie?

LÄUFFER Nicht doch! Gott ist mein Zeuge, ich hab diesen unschuldigen Mund mit meinen Küssen versiegelt, welcher mich sonst mit seiner Zaubersprache zu noch weit größeren Verbrechen würde hingerissen haben.

WENZESLAUS Und wie wollt Ihr sie ernähren, Habenichts?

LÄUFFER Ich habs ihr gesagt.

WENZESLAUS Und wird das sie satt machen? Du steh auf, unschuldiges Opfer. Was habt Ihr aus Eurem Stande gemacht? Wo sind Eure Zeugnisse? Wo könnt Ihr Euch noch blicken lassen? Fort aus meinen Augen, Ihr Bösewicht! *Nimmt die Schulhefte weg.* Meine guten Kinder sollt Ihr nicht mehr verderben. Morgen früh geht Ihr von meiner Schwelle auch!
Er zieht Lise hinaus.

b

Läuffer (bei offenem Fenster).

LÄUFFER Immer wieder also! – Ja, brause, Nachtsturm! Unwürdiger, hinaus in Hagel und Wind! Du willst Menschlein erziehen nach deinem Ebenbild? Beschau dich im Spiegel der Fensterscheibe und schaudere. Bist du ein Gärtner und reißest die Keime aus? Wächter, wo ist dein Wächter? Du bist ausgestoßen von Anfang an. Du kannst nicht hintreten nach deinem Fehltritt: Unglücklicher Mann, unglücklich, weil Ihr mir vertraut habt, gebt mir Eure geschändete Schutzbefohlene jetzt in die Ehe. Du kannst sie vernichten, aber nicht nähren. Und doch, ist es etwas so Fluchwürdiges, Mensch sein? Sind diese Gefühle, fleischlich wie sie sein mögen, so unnatürlich? Verfluche eine Natur, die dich nicht zum Stein gemacht hat, vor dem, was sie geschaffen! Was fehlt an mir? Die Roßknechte dürfen Männer sein, ich darf es nicht. Soll ich mirs ausreißen, das Aug, das mich ärgert? Vor dich hintreten, schaffender Weltgeist, ich verweigere mich deinen Absichten. Dieses Antlitz, das du mir gabst, ist entstellt, und ich entstellte es, da es nicht paßte. Daß ich zum Sturm sagen kann: wenn er morgen vorbeikommt, bin ich nicht mehr da. So seis, grad so. Laßt uns ein Beispiel geben, daß ihr schaudert! *Reißt sich den Rock herunter.*

c

Läuffer (liegt im Bette). Wenzeslaus (herein).

WENZESLAUS Daß Gott! Was gibts da noch, daß Ihr mich von der Arbeit abrufen laßt? Wie schauts aus hier – wie nach einer Türkenschlacht! Und was liegt Ihr noch? Ich hab Euch das Haus verwiesen. Ihr solltet längst unterwegs nach Heidebühl sein.

LÄUFFER Ich denk, ich bin unterwegs woandershin.

WENZESLAUS Ihr blickt ja so scheu umher, daß es einem ein Grauen einjagt; frigidus per ossa – Was ists? – Als ob Er jemand totgeschlagen hätte. – Was verzerrt Ihr denn die Lineamenten so?

LÄUFFER Gevatter, ich weiß nicht, ob ich recht getan. – Ich hab mich kastriert ...

WENZESLAUS Was – entmannt? – das ist ja ...

LÄUFFER Ich hoff, Ihr vergönnt mir noch ein paar Tag unter Eurem geschändeten Dach.

WENZESLAUS Sprech Er nicht weiter. Das hätt Er nicht gebraucht. Da ist Er ja ein zweiter Origines! Laß dich umarmen, junger Mann, teures, auserwähltes Rüstzeug! Das ist die Bahn, auf der Ihr eine Leuchte der Schulwelt, ein Stern erster Größe der Pädagogik werden könnt. Ich beglückwünsche Euch, ich ruf Euch ein wenzeslausisches Jubilate und Evoë zu, mein geistiger Sohn!

LÄUFFER Bei alledem, Herr Schulmeister, gereut es mich.

WENZESLAUS Wie, es gereut Ihn? Das sei ferne, werter Herr Mitbruder! Er wird eine so edle Tat doch nicht mit törichter Reue verdunkeln und mit sündlichen Tränen besudeln? Ich seh schon welche über Sein Augenlid hervorquellen. Schluck Er sie wieder hinunter und sing Er mit Freudigkeit: Ich bin der Nichtigkeit entbunden, nun Flügel, Flügel, Flügel her! Er wird es doch nicht machen wie Lots Weib und sich wieder nach Sodom umsehen, nachdem Er einmal das friedfertige stille Zoar erreicht hat? Nein, nein, ich halts da lieber mit unserem seligen Doktor Luther: was hinaufsteigt, das ist für meinen lieben Gott, aber was hinuntergeht, das ist für Beelzebub.

LÄUFFER Ich fürchte, meine Beweggründe waren von anderer Art ... Reue ... Sorgen um meinen Beruf.

WENZESLAUS Er ist gesichert. Wer sollte Lehrer werden können, wenn nicht jetzt Ihr? Von allen habt Ihr die höchste Qualifikation! Habt Ihr nicht die Aufsässigkeit in Euch für ewig vernichtet, der Pflicht alles untergeordnet? Kein

Privatleben kann Euch fürder noch abhalten, Menschen zu formen nach Eurem Ebenbilde. Kann man weiter gehen? Für Euer persönliches Fortkommen seid unbesorgt. Pflicht getan. Alles läßt sich glücklich an.

LÄUFFER Ich hab einen Brief geschrieben an den Herrn Major von Berg, er liegt auf dem Tisch neben dem Messer. Würdet Ihr ihn lesen und expedieren, wenn Ihr ihn billigt?

WENZESLAUS *liest:* »... Und habe ich so durch meinen gewiß schweren Entschluß jegliche Gefährlichkeit vernichtet, welche aus meiner Mannbarkeit ... Zwischen Scylla und Charybdis von Natur und Beruf habe ich mich für den Beruf entschieden und hoffe ich, Sie werden mir ein Zeugnis gnädigst nicht versagen, damit ich meinen Beruf wieder ausüben kann. Um so mehr, gnädigster Herr Major, als ich auch im übrigen mich pflichtschuldigst bemühen werde, in allem, ich schreibe in allem, immer das zu tun und zu lehren, was gewünscht wird, zu meinem und aller Besten ... Empfangen Sie ... Dero alleruntertänigster Diener ... Nachschrift: Und ich verspreche auch, unseres Heldenkönigs Martyrium immer ohne Weglassung zu lehren.«

LÄUFFER Stürmts noch, Gevatter?

WENZESLAUS Nein.

LÄUFFER Nein.

WENZESLAUS 's ist alles unter Schnee.

LÄUFFER 's ist gut aufgehoben.

WENZESLAUS Hochherziger Dulder, jede Lehrerstelle, ich bins sicher, jede Lehrerstelle im Kreis steht Ihm jetzt offen.

Fünfter Akt

15

ZU HALLE, IM WINTER.

Pätus (mit Pfeife und Pantoffeln). Berg (in Reisekleidung).

PÄTUS Ich wills dir zitieren, was der Immanuel Kant sagt: »Die Ehe (matrimonium), das ist die Verbindung zweier Personen zum lebenslänglichen gegenseitigen Gebrauch ihrer Geschlechtsorgane.« Dann hier: »Es ist nämlich auch unter Voraussetzung der Lust zum wechselseitigen Gebrauch ihrer Geschlechtseigenschaften, beziehungsweise Geschlechtsorgane, der Ehevertrag kein beliebiger, sondern durchs Gesetz der Menschheit notwendiger Vertrag, das ist, wenn Mann und Weib einander, ihren Geschlechtseigenschaften nach, wechselseitig genießen wollen, so müssen sie sich notwendig verehelichen, und dieses ist nach Rechtsgesetzen der reinen Vernunft notwendig.« Da siehst du.

FRITZ Ich denk, du hast dem Kant abgeschworen?

PÄTUS Nur öffentlich. Wie hätte ich ansonsten eine Lehrerstelle gekriegt? Und ohne Lehrerstelle, wie hätt ich meine Karoline – du kennst sie nicht, die Gute – ehelichen können? Und es steht hier, daß ichs muß.

FRITZ So hat dir dein Herr Leibphilosophus bewiesen, daß du ihm abschwören mußtest, und du hast ihm abgeschworen, indem du ihm gefolgt bist! O Welt!

PÄTUS Eine Antinomie, nichts anderes. Er könnte sie auflösen, eins, zwei, drei.

FRITZ Worüber schriebst du im Examen?

PÄTUS Ich macht es schlau, Berg. Ich ließ die Philosophie draußen. »Der Krieg, der Vater aller Dinge« – aber ich ließ es witzig durchblicken, in einem geeigneten dunklen Satze, daß die Vaterschaft jeweils nicht beweisbar ...

FRITZ Du sprichst von Karoline. Was wurd aus Jungfer Rehhaar?

PÄTUS Gesunken von Stufe zu Stufe. – Wie anders ist da Karoline! Geboren zur Ehe! Beiläufig, sie ist des Rektors Tochter.

FRITZ Und so lebt Ihr hier, am warmen Ofen, glücklich. – Siehst du Bollwerken noch?

PÄTUS Ich finde mich etwas abgekühlt ihm gegenüber, Berg, seit wir beide nun den Tatzenstock schwingen. Es ist ein guter Kern in ihm, aber ... Karoline findet ihn anziehend, aber ich habe ihr die Gesellschaft untersagt. Man muß die Weibsbilder an der Kandare halten, Berg ... Wie war Italien?

FRITZ Himmlisch. Ich bin gereift alsdorten.

PÄTUS Ein halbes Jahr Italien – das nenn ich einen Vater nach Rousseau!

FRITZ Pätus, ich weiß nicht. Mich nach Italien geschickt und dieser unverständliche Rat dazu, Gustchen so lange nicht zu schreiben – ein Rat, dem ich nicht ins Maul schaute in der Ekstase des Reisefiebers! Drunten zwischen Zitronen und Oliven tröstete ich aufsteigende Besorgnis damit, er wolle unsere Liebe prüfen! Eine plötzliche Unruhe in Pompeji treibt mich mit Macht zurück. Eine nicht geringere Bewegung des Gemüts läßt mich die überstürzte Heimreise – mit jagender Kutsche oft zu achtzig Meilen pro Tag – hier in Halle abbrechen, als dürfte ich so schnell nicht zurück nach dem geliebten Insterburg, und hier finde ich den Brief und habe nicht das Herz, aufzumachen. Die Hand zittert mir, sobald ich ihn erbrechen will. Brech doch auf, Bruder, und lies mir vor. *Wirft sich auf einen Lehnstuhl.*

PÄTUS Woher kömmt er? Ists deines Vaters Hand?

FRITZ Nein, von einem gewissen Seifenblase. Ein Nachbar.

PÄTUS *liest:* »Wegen der Freundschaft, welche ich in Dero Eltern ihrem Hause genossen –« *hält inne.* Was der Junge für eine rasende Orthographie hat! *Liest weiter:* » – sehe ich mich verpflichtet, weil ich weiß, daß Sie so lange ohne Verbindung mit dem reizenden Insterburg geblieben, so werden Sie auch wohl den Unglücksfall nicht wissen mit dem Hofmeister, welcher aus Ihres gnädigen Onkels Haus ist gejagt worden.« *Stockt.*

FRITZ Lies weiter!

PÄTUS »Weil er Ihre Kusine genotzüchtigt, worüber sie sich so zu Gemüt gezogen, daß sie in einen Teich gesprungen, durch welchen Trauerfall Ihre ganze Familie in den höchsten Schröcken –« *Fritz wird ohnmächtig.* Berg! Was ist dir? – *Begießt ihn mit Lavendel.* Wie nun, Berg, rede doch! – Hätt ich dir doch den verdammten Brief nicht – ganz gewiß ists eine Erdichtung – Berg! Berg!

FRITZ Laß mich. – Es wird schon übergehn.

PÄTUS Soll ich jemand holen, der dir die Ader schlägt?

FRITZ O pfui doch – tu doch so französisch nicht. Lies mir noch einmal vor.

PÄTUS Ja, ich werde dir – ich will den hundsföttischen malitiösen Brief den Augenblick – *zerreißt ihn.*

FRITZ Genotzüchtigt – ersäuft – *schlägt sich an die Stirn.* Meine Schuld, einzig und allein.

PÄTUS Du bist wohl nicht klug. – Willst dir die Schuld geben, daß sie sich vom Hofmeister verführen ließ.

FRITZ Pätus, ich schwur ihr, zurückzukommen in die Ferien! Ich bin nach Italien gefahren, verfluchte Schönheit! Sie hat mich aufgegeben, Gram, du kennst ihren Hang zur Melancholie, Einsamkeit, betrogene Liebe. Siehst du das nicht ein: ich bin ein Bösewicht, bin schuld an ihrem Tode. *Wirft sich wieder in den Stuhl und verhüllt sein Angesicht.*

PÄTUS Einbildungen! – Es ist nicht wahr, es ist so nicht gegangen. *Stampft mit dem Fuß.* Tausend Sapperment, daß du so dumm bist und alles glaubst, sie wird schon nicht ganz so in Unschuld es getan haben. Frauenzimmer! Man kennt das! Sie wollens nicht, aber sie tuns. Wenn es sie juckt, denken sie an nichts anderes mehr, als daß einer sie kratzt.

FRITZ Pätus! Sie ist nicht mehr, ich bitt dich ...

PÄTUS Berg, sag mir ins Gesicht, daß sie so nicht sind.

Karoline Pätus tritt ein.

PÄTUS Das ist sie, meine liebe Frau. Das ist Berg, mein Schulfreund.

KAROLINE Ich hab von Ihnen gehört. Sie sind aus den wilden Tagen meines Pätus.

PÄTUS Das kann man sagen. Koch ihm Kaffee. Er hats nötig, er hat eben einen schwarzen Brief von Hause gekriegt.

KAROLINE Ach, so schwarz wird das Unglück nicht sein, als daß nicht eine schöne Tasse Kaffee –

FRITZ Keine Umstände. Ich muß heim. Liebe Leut, ich muß an ein Grab. *Ab.*

PÄTUS Traurig. – Aber unsere Sorgen sinds nicht. Komm an den wärmenden Ofen, Karoline!

16

DER MAJORIN ZIMMER ZU INSTERBURG.

Majorin. Major. Gustchen. Geheimer Rat. Leopold. (In einer Wiege liegt ein Kind).

GEH. RAT Liebe Schwägerin und Bruder, liebes Gustchen, lieber Leopold! Laßt uns ein Glas Grog leeren auf Sankt Nikolaus und den ersten Schnee, der so wunderlich die Gassen bedeckt. Aber zuvor erscheint es mir schicklich, auch das Gesinde zu versammeln, daß es im Anblick der schön veränderten Landschaft seinen Anteil am warmen Weine hat.

GUSTCHEN Ich rufe es. *Ab.*

GEH. RAT Hab ich doch für dich einen Brief von dem Läuffer bekommen, in dem er seine Reu erzeugt und Umkehr wie Besserung schwört. Er hat ein medizinisches Attest beigelegt, das ihm bestätigt, daß er eigenmächtig seinen ihm von Gott verliehenen Korpus so korrigiert hat, daß er nimmermehr eine Gefahr für seine Schülerinnen sein mag.

MAJORIN Pfui!

GEH. RAT Sag ich auch, Schwägerin. Und er bittet dich, lieber Berg, im Austausch gegen das Attest um ein Zeugnis, daß er seinen Beruf wieder ausüben kann.

MAJOR *lacht:* So mags gehn.

GEH. RAT Immerhin; ein Mensch von Konsequenz.

MAJOR Ein Disziplinarius wie er selten!

GEH. RAT Und ein Pädagog von Gottes Gnaden!

MAJOR Er soll sein Zeugnis haben.

GEH. RAT Du sollst dem Ochsen, der da drischet – haha, dem Ochsen! – nicht das Maul verbinden!

Sie lachen sehr.

MAJORIN Pfui!

Magd läuft herein.

MAGD Herr Major, Frau Majorin, der junge Herr! *Sie schluchzt.*

MAJOR Welcher junge Herr?

MAGD Der Herr von Berg!

GEH. RAT Fritz zurück aus Italien?

MAGD Er ist unten! Oh, welch ein Vorkommnis! Es kommt in die Gazette! Er tritt herein im Reisekostüm. Und sieht das Fräulein Gustchen. Blickt auf sie wie einen Geist. Ruft: »Gustchen nicht tot? Mein Gustchen nicht tot?« Und sie in seinen Armen! »Bist du gekommen, Fritz?« Und nichts als Liebe! Und dann: »Ich Elende! Rühr mich nicht an, ich bin dein Gustchen nicht mehr!« Und er, mit einer Stimme ...:

»Du bists!« – und sie: »Nein, du weißt es nicht!« Darauf er, daß mans hören konnte bis in die Küche: »Ich weiß alles, und alles, was ich tue, ist – ich bitte dich um Verzeihung! Mein Gustchen!« Ach! Aber sie kommen.

MAJORIN Gustchen und Fritz?

MAJOR Potz hundert!

Herein Fritz und Gustchen.

FRITZ Mein Vater! Meine zweiten Eltern! Lasset mich kämpfen mit meinem letzten Blutstropfen um mein Gustchen.

MAJOR Was, du willst sie heiraten? Dennoch?

FRITZ Dennoch? Mitnichten! Deswegen! Laßt mich euch erklären, wie ein seltsames Erlebnis in Halle mir für immer die Augen über die Größe und Schwachheit deines Geschlechts geöffnet hat, mein Gustchen. Eine dortige Jungfer liebte, es kurz zu machen, einen prächtigen Burschen, gewissenhaft und der Philosophie ergeben, wenn auch etwas fremd der Welt, liebte ihn inniglich. Dennoch – oder sollt ich nicht eben sagen: deswegen, meine Lieben, gab sie sich einem Menschen weit geringerer Bedeutung, aber nie für einen einzigen Augenblick – ich hab es von ihr selber – dachte sie in seinen Armen eines andern, als den sie liebte. Ihm gab sie sich, ihr möchtets nicht verstehen, aber ich weiß es, weiß es jetzt besser als je, ihm, ihrem wahren Geliebten gab sie sich wirklich hin, im Geiste, lieber Vater. Und nichts, ihr Guten, wäre mit Gustchen geschehen, wäre ich nicht, übrigens im Verfolg dieser Angelegenheit, in den Ferien ausgeblieben.

GEH. RAT Oder hätt ein gewisser junger Schurke ein Pferd zugestanden bekommen.

GUSTCHEN O mein Fritz, so war es, nie anders!

FRITZ Papa, mir wars, sie sei ein Schattenbild, als ich auf der Treppe ihrer ansichtig wurde. Und sie Wirklichkeit!

GEH. RAT An die treulich dich zu halten ich dir lehrte – falls sie nicht dem innern Bild widerspräche.

MAJOR Komm! *Führt ihn zum Kanapee.* Bist du ein Philosoph?

MAJORIN *auf das Kind:* Erkennt Er das?

GEH. RAT Mein Sohn, Er hat die Ursach sanktionieret, nun fahr Er gefälligst nicht zurück vor der Folge. Einen hohen Wipfel erklommen und dann zurückgeklettert, den windverwehten Hut zu holen? Wozu hat Er seine Logik studieret?

FRITZ *küßt es und gibts Gustchen:* Dies Kind ist jetzt auch das meinige. Ich liebe es schon: es trägt deine englischen Züge.

GUSTCHEN Fritz!

GEH. RAT So ist es!

MAJORIN Ach ja!

Das Gesinde tritt auf.

MAJOR Leute, gafft nicht, tuschelt nicht, richtet nicht: trinkt mit einem glücklichen Vater ein Glas. Auf das junge Paar!

LEOPOLD Und auf das Kleine!

MAJORIN Leopold!

GEH. RAT Und auf den ersten Schnee!

MAJORIN Berg, mich dünkt, Sie gewarten, daß ich was Volkstümliches zum Besten gebe. *Singt am Spinett, während alle trinken:*

O stille Winterzeit!
Wenns auf die Erde schneit!
Der Mensch, er schauet bloß
Seine Hände ruhn im Schoß
Und still im Stall stehn Ochs und Kuh
Und hörn der großen Stille zu.

17

DORFSCHULE.

Wenzeslaus, Läuffer (beide in schwarzen Kleidern). Lise.

WENZESLAUS Wie hat Ihm die Predigt gefallen, Kollege? Wie hat Er sich erbaut?

LÄUFFER Gut, recht gut. *Seufzt.*

WENZESLAUS *nimmt seine Perücke ab und setzt eine Nachtmütze auf:* Damit ists nicht ausgemacht. – Er soll mir sagen, welche Stelle aus der Predigt vorzüglich gesegnet an Seinem Herzen gewesen. Hör Er – setz Er sich. Ich muß Ihm was sagen; ich hab eine Anmerkung in der Kirche gemacht, die mich gebeugt hat. Er hat mir da so wetterwendisch gesessen, daß ich mich Seiner, die Wahrheit zu sagen, vor der ganzen Gemeinde geschämt habe und dadurch oft fast ganz aus meinem Konzept gekommen bin. Sieh, dacht ich, dieser junge Kämpfer, der so ritterlich durchbrochen und den schwersten Strauß schon gewissermaßen überwunden hat – ich muß es Ihm bekennen: Er hat mich geärgert. Ich habe wohl gemerkt, wohin Er ging, ich habs wohl gemerkt; immer nach der mittleren Tür zu, da nach der Orgel hinunter. Hat Er denn gehört, was ich gesagt habe? Weiß Er mir ein Wort aus meiner Predigt wieder anzuführen? Und sie war doch ganz für Ihn gehalten; ganz kasuistisch – O! o! o!

LÄUFFER Der Gedanke gefiel mir vorzüglich, daß zwischen unserer Seele und ihrer Wiedergeburt und zwischen dem Flachs- und Hanfbau eine große Ähnlichkeit herrsche, und so wie der Hanf im Schneidebrett durch heftige Stöße und Klopfen von seiner alten Hülse befreit werden müsse, so müsse unser Geist auch durch allerlei Kreuz und Leiden und Ertötung der Sinnlichkeit für den Himmel zubereitet werden.

WENZESLAUS Es war kasuistisch, mein Freund.

LÄUFFER Doch kann ich Ihnen nicht verbergen, daß Ihre Liste von Teufeln, die aus dem Himmel gejagt werden, und die Geschichte der ganzen Revolution da, daß Lucifer sich für den schönsten gehalten – die heutige Zeit ist über den Aberglauben längst hinweg!

WENZESLAUS Darum wird auch die ganze heutige vernünftige Welt zum Teufel fahren. Nehmt dem Bauer seinen Teufel, und er wird ein Teufel gegen seine Herrschaft werden und ihr beweisen, daß es welche gibt. Aber wir wollen das beiseite setzen – wovon redt ich doch? Recht, sag Er mir, wen hat Er angesehen in der ganzen Predigt? Verhehl Er mir nichts. Ich war es nicht, denn sonst müßt Er schielen, daß es eine Schande wär.

LÄUFFER Ich wüßts nicht, wenn Ihr mich fragtet.

WENZESLAUS Es war dort unten, wo die Mädchen sitzen, die bei Ihm in die Kinderlehre gehen. – Lieber Freund, es wird doch nichts von dem alten Sauerteig in seinem Herzen geblieben sein? Ich bitt Ihn, mir stehn die Haare zu Berge – nicht wahr? –, wo wollt Er hin, wenn Er sich noch bösen Begierden überließe, da's Ihm sogar an Mitteln fehlt, sie zu befriedigen? *Umarmt ihn.* Ach, mein lieber Sohn, bei diesen Tränen, die ich aus wahrer herzlicher Sorgfalt für Ihn vergieße: kehr Er nicht zu den Fleischtöpfen Ägyptens zurück, da Er Kanaan so nahe war! Wie kann Er immer noch nach meinem Mündel stieren wie ein Verdurstender! Als ob sie mit einem Kapaun zufrieden!

Lise tritt hervor.

LISE O ja, ich bin herzlich wohl mit ihm zufrieden, Herr Schulmeister!

LÄUFFER Ich Unglücklicher!

LISE Glauben Sie mir, lieber Herr Pate – ich laß nicht ab von ihm.

WENZESLAUS So – daß doch – Lise, du verstehst das Ding nicht – Lise, es läßt sich dir so nicht sagen, aber du kannst ihn nicht heiraten, das ist unmöglich.

LISE Wie kanns unmöglich sein, Herr Pate. Sie haben mir immer gesagt, daß ich einmal einen geistlichen Herrn bekommen könnte.

WENZESLAUS Aber daß dich der Kuckuck, er kann ja nicht – Gott verzeih mir meine Sünde, so laß dir doch sagen.

LÄUFFER Vielleicht fordert sie das nicht – Lise, ich kann bei dir nicht schlafen.

LISE So kann Er doch wachen bei mir, wenn wir nur den Tag über beisammen sind und uns so anlachen, und uns einstweilen die Hände küssen; denn bei Gott! ich hab Ihn gern. Gott weiß es, ich hab Ihn gern.

LÄUFFER Sehn Sie, Herr Wenzeslaus! Sie verlangt nur Liebe von mir. Und ists denn notwendig zum Glück der Ehe, daß man tierische Triebe stillt?

WENZESLAUS Ei was – seid fruchtbar und mehret euch, steht in Gottes Wort. Wo Eh' ist, müssen auch Kinder sein.

LISE Nein, Herr Pate, ich schwörs Ihm, in meinem Leben möcht ich keine Kinder haben. Der Pate hat Enten und Hühner genug, die ich alle Tage füttern muß: wenn ich noch Kinder obendrein füttern müßte!

LÄUFFER *küßt sie:* Göttliche Lise.

WENZESLAUS *reißt sie auseinander:* Ei, was denn! Was denn? Vor meinen Augen? – So kriecht denn zusammen: meinetwegen, weil doch Heirat besser ist als Brunst leiden. – Aber mit uns, Herr Mandel, ist es aus; alle großen Hoffnungen, die ich mir von Ihm gemacht habe, von einem Vorbild unerhört! – Erwartungen, die mir sein Heldenmut einflößte – Gütiger Himmel! für mich ist Er wieder mal was Halbes! *Ab.*

LÄUFFER Und ich bins gewiß, die Herren zu Insterburg werden mir, so wie ich vor ihnen stehe, eine gute Stell verschaffen, so daß ich mein Eheweib ernähren kann.

Epilog

vom Darsteller des Hofmeisters gesprochen

Und das war nun der Komödie Schluß:
Wir hoffen, ihr saht ihn nicht ohne Verdruß
Denn ihr saht die Misere im deutschen Land
Und wie sich ein jeder damit abfand
Vor hundert Jahr und vor zehn Jahr
Und vielerorts ists auch heut noch wahr.
Den deutschen Hofmeister habt ihr gesehn
Zu seinem Gelächtergolgatha gehn
Einen armen Teufel, den sie so schinden
Daß er nicht mehr weiß, was vorn und was hinten.
In einem Gleichnis überlebensgroß
Geht er am End auf sich selber los
Austilgend seine Zeugungskraft
Die ihm nur Pein und Elend schafft.
Denn wenn er sich natürlich gibt
Macht er sich oben unbeliebt.
Hat er sich gebückt, verbeugt, gebogen
Wird ihm der Brotkorb hochgezogen
Und erst wenn er verstümmelt und entmannt
Wird er von oben gnädigst anerkannt.
Gebrochen ist sein Rückgrat. Seine Pflicht
Ist, daß er nun das seiner Schüler bricht.
Der deutsche Schulmeister, erinnert ihn nur:
Erzeugnis und Erzeuger der Unnatur!
Schüler und Lehrer einer neuen Zeit
Betrachtet seine Knechtseligkeit
Damit ihr euch davon befreit!

Zu »Der Hofmeister« von Lenz

Stückwahl

Nicht nur, um das deutsche Theater zu bestücken, dessen klassisches Repertoire in diesen Zeiten der Umwälzung erschreckend zusammenschrumpft, sondern auch, um den Weg zum Shakespeare zu bahnen, ohne den ein nationales Theater kaum zustande kommen kann, schien es rätlich, zu den Anfängen der Klassik zurückzugehen, dahin, wo sie noch realistisch und zugleich poetisch ist. Bei Stücken wie dem Lenzschen »Hofmeister« nämlich können wir ausfinden, wie wir den Shakespeare aufführen können, haben wir doch hier seinen ersten Niederschlag in Deutschland vor uns. Noch hat die Idee nicht das Stoffliche vergewaltigt; es entfaltet sich üppig nach allen Seiten, in natürlicher Unordnung. Das Publikum befindet sich noch in der großen Diskussion; der Stückschreiber gibt und provoziert Ideen, gibt uns nicht das Ganze als Verkörperung von Ideen. So werden wir gezwungen (oder instand gesetzt), die Vorgänge zwischen seinen Personen zu spielen und die Äußerungen davon abzusetzen – wir brauchen sie nicht zu unseren eigenen zu machen. Auf diese Weise sind die Personen auch nicht entweder ernst oder komisch, sondern bald ernst, bald komisch. Der Hofmeister selbst erntet unser Mitgefühl, da er sehr unterdrückt wird, und unsere Verachtung, da er sich so sehr unterdrücken läßt.

Anmerkungen zu »Der Hofmeister«

Probenergebnisse

Bei der Aufführung des »Hofmeisters« durch das Berliner Ensemble bestand das Regiekollegium aus Brecht, Neher, Monk und Besson. Nehers Vorgangsskizzen dienten als Vorlagen für das Arrangement, und die Vorschläge aus dem Kollegium wie die aus der Schauspielerschaft wurden im allgemeinen ausprobiert, übrigens meistens auf Zuruf vom Zuschauerraum aus – auch bei den zartesten Szenen. Das Ausprobieren ersparte die üblichen psychologischen Diskussionen, der Zuruf erschwerte die ebenso übliche Bildung einer »schöpferischen Atmosphäre«, bei der das Bewußtsein zu kurz kommt. Geprobt wurde neun Wochen, mindestens fünf Stunden täglich. Von der Aufführung wurden unter der Leitung von R. Berlau Photos und Beschreibungen für ein Modellbuch angefertigt, dem auch die folgenden Auszüge entnommen sind.

Prolog

Der Prolog vor dem Vorhang wurde zu den feinen Tönen einer Spieldose gesprochen. Da der Prologsprecher die ganze historische Spezies Hofmeister vertritt, wurde ihm etwas von der Mechanik von Glockenspielfiguren verliehen; die Bewegungen des Kopfes und der Gliedmaßen waren ruckhaft, das Sprechen war abgezirkelt. Der Eindruck war kein niedlicher, sondern ein unheimlicher, schon durch das zynische Grinsen bei den Zeilen »Der Adel hat mich gut trainiert« und durch das zynisch diskrete Hand-neben-den-Mund-Halten bei »das Abc der Teutschen Misere«. Obgleich auch etwas die Kinnlade schnappte und die Komplimente in zwei Rucken vollführt wurden, wie üblich bei einer mechanischen Figur, war das Ganze zunächst nicht besonders durchgeführt, verblieb bei der Andeutung und bewahrte die Lebendigkeit des Schauspielers. Jedoch arbeitete dieser für die späteren Aufführungen das Puppenhafte weiter aus, und die Meisterschaft respektierend, ließen wir es gut sein.

1 Der Scharrfuß

Die Szene ist auf die Straße, vor das Gartentürchen des Geheimen Rates gelegt. Sie zeigt Läuffer sozusagen auf dem Strich. Er paßt den Major ab, wenn dieser wie alltäglich den Geheimen Rat nach dem Frühschoppen heimgeleitet. Die Brüder bleiben im Gespräch einige Schritte vor dem Gartentürchen stehen und setzen sich erst wieder in Bewegung, wenn der sich nähernde Läuffer, Überraschung über das Treffen vorspielend, schon von weitem den ersten langsamen und sorgfältigen Scharrfuß ausführt. Sie gehen an ihm ohne Gruß vorbei, nichtsdestoweniger er, ebenfalls im Gehen, zwei weitere hastige Scharrfüße setzt. Nachdem er ihre Kälte mit einem bösen Blick über die Schulter quittiert hat, vollführt er, rückgewendet zu den Brüdern und in ihrem Rücken, noch einen vierten Scharrfuß, dabei allerdings eine Verwünschung murmelnd. (Daß er die Verwünschung während eines Scharrfußes und nicht danach ausstoßen muß, entdeckten wir nicht vor der fünften Probe – so entgeht einem zu Beginn selbst das Wichtigste und Offensichtlichste!) Die Brüder sprechen hierauf über Läuffer in der beiläufigsten Weise, während der Geheime Rat einen Schlüssel unter vielen auswählt und das Türchen aufsperrt. Mit einem lachenden »Dazu mag er ausreichen« und einem Klaps auf die Schulter läßt er den Major in den Garten ein, wo dieser stehenbleibt, eine Pflanze an der Mauer betrachtend. Das schwache Interesse an dem Farnkraut verdrängt beim Major völlig das an Läuffer; die Herkunft desselben berührt ihn tiefer als die des künftigen Erziehers seiner Kinder. Die Szene wird nicht laufen, wenn der Geheime Rat seine Frage »Übrigens, weißt du denn . . .« nicht plötzlich doch besorgt fragt, oder der Major darauf nicht mit einem großen oberflächlichen Achselzucken antwortet.

2 Abschied der Liebenden

Der Geheime Rat, der »Wohlfeiles nicht mag«, da er einen größeren Beutel als sein Bruder hat, begnügt sich nicht mit einem Hofmeister für seinen Sohn Fritz, sondern schickt den auf die Universität nach Halle – wodurch er freilich für sein Gustchen das Feld einem Hofmeister räumen muß. Die Abschiedsszene hat zärtlich zu zeigen, wie der junge von Berg sein Bäschen, das mit ihm in den Pavillon möchte, sich vom Leibe und an die Lektüre des Klopstock hält, bis ihn eben die Lektüre mit ununterdrückbaren Gefühlen erfüllt und er sie unter dem Eid aufs Bett wirft: ein Umweg über die Literatur! Sein olympischer Vater trennt die Liebenden wieder, so daß sie am Ende, geschieden im Namen der Vernunft, wieder in der Distanz des Beginns stehen. Er wird weggehen, ihrer würdig zu werden, und durch sein Weggehen machen, daß sie seiner unwürdig wird.

3 Engagement eines Hofmeisters

Die Lage ist zubereitet: die Tochter des Hauses ist in sinnliche Verfassung gebracht, gesteigert durch den Abschied des Geliebten, der ihn ihr entzieht. Die Familie ist verletzlich, der Hofmeister kann angestellt werden. Der arme Teufel kämpft um sein Leben, wenn er der Majorin die paar Menuettschritte vorführt: er betrachtet seine Füße zumindest so scharf, wie diese sie betrachtet. Trocknet er sich schon den Schweiß von der Stirn (»Mein Sohn braucht vorderhand keinen anderen Tanzmeister«), verlangt sie noch einen Pas mehr. Leopold, der Sohn, um dessen Erziehung er sich bewirbt, fängt inzwischen Fliegen an der Wand: er hat schon vielen Engagements beigewohnt! Mit einem Wonnegrunzen quittiert Läuffer das Menuett der Majorin, herbeigeeilt, ihr umzublättern. Folgt Insterburger Französisch. Wenn die Majorin, nach dem Verweis wegen des unfranzösischen Handkusses, ihm doch noch, gnädig grinsend, die Flosse zum neuerlichen Kusse gereicht hat, ist Läuffer so im Taumel seines Erfolgs, daß sein Fauxpas einfach passieren muß. Er tritt vor, zwischen die Majorin am Spinette und den Grafen am Kanapee, und ruft jenem seine Kritik des Tänzers zu. (Die Szene lief übrigens nicht, bevor Läuffer sein »Sich-auf-das-Parkett-Wagen« nicht in einem deutlichen Gang ausgeführt hatte. Er mußte nach vorn, in die Mitte treten, die Worte genügten keineswegs.) Die Herrschaften erstarren, die Lorgnons richten sich tödlich auf ihn. Er stammelt eine Entschuldigung, auf dem Kochischen Theater habe man den Mann ausgepfiffen, und wird nun endgültig aus dem Zimmer geschickt. Dennoch kehrt er, in seiner Angst, in der Tür noch einmal um, als er von sich reden hört, dem Fangstoß offen. Nach seinem Abgang eine Pause. Die Majorin segelt auf das Kanapee zu, der Graf erhebt sich, macht eine Gegenbewegung an ihr vorbei – sie lächeln krampfhaft, einander entgegengehend, lassen dann das Lächeln völlig fallen und nehmen es wieder hastig auf, sich einander wieder zukehrend. Der Graf in Gedanken bei dem Skandal, dessen Report in andern Häusern er schon vorbereitet, kneift mechanisch der Magd, die ihm die Schokolade serviert, in die Backe, bevor er der Tasse an den Henkel kneift. Der Schlußsatz der Majorin enthält die Antwort auf die Frage, warum Läuffer nicht wieder entlassen wird: er ist billig.

4 Körbe in Insterburg

Wir wenden uns nun Läuffer zu, dem im Hause auf seinen Platz Verwiesenen; wir zeigen, daß seine Stellung ihn auch hindert, außerhalb des Hauses auf die Weide zu gehen. Die Szene kann zur Not auch weggelassen werden, obwohl sie die Situation Läuffers in einer guten äußerlichen Art anschaulich macht. Sie ist nichts ohne artistische Finesse (spezielle Schlittschuhkünste Läuffers, ein reizvolles, doch einfaches Bühnenbild und so weiter). Wir zeigten Läuffer noch sehr behindert durch die pflichtmäßige Fürsorge für einen täppischen Leopold, der gleich zu Beginn zu Fall kommt und von Läuffer an einen Laternenpfahl parkiert wird, wenn die Jungfern gelaufen kommen. Nach seinem verfehlten Anschlußversuch rückwärts weglaufend, zeigte Läuffer zähnebleckend jene Wildheit, die er am Schluß gegen sich selbst anwenden wird. Gleich darauf verfällt er völlig der Lächerlichkeit: sein Schüler, sobald er ihn zurück hat, richtet sich an ihm tollpatschig auf und bringt ihn zu Fall.

5 Eine neue Schülerin

Nun können wir Läuffer den Köder zuwerfen, wir haben ihn isoliert nach innen und außen; den Ausgehungerten und Knappgehaltenen werden wir mit der Speise einsperren und wir werden sie schmackhaft machen und fällig. Er muß von seinem »Glück« nicht gleich erfahren, geben wir es ihm als eine zusätzliche Ausbeutung, Mehrarbeit. Zunächst bauen wir noch ein wenig an der Grundlage, verstärken wir den Eindruck der Langenweile und Animosität! In einer kleinen Pantomime kann die Behandlung des Verhältnisses Läuffers zu seinem Schüler Leopold fortgesetzt werden: Langeweile und Animosität. Der Anblick seines Schülers bringt Läuffer zum Gähnen; es steckt Leopold an. Dann fehlt an der Schultafel die Kreide, Leopold hat sie und stößt sie mit dem Fuß vor Läuffer hin. Der quittiert mit ohnmächtigem Haß und fängt an, aus dem Buch das Wort agricola abzuschreiben; er ist so schlecht vorbereitet, daß er nach den ersten zwei Silben ins Buch schauen muß. Der Major ist schlecht gelaunt, weil er von dem Kerl einen Dienst braucht, für den er nicht bezahlen kann. Sein Versuch, den Sohn zu erziehen, scheitert kläglich. Er stürzt sich auf ihn, wie Zietens Husaren sich auf die Österreicher stürzten, und er wiederholt die Attacke in stummer Verzweiflung, nachdem die erste keine befriedigend aufrechte Haltung Leopolds ergeben hat. Am Ende kommt heraus, daß er den Angriff nur unternommen hat, weil er Leopold aus dem Zimmer haben wollte! Er geht dann eine Zeitlang um den heißen Brei herum, und sein Gefühl, daß er einen taktischen Fehler gemacht, als er über das Gehalt herumstritt, scheint so stark, daß er Läuffers Bitte um ein Pferd gnädig in Betracht zu nehmen verspricht. Läuffer ist überwältigt. Er hat die Geldschneiderei und das Aufhalsen neuer Arbeit mit Bitterkeit über sich ergehen lassen und die Bitte mit völliger Hoffnungslosigkeit gestellt. Nun übernimmt er sich mit Verbeugungen und eilt beschwingt, seine Zeichnungen vorzuweisen. Der Major betrachtet nur die erste und schiebt die zweite schon weg. Unter der Tür ermahnt er Läuffer, seine Tochter zart anzufassen.

6 Philosophie und Physiologie

Sehen wir uns noch einmal nach dem fernen Liebhaber der neuen Schülerin um, fahren wir Halle heran auf unserer Drehbühne! Hier, auf der Universität, ist es, wo die jungen Leute ihre Erfahrungen sammeln, auf dem geistigen wie auf dem körperlichen Gebiet. Wir sehen unsern Fritz von Berg zwischen himmlischem und irdischem Liebhaber, zwischen Pätus und Bollwerk. Pätus fürchtet seinen Professor nicht, wohl aber seine Hauswirtin; Bollwerk zähmt die Hauswirtin und rät Unterwerfung unter den Professor. Fritz entscheidet sich für die Philosophie, geht aber doch mit Bollwerk, Mädchen zu sehen. Fritz muß als der beobachtende Gast gespielt werden.

7 Katechismusstunde

Die Tochter des Hauses ist dem Spiel mit dem Feuer nicht abgeneigt, und wir haben gesorgt, daß sie leichtes Spiel hat. So müssen wir Läuffer nicht erst verliebt machen; er ist verfallen vom Beginn an (»Man liebt, weil man schlafen will«). Um so steifer finden wir ihn, zugleich einen neuen, privaten Läuffer, einen Hecht im Karpfenteich, freilich einen Hecht, der sein eigener Dompteur ist. Dennoch: die Szene gibt die Gelegenheit, die soziale Überlegenheit Gustchens zu demonstrieren. Sie mischt alle Mittel ihres Körpers mit all denen ihres Rangs, ihn zum Tanzen zu bringen. Wenn die Szene beginnt, blickt der Lehrer auf eine lächelnde Schülerin, und der Fortgang der Geschichte macht, daß wir glauben, sie sehe überhaupt so dem Unterricht Läuffers entgegen. Er verfehlt nicht, sie niederzustarren. Betroffen fängt sie an, das Glaubensbekenntnis aufzusagen. »Ich glaube, daß mich Gott geschaffen hat.« Sie bleibt stecken, und Läuffer setzt sich in Bewegung auf sie zu, mit lauten, abgemessenen, bedachten Schritten, welche die Dauer ihrer Pause abzumessen scheinen. Während er sie umschreitet, höhnisch auf sie niederblickend, setzt sie, wie in Terror, noch einmal mit dem Satz an und bleibt, den Mann hinter sich, noch einmal stecken. Dann aber blickt sie plötzlich lächelnd zu ihm auf und wiederholt die letzten zwei Worte »geschaffen hat«, indem sie den Ton in Stärke und Höhe von »hat« auf »geschaffen« verlegt, also in graziös schamlosem Triumph des Weibchens. Von diesem Augenblick an erweist sich sein Vormarsch als Fehler, der zur Niederlage führte. Sein Examen verwandelt sich rapid in ihr Examen; nicht mehr er hilft ihr, sondern sie hilft ihm mit Wörtern aus. (Sie macht sich offen lustig über die magisterliche Pedanterie seiner Aussprache, indem sie, wie er in »Leibs«, ihrerseits in »Leben« das Genetiv-s vom übrigen Worte trennt; im Ärger wird er überformal mit »leiblich – und – täglich«, und sie setzt sich mit ihrem »versorget« so ein, als wundere sie sich über eine so leichte und platte Frage, um dann ihr »Wider – alle Fährlichkeit – beschirmt und – vor allem Übel« mit dem Kopf auf der Seite so vorzubringen, als sei er es, der den Zusammenhang verloren habe und der freundlichen Hilfe bedürfe. Sein »bewahret« ist hoffnungslos und sein »Ohn all mein Verdienst und Würdigkeit« enthält einen kindischen Vorwurf.) Es beginnt der Streit wegen der Zeichenstunde. Ihre kaltschnäuzige Versicherung, sie habe keine Zeit gehabt, verlangt von ihm äußerste Beherrschung. Er macht unruhig gequälte Schritte hin und her, dreht sich wie auf dem Eislaufplatz spindelförmig, bleibt jäh stehen, den Tatzenstock am Rücken zwischen den Ellbogen verkrampft, als fessele er sich selbst. Sie betrachtet ihn wie ein interessantes Insekt, ist einmal beinahe gerührt; sie geht zu ihm und entschuldigt sich, daß sie ihn aussetzte. Er verpaßt den Augenblick und schaut störrisch weg. Sie ist sogleich wieder die Brotgeberin in persona und imitiert die Mama (»Es war mir wahrhaftig unmöglich«), ihn auf seinen Platz verweisend. Aber erst wenn sie ihm in einem Ton, der keine Sicherheit zuläßt, sagt, Zeichnen sei das einzige, was sie mit Lust tue, fährt er endgültig aus der Haut. Sie erschrickt ehrlich über die Wildheit seines Ausbruchs. Ist er weggestürzt, streckt sie sich wohlig: er ist ein Plebejer mit der Kraft der Plebejer.

8 Ein Königreich für ein Pferd!

Gesucht: ein Ausweg. Der gebieterische Finger der Gesellschaft deutet auf das Bordell. Aber der unglückliche Brennende kann zu dem einzig erlaubten kühlenden Guß nur kommen, wenn der Patron ihm die Schöpfkelle reicht. Läuffer, verlassen, nur mit einem Versprechen bewaffnet, also unbewaffnet, muß einen Fürsprecher wählen, seinen Vater, der sich an einen Fürsprecher wenden muß, den Bruder des Patrons.

Die achte Szene ist in den Ziergarten des Geheimen Rats verlegt, den wir (von außen) aus der ersten Szene kennen. Der Geheime Rat, in Hemdsärmeln, bukolischer Gärtnerschürze und breitrandigem Strohhut, geht, nachdem er die Bitte des Pastors abgeschlagen, in die Kniebeuge, einen Buchsbaum zu beschneiden. Zwischen den beiden älteren Herren entwickelt sich, zum Schaden Läuffers, der mit seiner praktischen Bitte nicht zu Worte kommt, ein ideologischer Streit, vom Pastor mit Cholerik, vom Geheimen Rat mit der provozierenden Selbstbeherrschung des Weltmanns geführt. Auch dieser hat einmal den Klassenblick (»Interessant, wie diese Sorte von Leuten sich aufführt!«), wenn der Pastor die Worte »und Seelenhirt« hinausbrüllt, vergeblich versuchend, die Autorität der Kirche zur Geltung zu bringen. Wenn Läuffer ausbricht, fällt ihm sein Vater in die Arme, besorgt um die Würde des Sohnes. Der bringt seine Bitte um Vermittlung so ringend mit seinem Vater vor. Die Anwesenheit des Vaters hindert ihn, dem Geheimen Rat reinen Wein einzuschenken, er sieht sich gezwungen, das Ziel seiner geplanten Reisen zu verleugnen. Der Geheime Rat nennt es brutal. Läuffer, geschlagen, folgt dem erregten Vater zur Gartentür, wendet sich jedoch noch einmal um, starrt schnaufend auf den Geheimen Rat und warnt ihn dunkel, es könnte etwas Schröckliches geschehen. Dann gehen Vater und Sohn eilig ab, der Gartenmauer entlang, zornig gestikulierend. Der Geheime Rat hat nur einen Satz lauter gesagt: »Ihn sticht wohl der Hafer.« Sorglich knipst er hie und da einen übermäßigen Sprößling des Buchsbaums mit der großen Schere ab.

9 Die verschenkten Ferien

Während sich zu Insterburg sein Gustchen einem geschlechtshungrigen Hofmeister ausgesetzt sieht, dem jeder Ausweg genommen ist, hat Fritz von Berg im fernen Halle ein Erlebnis, das ihn hindert, ihr zu Hilfe zu eilen, andrerseits ihn aber auch geistig instand setzt, ihren Fall am Ende zu verstehen und zu verzeihen. Er opfert sein Feriengeld für Jungfer Rehhaar, welche angeblich im Gedanken an den Studenten Pätus mit dem Studenten Bollwerk schlief. Zu zeigen wäre hier, in einer leichten und komischen Art, die eigentümliche Form der Selbstentmannung der deutschen Intellektuellen bürgerlicher Kreise, welche nicht nur die Revolution anderer Völker, sondern auch ihr eigenes Privatleben nur »im Geiste erleben«.

Details

Der Übergang zu Pätus' großem Ausbruch (von »Ich bins manchmal fast müd« zu »Bollwerk, Bollwerk«) sollte abrupt, ganz und gar plötzlich sein.

Fritz von Berg hat eine freiere Haltung in dieser Szene, auch trägt er bereits ein Schillerhemd. Wenn er nach seinem Ausspruch »Hab ich mich doch auch entwickelt in eurem Halle« mit der Faust auf den Tisch schlägt, tut er es im Gefühl, nunmehr »ein Kerl« zu sein. Mit einer freiheitlichen Geste gibt er den Willen kund, mit seinem Mädchen nicht zu schlafen. Es ist der Moment seiner Selbstentmannung, und sie hat denselben heroischen Akzent, den die des armen Läuffer haben wird.

Eine gute Geste Fritzens: Bei »Auch ich bin verpflichtet« hat er im großen idealen Stil die Hand auf dem Herzen. Sie wandert nach unten, zur Westentasche, ein ganz klein wenig zögernd: »Verfüge über meine Börse.«

Pätus zahlt die zwanzig Dukaten Münze für Münze auf den Tisch, dem Vorgang eine symbolische Bedeutung verleihend.

10 Es kam, wie es kommen mußte

In dem Lenzschen Original sitzt Läuffer am Bette. Uns schien es des Fortgangs der Geschichte wegen vorteilhafter, ihn am Bette mit Gustchen zu zeigen. Es soll das Nächste sein, was man sieht, wenn man gesehen hat, wie ihm das Pferd für Ausflüge nach Königsberg verweigert wurde. Dies ist zunächst die Lösung eines Problems; dann erst kommen die Schatten kommender Schwierigkeiten und die Skrupel. Die Szene ist für den Darsteller des Läuffer schwierig. Er darf nirgends grob werden, lediglich mit seinen Gedanken woanders sein. Dazu ist er körperlich entspannt, gesättigt; jedoch vergällen dem armen Teufel die Gedanken an die möglichen schlimmen Folgen den endlichen Sinnengenuß. Sein gelegentlicher Zynismus (etwa in dem Satz über seine Überfütterung, in dem er des Geheimen Rats »Ihn sticht wohl der Hafer« bestätigt) hat etwas Hilfloses. Er ist aufgestanden und hat sich vom Tisch Gustchens Morgenschokolade geholt. Wieder zum Bettrand zurückgekehrt, vertieft sich sein finsteres Grübeln. Die Kluft zwischen den beiden wird mit der Minute breiter. Es kommt schnell heraus, daß beide sich lediglich benutzt haben. Was Gustchen angeht, so ist in der neunten Szene das Thema »Liebe in Stellvertretung« ja schon vorbereitet worden. Sie ist zunächst entspannt, rekelt sich wohlig und spricht leichtfertig und faul, aber wie von einer andern Welt herüber. Sie holt sich seine Hand energisch, wie man ein Requisit holt, legt sie vor sich auf den Bettrand und meditiert darüber, sie in der Luft streichelnd, als könne schon die Berührung ihre Illusion, es sei Fritzens, zerstören. Jedoch unterliegt dem oberflächlichen Ton der ersten Sätze die sexuelle Befriedigtheit, und wenn sie sich mit ihrem Fritz gewidmeten Julia-Monolog an Läuffer heranmacht, ist es zugleich aus Beunruhigung darüber, daß er sich entziehen könnte, indem er nachdenkt. Der Aufbruch Läuffers ist hastig und würdelos und das nicht nur von ihm. Mit dem Vorwurf, er sei zu lang geblieben, reicht sie ihm seine Weste aus dem Bett, die Zeugin der Vereinigung. In der Szene hat Gustchen einen rührenden Moment: wenn sie auf sein etwas mürrisches »Ich bin nicht Romeo, ich bin Läuffer, wenns beliebt« sich aufrichtet, ihn vorgebeugt anstarrt, als sehe sie einen fremden Mann in ihrem Bett, zurückfällt und schluchzt. Aber das Tragische, so es hereinkommt, muß doch bei Läuffer liegen: Sie darf ihm immerhin die Stellvertreterin der anonymen Natur, er muß ihr Stellvertreter eines ganz bestimmten Mannes, Fritzens, sein.

11 Die Entdeckung

Die Gesangswut der Frau von Berg zeigt, daß die schönen Gefühle sich mit häßlichen durchaus vertragen – liebte doch auch der Gestapometzger Heydrich seinen Bach. Häßlich sollte den Vortrag weniger die Stimme als die rücksichtslose Energie machen. Wenn die Majorin, das Largo spielend, den Major beschimpft, so tut sie dies, weil er von der Arbeit kommt; er wiederum sieht die Musik als die Quelle der Liederlichkeit an und fegt mit dem Krückstock die Noten vom Spinett. Die wütende Wehklage der Majorin über die Schmach, die der Familie angetan, ist gewürzt durch das Wissen des Zuschauers über die Familie, in der die Mutter der Tochter den Freier wegfischt, jedoch muß das genügen, was Komik betrifft. Die Rollen der Majorin und des Majors müssen vital besetzt werden; Europa hat durch zweihundert Jahre die abscheuliche Vitalität ihrer Klasse kennengelernt.

12 Läuffer findet ein Asyl

Läuffers schwarze Vorahnungen haben sich erfüllt. Wir sehen ihn, gejagt wie ein Verbrecher, in einer Dorfschule Asyl suchen. Hier, in der Gosse, wird sich alles noch einmal wiederholen, die Unterdrückung, die Entladung seiner Potenz, die Verfolgung: nur wird der Verfolger dann er selber sein. Das Asyl wird sich in eine Rattenfalle kehren. Das Mißtrauen des Schulmeisters Wenzeslaus geht in die Erkenntnis über, daß er in dem Verfolgten, für ein Asyl zu allem Bereiten, einen billigen Sklaven gefunden hat. Er hat ihn rasch am Tisch über den Schulheften und kann selber in seinem Lehnstuhl Feierabend machen. Der Gehetzte muß essen, arbeiten, rauchen, selbstgefällige Moralpauken anhören, alles gleichzeitig, und er tut alles, mit kriecherischer Speichelleckerei. Das Ausbeutertum ist dabei so naiv und so eingehüllt in Moral, daß Läuffer noch ein Jahr später den Schulmeister als seinen

Wohltäter bezeichnet – was der Schauspieler herausbringen muß. Es ist wohl nötig, seine üblen Eigenschaften, einen abscheulichen Humor, einen Freiheitsdurst, der mit Bier und Fusel gestillt werden kann, seine Pedanterie, gepaart mit einem Höhenflug niedriger Gedanken und so weiter, mit soviel halbwegs Menschlichem zu vermischen, als zur Hand liegt. Immerhin muß das Bild, zu dessen Ebenbild er die Kinder erzieht, Schrecken erwecken.
Bei dem Einbruch der feudalen Meute empfiehlt es sich, den angeschossenen Läuffer möglichst lange unbetreut liegenzulassen: über dem verblutenden Korpus wird über das Unrecht geschimpft, das er erlitten und zugefügt hat. Der Major läuft in die Kammer, nach seiner Tochter zu suchen, und fährt dann fort, auf und ab zu marschieren, durch solche Aktion die Suche nach ihr fortsetzend. Der Geheime Rat zeigt nichts als Furcht vor Skandal. Die zwölfte Szene ist, dramaturgisch genommen, eine Schaukelszene, wenn man unter der Schaukel ein Brett versteht, das über einen Balken gelegt ist. Der Hofmeister betritt in dieser Szene das Brett in tiefster Bedrängnis, und er wird emporlaufen, bis das Brett, durch sein Gewicht zum Kippen gebracht, ihn in der tiefsten Tiefe landen wird.

13 Gustchen am Teich

Während wir Läuffer einem unordentlichen Geschick überlassen, das noch einiges für ihn im Ärmel hat, sehen wir seine Brotgeber ihre Angelegenheiten wieder in Ordnung bringen. Die Rettungsszene am Teich kann etwas Komik vertragen – sind doch beim Unglück Bedienstete zur Hand! Jedoch, obschon wir wissen, daß bei genügend Wohlstand die Tragik keine gesicherte Existenz hat, wäre es doch falsch, Gustchen und dem Major allen Ernst zu nehmen. Freilich muß gezeigt werden, wie Gustchen auf die Retter wartet, bevor sie in den Teich watet, wie sie die Schuhe auszieht, um den Kommenden eine Spur herzurichten, ja, noch einmal umkehrt, ihnen auch den Schal, sorglich gefaltet, hinzulegen und mit zurückgewandtem Antlitz in das Wasser steigt, aber das ist schließlich nur, weil sie weiß, es kann bei gutem Willen alles geordnet und gerichtet werden in ihren Kreisen. Komischer ist der Graf, der, sein Freiertum vergessen habend, mitgekommen ist, Eindrücke für seine chronique scandaleuse zu sammeln, und der Geheime Rat, der sich, außerstande Hand anzulegen, damit begnügt, majestätisch die Rettungsaktion zu »organisieren« und Betrachtungen allgemeiner und schicklicher Art anzustellen. Des Majors Töne sind vollkommen ernst, sowohl sein wildes Fluchen auf die Bediensteten, die ihm die Stange nicht schnell genug reichen, als auch der Sermon mit seiner Tochter. Ihr gestatteten wir am Schluß, in den Armen des gerührten Vaters, ein kleines vergnügtes Wippen der Füßchen.

14 Die Selbstentmannung

Es ist nötig, den ganzen vierten Akt, einen der delikatesten der dramatischen Literatur, aus dem Ganzen deutlich herauszuheben und sein Poetisches zu betonen, so daß der Zuschauer imstande ist, die Selbstverstümmelung aus der sexuellen Sphäre in die allgemeinere geistige zu übertragen. Wir änderten für diesen Akt die Beleuchtungsart; die Projektionen, welche sonst die Örtlichkeit angaben, weglassend, gewannen wir zugleich einen sehr finsteren und ungewohnten Hintergrund, jedoch beließen wir die krasse Belichtung der Szene ansonsten. Außerdem umrahmten wir die drei Szenen mit Musik, dem türkischen Marsch Mozarts, auf Cembalo, Tschinelle und pfeifende Piccoloflöten gesetzt. Im übrigen waren wir besonders bedacht, im Spiel das realistische Moment zu betonen. Ist doch der Vorgang, unübertragen, ganz für sich stehend, also nicht mehr bedeutend als die Zwangslage eines armen Teufels, sich für ein Geschlechtsleben oder ein Berufsleben zu entscheiden, genug charakteristisch für diese Gesellschaftsordnung.

14a

Die Szene zeigt Läuffer in einem Albtraum. Wieder erhebt sich sein Geschlecht gegen ihn. So muß das Arrangement wohl Wiederholungen aus der siebenten Szene aufweisen, der Katechismusstunde. Das Sich-heran-Pirschen an das Opfer, den Versuch, hinter es zu kommen. Die Flucht zum Fenster. Den taumelnden Gang von dort zur Wand, als wehe ein unsichtbarer Sturm ein Blatt ins Verderben. Die Tatze, die er sich gibt.
Hier noch einige Details: Wenn Lise mit dem Topf Kaffee zurückkommt, klopft, hält Läuffer eben den Federkiel erhoben, eine Korrektur anzubringen. Mit dem so erhobenen Federkiel geht er schlafwandlerisch zur Tür, öffnet, nimmt Lise den Topf ab, schiebt sie weg, schließt die Tür, kehrt zurück zum Tisch, stellt den Topf ab, und dann setzt er den Kiel zur Korrektur an. Lise, am Ende der Szene von ihrem Paten hinausgezogen, macht sich von ihm frei, geht mit abgewandtem Gesicht zum Tisch zurück und holt ihr Lämpchen.

14b

Läuffer stand bei seinem Monolog vor der schwarzen Öffnung des offenen Fensters. Im Monolog überwog das spekulative Moment, jedoch kam der Satz »vor dem, was sie geschaffen« einem Ausbruch gleich und bei »Soll ich mirs ausreißen, das Aug, das mich ärgert« schien der Entschluß geboren zu werden. Am Schluß, in dem Abreißen des Rockes, wurde die Wildheit sichtbar, welche die Konterrevolution immer zeigt.

14c

Für diese Szene schufen wir völlige Stille – der Nachtsturm der vorausgegangenen Szenen diente nur dieser Möglichkeit, nunmehr eine fast hörbare Stille zu erzeugen. Umgestürzte Möbel, verstreute Kleidungsstücke wiesen auf die Wildheit des Vorgegangenen. Am Schluß der Szene wurde zum erstenmal am Rundhorizont der Schneefall sichtbar, der durch den ganzen fünften Akt ging. Eine solche oder ähnliche Mischung realistischer und poetischer Elemente scheint uns hier durchaus nötig. Für die Darsteller schwierig ist der atemlose schnelle Übergang von Läuffers bangem Geständnis, er habe sich kastriert, zu dem Lobgesang des Schulmeisters. Dem Publikum ist da wenig Zeit gelassen, den Unglücklichen zu bedauern, wenn es schon wieder eingeladen wird, ihn zu verachten. Kaum hat die Verfolgung bei dem armen Hofmeister ihr Ziel erreicht, als sich auch noch der Stückeschreiber auf ihn stürzt! Der schnelle Übergang, nötig für den Fortgang der Komödie, weil nur so das individuelle, medizinische Moment vernichtet werden kann, wird gelingen, wenn der Darsteller des Schulmeisters seine Erschütterung voll ausspielt, auch den natürlichen Schrecken, darauf das »Sprech Er nicht weiter, das hätt Er nicht gebraucht« noch mit diesem Schrekken färbt und das »Da ist Er ja ein zweiter Origenes« im Ton einer Entdeckung bringt.

Eine Änderung der Szene schlug der Schweizer Stückeschreiber Frisch vor: zu beginnen mit »Das hätt Er nicht gebraucht«, den Zuschauer in ahnungsvoller Ungewißheit über das Geschehene zu lassen, das so großes Lob erheischt, und erst bei der Verlesung des Briefes hinter »durch meinen gewiß schweren Entschluß« einzufügen »mich zu kastrieren«.

Jedenfalls ist es nötig, daß der Darsteller des Schulmeisters, wie der Schauspieler Maurer es tat, so realistisch wie möglich bleibt. Er sprach »Wie, es gereut Ihn?« mit der milden Ungläubigkeit eines, der einen Helden im Augenblick einer Schwäche sieht und ihn lächelnd in Ordnung bringt. Aber am Ende der Szene übertat er den herzlich aufmunternden, optimistischen Ton ein wenig, als sei auch er, privatim, nicht ganz frei von schwachen Zweifeln.

15 Ende einer italienischen Reise

Wir haben nun alles für den Schluß bereit. Das Außergewöhnliche wird als solches erkannt und das Gewöhnliche tritt in seine »Rechte«. Die Opfer sind gebracht; was übriggeblieben, kann unter die Haube gebracht werden.
Da nunmehr alles offen sein kann, verwandeln wir die Bühne in diesem letzten Akt, ohne die Gardine zu schließen, gegen einen Himmel, immer noch erfüllt von sanftem Schneefall.
Der Philosoph, einen bescheidenen kleinen Bauch klopfend, berichtet verschmitzt von seinem Verrat: das erste Paar ist gebildet. Fritz von Berg ist noch unruhig. Mit weiten Schritten den Raum durchmessend, beschreibt er eine Italienreise, deren künstlerische Erlebnisse mehr und mehr durch ansteigende Besorgnis um sein Gustchen zu Hause getrübt werden. Wenn Pätus den Brief von zu Hause verliest, den Fritz nicht zu öffnen wagte, sinkt er ohnmächtig neben dem Ofen zu Boden. Pätus läuft nach kaltem Wasser. Zurück in seinem Lehnstuhl, gibt er seine »realistische« Meinung über die Weiber zum besten. Die eintretende Karoline Pätus weiß kein Unglück, das nicht durch eine schöne Tasse Kaffee in Vergessenheit gebracht werden könnte. Fritz verläßt taumelnden Schrittes die Ruine eines Freundes, um zum Grab der Geliebten zu eilen.

16 Verlobung bei Schneefall

Die Eröffnung der zweiten Schlußszene zerstreut geschwind die Befürchtungen, welche das Publikum am Ende der ersten zusammen mit Fritz von Berg gehegt haben mag. Das von Bergsche Haus ist tragödiensicher. Nur zu einer einzigen Konfrontierung mit den störenden Geschehnissen des Stücks kommt es: wenn der junge Liebhaber, nachdem er geistig die Untreue der Geliebten schon verwunden hat, an die Wiege geführt wird und das Resultat in Fleisch und Blut sieht. Er zögert einige Sekunden.

17 Lise bekommt Läuffer

Zuletzt der schwierigste der Schlüsse; der für Läuffer. Die Szene ist auf den Sonntagmorgen gelegt und hat viel Festliches. Lise legt ein blühweißes Tischtuch auf, und die zwei Männer beschäftigen sich mit einem würdigen Thema, der Predigt. Läuffer sitzt und spricht mit neuer Autorität, auch der dazu gehörigen falschen Bescheidenheit. Jedoch ist seine Kraft von ihm genommen. Den Vorwurf des Schulmeisters, daß sich der alte Adam in ihm anscheinend immer noch rege, nimmt er bloß unlustig auf, Lises Bereitschaft, ihn zu ehelichen, ohne besonderes Erstaunen.

Über das Poetische und Artistische

Für einige Zeit wird über das Poetische in den Stücken und das Artistische bei ihrer Aufführung zu reden sein, nachdem dies in der jüngsten Vergangenheit nicht besonders dringend schien. Es schien nicht dringend, ja abseits führend, nicht etwa, weil das poetische Element genügend entwickelt und wahrgenommen gewesen wäre, sondern weil in seinem Namen mit der Wirklichkeit Schindluder getrieben wurde, glaubte man doch, dort Poesie zu finden, wo die Wirklichkeit zu kurz gekommen war. Die Lüge trat als Erfindung auf, die Ungenauigkeit als Großzügigkeit, die Unterwürfigkeit unter eine herrschende Form als Kennerin der Form und so weiter. Es war notwendig, die Abbildungen der Wirklichkeit in der Kunst auf ihre Wirklichkeitstreue hin zu prüfen und die Absichten zu untersuchen, welche die Künstler mit der Wirklichkeit hatten. So kam es, daß wir von einer Wahrheit als unterschieden von Poesie zu sprechen hatten. Neuerdings untersuchen wir Kunstwerke oft überhaupt nicht mehr nach ihrer poetischen (künstlerischen) Seite hin und begnügen uns auch schon mit Werken, die keinerlei poetischen Reiz mehr haben, sowie Aufführungen, die keinerlei artistischen Reiz mehr haben. Werke und Aufführungen solcher Art mögen nun ihre Wirkungen haben, aber es können kaum tiefe sein, auch nicht in politischer Richtung. Es ist nämlich eine Eigentümlichkeit der theatralischen Mittel, daß sie Erkenntnisse und Impulse in Form von Genüssen vermitteln; die Tiefe der Erkenntnis und des Impulses entspricht der Tiefe des Genusses.

Im Nachfolgenden sind einige artistische Momente in der Aufführung des »Hofmeisters« verzeichnet, welche mit poetischen Momenten des Stücks zusammengehen. Daß die letzteren mit sozialen Momenten zusammengehen, soll hier vermerkt sein, jedoch niemanden davon abhalten, bei den poetischen und artistischen etwas zu verweilen.

I

Die vier Scharrfüße, welche Läuffer vollführt, den ersten beim Ansichtigwerden des Brüderpaars, die beiden hastigen Zwillingsscharrfüße beim Vorübergehen, den letzten im Rükken der Brüder, gewürzt durch die Verwünschung, sind, exakt exekutiert, eine artistische Prozedur, die Läuffers Unterwürfigkeit, tänzerische Ausbildung und Verhungertheit, nicht zu vergessen etwas Ungelenkes bei ihm in Maß und Rhythmus bringen. Poetisch ist es, die Szene vor die Gartentür der geheimrätlichen Stadtwohnung zu verlegen, wodurch man den Zuschauer anregt, den Frühschoppen der Brüder, ihre festbegründeten Gewohnheiten und ihren Wohlstand gewahr zu werden. Derlei wäre beim Shakespeare vielleicht ein Zuviel, ist es aber nicht bei dem intimen, kleinmalenden Sittenstück des Lenz. Dabei geht das Bühnenbild nicht auf Illusion aus; schon die Hintergrundprojektion eines kolorierten Stahlstichs im Geschmack der Zeit – ebenfalls etwas Poetisches – wirkt der Illusion entgegen.

2

Die Wahrnehmung, daß Menschen unter der Wirkung der Poesie zusammengebracht werden, ist selber poetisch. Die Verführung, die von der Lektüre eines Liebesgedichts ausgeht, wird in Dantes »Inferno« im fünften Gesang meisterhaft beschrieben. Etwas von dieser Poesie, leicht verfremdet durch schwache Komik, sollte das Klopstocklesen der Liebenden haben. Ein anderes Moment ist die Korrespondenz der Stellung des Liebespaares zu Beginn der Szene mit der am Ende: sie stehen beide Male im Profil, im gleichen artigen Abstand, nur daß der strenge Vater am Ende dazwischen sitzt; er hat den Abstand wiederhergestellt. Man kann fragen, ob denn derlei Subtilitäten dem Publikum auffallen, jedoch ist diese Frage unwürdig. Subtil ist auch, daß die Aufmerksamkeit des Zuschauers auf Gustchens Bett gelenkt wird, wenn der junge Liebhaber sie dorthin führt, sie ihre Treue schwören zu lassen – wir werden sie mit dem Hofmeister drin liegen sehen. Beim ersten Sehen des Stücks mag lediglich die Wirkung entstehen, daß nur der Gedanke an mögliche Untreue die Annäherung an das Bett bringt, aber die spätere, die zehnte Szene, wird eine erhöhte Wirkung haben, und beim zweiten Sehen des Stücks wird auch die frühere an Bedeutung gewinnen – und man muß immer mit dem zweiten Sehen rechnen.

3

In dieser Szene hatten wir eine Lichtwirkung, die man poetisch nennen kann. Im allgemeinen arbeiten wir nicht mit Lichtwirkungen, sondern benutzen volles Licht. Jedoch gestatteten diesmal die Projektionen die volle Benutzung der Beleuchtungsanlage nicht und eine eigentümliche Wahrnehmung brachte uns dazu, die Wände hinten besonders schwach zu beleuchten. Der Darsteller des Leopold machte das

Fliegenfangen so gut und komisch, daß die Aufmerksamkeit für das gleichzeitige Examen Läuffers dadurch leiden mußte. Wir hatten nicht das Herz, dem jugendlichen Darsteller Mäßigung aufzuerlegen, so mußten wir wenigstens das Licht einziehen. Ein poetischer Gewinn daraus war es dann, daß im weiteren Verlauf der Szene nur die Standespersonen (Majorin und Graf) ganz plastisch heraustraten, Leopold und die Magd lediglich den Hintergrund bildeten und Läuffer nur bei seinem faux pas ins volle Licht kam und darauf wieder ins Halbdunkel zurückgestoßen wurde. – Ein artistisches Moment, die kleine Pantomime des Stellungswechsels (Majorin, Graf, Magd) nach dem Hinauswurf des Hofmeisters, wodurch das Untersichsein der Standespersonen arrangiert wurde, ist in den Notizen[1] beschrieben. Natürlich war auch das Examen Läuffers, der mit Angstschweiß auf der Stirn Grazie zeigen muß, sorgfältig als eine artistische »Nummer« ausgeführt.

4

Die vierte Szene zeigt Läuffer in seiner Isoliertheit, die ihm ein normales Liebesleben unmöglich macht. Er ist der »Hahn im Korb«, der als »Hecht im Karpfenteich« behandelt wird. Er zeigt groß seine Künste, die waghalsigsten Sprünge vollführend. (Natürlich darf Läuffer dabei keinesfalls als eitel gezeigt werden! Er ist viel zu sehr damit beschäftigt, auf die Mädchen zu wirken, als daß er es sich gestatten könnte, sich an seiner Wirkung selbst zu berauschen.) Die Plumpheit seines Zöglings, den er auf dem Hals hat, bringt ihn zu Fall, und dies vervollständigt seinen Mißerfolg, an dem er völlig unschuldig ist. – Für die Mädchenschar wurde eigens eine junge Schauspielerin hinzuengagiert, welche kichern konnte. In der Tat zeigte dieses Kichern alleine schon die sexuelle Gewecktheit und Gehemmtheit der Mädchen.

1 [Siehe S. 142 f.]

5

Es ist ein poetisches Moment, daß Läuffer, dem in seiner Isoliertheit Gustchen als Schülerin aufgehalst wird, zunächst für den zusätzlichen Unterricht die Erlaubnis einhandelt, ein Pferd für »Studienreisen« nach Königsberg benutzen zu dürfen. Dieser Handel zeigt seine erste, unschuldige Einstellung zu Gustchen, zugleich aber auch seine Hungerlage.

6

Die Darstellung des freiheitlichen Zugs, herrschend in den Universitätsstädten der Zeit, darf nicht darunter leiden, daß die Freiheit als eine recht begrenzte gezeigt wird. Selbst die Zotenreißerei Bollwerks hat eher den Charakter des »Sichgrenzenlos-Erdreustens«. Es darf da nicht nur der Scheffel, es muß auch das Licht gezeigt werden. Die Kostüme, mit dem Schwarz der Hosen und dem Leinenweiß der Hemden, waren besonders schön, und die Bewegungen und Gänge hatten Schwung und Größe. Jedoch war nicht die Darstellung der Studenten romantisch, sondern es war ihre Romantik dargestellt.

7

Die Flamme der sechsten Szene schlug mit dem einstigen Studenten Läuffer noch in die siebente hinein. Läuffer hat sich freilich bis zu seinem Ausbruch eisern in der Hand. Sein Schicksal steht fest, wenn das Publikum die neue Schülerin lächelnd dasitzen sieht. Seine Spindelbewegung, mit der er sich einmal fängt, von Gustchen mit einem »So tiefsinnig waren Sie ja noch nie« quittiert, erinnert an die Eislauffiguren der vierten Szene. Sie ist eine poetische Erfindung von Rang. So auch die Verwendung des Schulmeisterlineals, wenn er sich daran wie an einem Kreuzbalken fixiert, es in die Achselhöhlen klemmend, und wenn er sich selbst Tatzen gibt, sich für die sexuelle Gier bestrafend. In der vierzehnten Szene wird das Tatzengeben dem Zuschauer ankündigen, daß sich sein Geschlecht wieder gegen ihn erhoben hat!

8

Während er die Süßigkeit und Notwendigkeit der Freiheit lobt, stutzt der Geheime Rat seine Buchsbäume. – Die Disputation zwischen Pastor und Geheimem Rat, geistige Prinzipien betreffend, so hindernd dem Anliegen Läuffers, verwandelt sich in eine erregte Disputation zwischen dem nunmehr allerlei ahnenden Pastor und seinem Sohn; man sieht sie gestikulierend hinter der Gartenmauer abgehen. – Und aus dem stürmischen Verlangen Läuffers (dem verzweifelten »Ein Königreich für ein Pferd!«) schließt das Publikum auf die Gefahr, in der Läuffers Schülerin schwebt. (Der Geheime Rat indessen ahnt nicht, daß er mit seiner streng moralischen Stellungnahme die Anverlobte seines Sohnes an den Hofmeister ausliefert.)

9

Auch die zweite Halleszene bedarf eines gewissen Feuers, das freilich nicht als das der Schauspieler, sondern als das der Figuren spürbar werden sollte. Der Gefühlsüberschwang der »Erlebnisse im Geiste«, diese katalaunischen Schlachten, deren Gefallene in den Lüften weiterkämpfen, muß komisch wirken, aber die Verzweiflung des Pätus und der Opferwille von Bergs dürfen nicht (etwa durch Übertreibung) unecht wirken. Noch darf das Paar Bollwerk-Rehhaar, etwa weil Bollwerk den Pätus betrogen hat und Jungfer Rehhaar in ihrer Bedrängnis kokettiert, der Sympathie beraubt werden. Die Schwierigkeiten junger Leute haben durch das Moment der Hilflosigkeit etwas Rührendes.
Die beiden Halleszenen wurden auf der Drehbühne bei sich

öffnender Gardine herangefahren, um die Einbeziehung der Geschehnisse im »fernen Halle« sichtbar zu machen.

10

Es ist eine poetische Frage, was in der Erzählung auf was folgen soll. Wir diskutierten darüber, ob die zweite Halleszene zwischen der Katechismusstunde und dem Pferdebittgang gespielt werden soll oder zwischen dem Pferdebittgang und der Liebesszene. Wir entschieden uns für das Letztere – und andere mögen anders entscheiden. Es ist schön, wenn nach der Verweigerung des Pferdes Läuffer unmittelbar im Bette Gustchens gesehen wird. Aber es ist auch gut, wenn der Liebesszene die zweite Halleszene mit der Stellung des Problems (Liebe in Stellvertretung) unmittelbar vorangeht.
Die Szene muß genug von einer echten Liebesszene haben, obwohl in ihr nur der Durst Gustchens nach Fritz und der Durst Läuffers, der auch in Königsberg gestillt werden könnte, gestillt werden. Die Vereinigung hat Nähe hervorgebracht; die Distanzen kommen von der Verschiedenheit der gesellschaftlichen Stellung des Paares.

11

Wir halten uns wieder im Reich der schönen Gefühle auf, wenn die Katastrophe hereinplatzt. Die Werbung der Majorin um den Grafen Wermuth, diese geplante Annäherung auf Flügeln des Gesanges, ist ein groteskes Gegenstück zur Klopstocklektüre der zweiten Szene. Die poetischen Entsprechungen sind Tolstois »Kreutzersonate« und Dantes »Inferno«-Gesang. Das poetische Element wird vernichtet, wenn die Karikatur dem Vortrag der Majorin *alle* Anmut nimmt. Eine artistische Leistung, welche eine poetische Wirkung beabsichtigt, ist das Spielen des Largos durch die Majorin während ihres Gezänks mit dem Major. Ein ästhetischer und zugleich sozialkritischer Reiz ist es, wenn der Darsteller des Majors dem Ausbruch des entrüsteten Vaters etwas Untiefes verleiht, den flachen Ausdruck gesellschaftlicher Konvention. Man muß ahnen, er bleibt erfolglos. Den Hintergrund der Szene bildet die schwärmerische Anbetung des Grafen durch die Magd.

12

Einige Effekte vorausgenommen: daß es dem Schulmeister gelingt, den ersten Ansturm der feudalen Bande einzig und allein durch die Macht des Geistes zurückzuschlagen, bevor die nackte Gewalt hereinbricht und der Schuß fällt; wie das anfängliche Mißtrauen des Schulmeisters, einem Missetäter gegenüberzustehen, sich in Vertrauen auf einen Knecht verwandelt, brauchbar, weil er eine Missetat verübt hat, so daß er ein Asyl braucht; wie Läuffer die Beschwerde, daß man ihm sein Opfer aufzwang, an sein nächstes Opfer richtet.
Es ist wohl auch erlaubt, daß der Zuschauer mit einigem Vergnügen des Baus dieser Schaukelszene gewahr wird, die beide Teile des Stücks verbindet. Läuffer, ausgestoßen aus der feudalen Welt, flüchtet in die kleinbürgerliche. Er wechselt den Tyrannen, das Examen wiederholt sich und ebenso der Fehltritt – hat er dort eine Meinung über Kunst geäußert, wirft er hier die Frage nach dem Lohn auf. Sein Beruf wird noch niedriger sein, seine Berufung bedeutend ehrenhafter.

13

Das verworrene Geläut der Sturmglocken vom Dorf herüber zeigt dem Zuschauer an, daß die Suchaktion schon begonnen hat. Wir erfahren schnell, daß sie Erfolg haben wird. – Während nach dem Mädchen gefischt wird, ergehen sich Geheimer Rat und Graf in tiefsinnigen Reflexionen. Der Geheime Rat legt sich einen Trost zurecht für den Todesfall; der Graf, der nicht schwimmen kann, wäscht sich die Hände in Unschuld. –

Zu Beginn der Szene freilich, für einige Augenblicke, hat zu gelten, was über die Schwierigkeiten junger Leute gesagt wurde.

14

Man hat auf der ziemlich nackten Bretterbühne die Stimmung einer schreckenshaften Station des Kalvarienberges. Das sanfte Hin und Her des verwirrten Kindes, der Kelch, der nicht vorübergehen will. Die Pferdedecke über der Schulter Läuffers, die Kälte des Raumes andeutend, welche das Verlangen anstachelt, das sie nicht töten kann. Der Lehrer gibt sich wieder Tatzen. Dann wird der Verführte zum Vergewaltiger. – Der Vergewaltiger wird zum Rächer. Der Monolog ist noch äußerste Auflehnung, die Tat, in die er mündet, ist ein blindes Niederwerfen jeder Auflehnung, die Tat, alle Taten zu enden. – Der graue Morgen bringt völlige Schwäche und ihre Seligpreisung.

Zwischenspiel

Das offene Kreisen der Drehbühne, welches die diversen Schauplätze heranträgt, um den bisherigen Stand der Dinge festzuhalten und durch ein Jahr hin weiterzuentwickeln, ist ein Kunstgriff, der es ermöglicht, auch die drei Schlüsse des Stücks zusammenzufassen, indem dann die Bühne wieder kreist, diesmal mit voll ausgespielten Szenen.

15

Der Philosoph ist nicht auf dem Parnaß, sondern am wärmenden Ofen angelangt; für ihn der dünne Rotwein, nicht der Schierlingstrank. Aber dies spielt sich freilich auf dem Markt der Dutzendware ab, die persönlich im Tragischen nichts verloren hat – der Anblick wird um so betrüblicher. Pätus'

Traumwelt mag komisch sein, seine Erkenntnis der Wirklichkeit ist jämmerlich. Es ist dabei so fraglich wie gleichgültig, ob er die Peitsche vergessen wird, wenn er zu des Rektors Tochter geht; nicht vergißt er, den Kant zu verstecken. – Fritzens leise Enttäuschung, eingebettet in seine andern Sorgen, ist ein springender Punkt dieser Rolle. Ein weiteres poetisches Moment ist es, daß die Erzählung vom Abbruch der italienischen Reise, der klassischen Bildungsaktion der Zeit, ihren Fluchtcharakter enthüllt. – Und Anblick wie Rede Karolinens sollten den Gedanken nahelegen, daß es besser sein mag, von einer Jungfer Rehhaar betrogen, als von einer Karoline geheiratet zu werden.

16

Die Eröffnung dieser Szene, die kleine Familienfeier mit der kurzen Rede des Geheimen Rats über den Schnee, fällt leicht der Geneigtheit zum Opfer, den drei Schlußszenen (drei Schlüssen) ein lebhaftes Auskehrtempo zu verleihen. Man verlöre damit ein poetisches Moment. Hier wird die Schönheit (Reinheit) des Schnees gepriesen, der am Ende der vierzehnten Szene, im Morgengrauen nach dem Entmannungsakt des Hofmeisters, eine grausige Bedeutung hatte. Folgerichtig schließt sich die Verhöhnung des Selbstverstümmlers mit dem gewaltigen Gelächter über seinen Bittbrief an. – Die Erzählung der Magd und die Rede Fritz von Bergs sind als Bravourstücke zu bringen; beide Personen geben sich begeistert der wohlgelittenen Innigkeit hin.

17

Der kleine Bauch des Entmannten ist natürlich eine poetische Lizenz. Zusammen mit den roten Bäckchen ist es eine Ramponierung der Figur nach dem Behäbigen hin. Dazu hat man den Märchenton in den Antworten der guten Lise, erinnernd an Hans im Glück. Und es kann mehr getan werden, die Beruhigung herbeizuführen. Man soll das ganze Bild schön machen. Das Schwarz der Kleidung der Männer wie Lises und das Weiß des Tischtuchs erwirkte den Anschein der Reinheit, und die Gruppierung am Tisch war in der Aufführung dem Auge wohlgefällig.

Das aufsässige Menuett

Die Majorin von Berg unterzieht den Kandidaten Läuffer einer Prüfung auf seine Eignung als Hofmeister ihres Sohnes Leopold. Die Majorin sitzt am Spinett, Leopold fängt im Hintergrund an der Täfelung Fliegen, Läuffer links vorn an der Rampe stehend, quittiert die schnell heruntergeleierten Forderungen, welche die Majorin anscheinend schon an eine Legion von Hofmeistern gerichtet hat, mit gierigen Bücklingen. Er behauptet etwas heiser, daß er »über fünf« Tanzlehrer in seinem Leben gehabt hat. Die Majorin verlangt ein Kompliment aus der Menuette. Sie beginnt sofort auf die zarten Tasten einzuschlagen. Läuffer ist nicht bereit, einen Augenblick scheint es, er könne überhaupt nicht tanzen, aber dann wird klar, es ist die Verwirrung, er benötigt nur einige Sekunden, seine Gedanken zu sammeln. In sehr gerader Haltung, die Fäuste in die Hüften gestützt, vollführt er einige vollendete Schritte an der Rampe entlang, die Beine sehr hoch hebend und den Raum, der ihm für die choreographische Figur zur Verfügung steht, sorglich einteilend. Sein Kopf erscheint etwas verdreht, auf die Schulter geschraubt. Er geht wie zwischen Eiern, jedoch hat seine Schulterhaltung etwas Herausforderndes, er schreitet sozusagen wie ein gebändigter Tiger, mit einer wilden Grazie. In Rampenmitte vollzieht er eine Wendung und arrangiert, der Majorin zugewendet, ein Kompliment von einem Umfang der Planung, als habe er dafür ein ganzes Ballett zur Verfügung. Die Majorin scheint befriedigt. (»Nun, das wird schon gehen.«) Der junge Herr, vor dessen Augen das Examen veranstaltet wird, wendet sich gelangweilt wieder dem Fliegenfang zu. Läuffer zieht sein Taschentuch und trocknet sich die Stirn vom Angstschweiß: wie er annimmt, überm Berg. Aber die Majorin zeigt noch Durst nach Angstschweiß. »Auch einen Pas, wenn's beliebt!« Mit verzerrtem Gesicht, man sieht es, da Gaugler das Gesicht zurückdreht, vollzieht Läuffer auch noch einen Pas. Danach steht er allerdings in völliger Erschöpfung. Die Majorin jedoch, angeregt, spielt ihm gnädig ein Menuett vor, das Spinett sozusagen die Faust fühlen lassend. Läuffer, nach kurzer Selbstüberwindung, geht mit weiten federnden Schritten, sich unaufhörlich den Schweiß vom Gesicht wischend, zum Spinett hinter, wo er einen tiefen, tierischen Laut des Entzückens ausstößt und sich gierig über die fleischige Hand der Majorin beugt. Die Szene erhält ihre Bedeutung durch Gauglers Kunst, die aufsässige, brutale Vitalität des niedriggeborenen Läuffers in den Schnürstiefel der feudalen Etikette geschnürt aufzuzeigen. Der Keim der Tragikomödie ist nun angedeutet.

Ist »Der Hofmeister« ein »negatives Stück«?

Von einigen ist gegen die Aufführung oder Bearbeitung des »Hofmeister« eingewendet worden, es sei ein negatives Stück. Das Berliner Ensemble vertrat die Meinung, daß das Stück, enthaltend drei Porträts von Schulmeistern (Geheimer Rat, Wenzeslaus, Läuffer) und drei von Studenten, die Schulmeister werden wollen (von Berg, Pätus, Bollwerk), aus der Zeit, wo das deutsche Bürgertum sein Unterrichtssystem errichtete, ein anregendes satirisches Bild dieses Teils der deutschen Misere gibt. Die Aufführung konnte durchaus als ein Beitrag zu der großen Erziehungsreform gelten, die eben jetzt in der Republik durchgeführt wird. Die Satire verzichtet im allgemeinen, wie es Werke von der Art des »Tartuffe«, des »Don Quichote«, des »Revisor«, des »Candide« zeigen, darauf, dem Typus, den sie verspottet, einen exemplarischen Typus entgegenzustellen; in dem Hohlspiegel, den sie aufstellt, um das zu Bekämpfende übertreibend herauszuarbeiten, würden positive Typen nicht der Verzerrung entgehen. Im »Hofmeister« ist das Positive der bittere Zorn auf einen menschenunwürdigen Zustand unberechtigter Privilegien und schiefer Denkweisen.

Coriolan

von Shakespeare

Bearbeitung

Personen

Cajus Marcius, später genannt Coriolan, römischer Heerführer · Volumnia, seine Mutter · Virgilia, seine Frau · Der junge Marcius, sein Sohn · Menenius Agrippa, sein Freund · Cominius, Titus Lartius – Anführer gegen die Volsker · Sicinius Velutus, Junius Brutus – Volkstribunen · Valeria, Virgilias Freundin · Dienerin der Virgilia · Der Mann mit dem Kind · Tullus Aufidius, Anführer der Volsker · Ein Hauptmann des Aufidius · Römer und Volsker (Senatoren, Konsuln, Ädilen, Patrizier, Bürger (Plebejer), Offiziere, Krieger, Herold, Ratsdiener, Diener, Boten.)

Erster Akt

I

ROM. EIN ÖFFENTLICHER PLATZ.

Es tritt auf ein Haufe aufrührerischer Bürger, an die Knüppel, Messer und andere Waffen verteilt werden; darunter ein Mann mit einem Kind, der ein großes Bündel schleppt.

ERSTER BÜRGER Ehe wir in der Sache irgend weitergehen, hört mich an!

BÜRGER Sprich, aber kurz.

ERSTER BÜRGER Ihr alle seid entschlossen, lieber zu sterben als zu hungern?

BÜRGER Entschlossen, entschlossen!

ERSTER BÜRGER Ihr seid bereit, nicht eher umzukehren als bis der Senat zugestanden hat, daß den Brotpreis wir Bürger bestimmen?

BÜRGER Ja, Ja.

ERSTER BÜRGER Und den Preis für die Oliven?

BÜRGER Ja.

ERSTER BÜRGER Cajus Marcius wird uns mit Waffengewalt entgegentreten. Werdet ihr davonlaufen oder werdet ihr kämpfen?

BÜRGER Wir werden ihn totschlagen. – Er ist der Hauptfeind des Volkes. Warum fragst du noch?

ERSTER BÜRGER Ich frage, weil ich nicht mitmache, wenn in der Sache nicht zu Ende gegangen wird. Wozu bringst du den Sack mit und das Kind?

DER MANN MIT DEM KIND Ich will sehen, was ihr erreicht. Wenn ihr nichts erreicht, werde ich mit denen vom dritten Bezirk auswandern.

ERSTER BÜRGER Obwohl die Ebene, wo sie sich niederlassen wollen, unfruchtbar ist wie eine Steinplatte?

DER MANN MIT DEM KIND Trotzdem. Wir werden Wasser dort haben, Luft und ein Grab, und mehr gibt es für uns Plebejer hier in Rom auch nicht. Dort werden wir zumindest keine Kriege für die Reichen führen müssen. *Zum Kind:* Wirst du brav sein, Terzius, wenn du keine Ziegenmilch bekommst?

Kind nickt.

ERSTER BÜRGER Seht ihr, solche Leute haben wir unter uns. Der fürchtet den Cajus Marcius mehr als die wilde Natur in den Allegibergen. Bist du nicht ein römischer Bürger?

DER MANN MIT DEM KIND Ja, aber ein armer. Uns Plebejer nennt man die armen Bürger, aber die Patrizier nennt man die guten. Was diese Guten zu viel fressen, könnte uns vorm Hungertod bewahren. Schon wenn sie uns auch nur das Überflüssige gäben, wären wir gerettet. Aber selbst das sind wir ihnen nicht wert. Es schmeckt ihnen besser, wenn sie uns hungern sehen. *Zum Kind:* Terzius, sag, daß du in einer solchen Stadt nicht Bürger sein willst.

Kind schüttelt den Kopf.

ERSTER BÜRGER Dann hau ab, und schnell, du feiger Hund, aber das Kind laß da; wir werden für Terzius ein besseres Rom erkämpfen.

BÜRGER Was ist das für ein Geschrei? – Der sechste Bezirk ist in Aufruhr. – Und wir stehen da und streiten uns mit uns selber! Zum Kapitol! Wer ist das?

Menenius Agrippa tritt auf.

ERSTER BÜRGER Das ist Menenius Agrippa, Senator und Schönredner.

BÜRGER Nicht der Allerschlimmste! – Er hat eine Schwäche für das Volk.

MENENIUS

Was habt ihr vor, Landsleute? Wohin geht ihr
Mit euren Knüppeln? Sprecht, was gibt's, ich bitt euch!

ERSTER BÜRGER Unsere Sache ist dem Senat nicht unbekannt. Sie haben davon munkeln hören seit vierzehn Tagen. Euer Cajus Marcius sagt, unser Geruch verschlage ihm den Atem. Arme Klienten haben einen faulen Atem; er soll sehen, daß sie keine faulen Fäuste haben!

MENENIUS

Ei, Leute, gute Freund und liebe Nachbarn
Wollt ihr euch selbst zugrunde richten?

ERSTER BÜRGER Das können wir nicht, Herr, wir sind schon zugrunde gerichtet.

MENENIUS

Freunde, glaubt mir, erstaunlich liebevoll
Sorgt für euch der Senat. Was euer Hungern
In dieser Zeit der Teuerung angeht, könnt ihr
Grad so dem Himmel drohn mit euren Knüppeln
Als dem Senat; denn solche Teurung wird
Von Göttern über uns verhängt und nicht
Von Menschen. Ach, euer Elend führt euch
Dorthin, wo größeres Elend euch erwartet.
So beißt der Säugling in die leere Brust
Der unglücklichen Mutter. Ach, ihr scheltet
Wie eine Feindin Rom, das für euch sorgt.

ERSTER BÜRGER Für uns sorgt! So siehst du aus! Sie sorgten noch nie für uns. Uns hungern lassen und ihre Vorratshäuser sind vollgestopft mit Korn! Verordnungen erlassen gegen den Wucher, um die Wucherer zu unterstützen! Täglich ein anderes heilsames Gesetz gegen die Reichen widerrufen und täglich schärfere Verordnungen austifteln, die Armen zu fesseln. Wenn die Kriege uns nicht auffressen, tun sie's. So sehr lieben sie uns.

MENENIUS

Entweder ihr seid tückisch oder, mit
Verlaub, sehr dumm. Ich werde euch ein Gleichnis
Zum besten geben. Möglich, daß ihr's kennt
Doch paßt es her. Nun, wollt ihr's hören, Leute?

ERSTER BÜRGER Das ist kaum eine Zeit für Märlein. Aber ich für mein Teil möchte schon lang gern schön reden lernen, und das kann man von dir, Agrippa. Schieß los!

MENENIUS

Es war einmal, da rebellierten alle
Glieder des Körpers gegen den Bauch. Sie schrien
Er sei ein Loch, nichts sonst, in Körpermitte
Faul und untätig, doch die Speisen hamsternd
Dieweil mit ihnen nicht die Arbeit teilend
All das Bewegen, Sehen, Hören, Planen
Das Fühlen, Instruieren, das sie besorgten
Mit wechselseitigem Eifer, Trieb und Neigung
Des ganzen Körpers willig fördernd. Drauf
Erwiderte der Bauch . . .

ERSTER BÜRGER

Ja, Herr, und was
Erwiderte darauf der Bauch?

MENENIUS

Ich werd's euch sagen, Herr. Mit einer Art
Von Lächeln, nicht von Herzen kommend, me-
Lancholisch fast, erwiderte der Bauch –
Seht ihr, ich kann ihn lächeln lassen, grad
So gut wie reden –, lächelnd sagte er
Den mißvergnügten Gliedern, die ihm seine
Einkünfte nicht vergönnten . . .

ERSTER BÜRGER

Also was?
Was sagte er, der faule Bauch, des Leibes
Senkgrub und Abtritt? Was?

MENENIUS

Was, was! Wie, wie!
Darauf kommt's an.

ERSTER BÜRGER

Nein, darauf, was er sagte
Dein Schlemmer Bauch. Was konnt er sagen?

MENENIUS

Gleich
Sollt ihr es hören.

ERSTER BÜRGER

Gleich ist bei dir morgen.

MENENIUS

Euer sehr ernster Bauch erwog die Antwort
Er war nicht rasch wie seine Widersacher.
Wahr ist es, meine einverleibten Freunde
Sprach er. Zuerst nehm ich die Nahrung auf
Von der ihr alle lebt, und das ist nötig
Weil ich des ganzen Körpers Speicher bin
Der Laden sozusagen; doch vielleicht
Entsinnt ihr euch, daß ich die neuen Kräfte
Durch eures Bluts Kanäle zu euch sende
Und durch des Körpers Gäng und Windungen
Empfängt der fernste Nerv, die feinste Ader
Von mir den angemeßnen Unterhalt.
Wiewohl ihr nun nicht alle, sprach der Bauch
Ihr lieben Freunde –

ERSTER BÜRGER

Halt, Herr!

MENENIUS

Ob ihr auch
Nicht alle gleich seht, was ich jedem zumeß
Kann ich doch Rechnung legen, daß ich allen
Das feinste Mehl von allem Mehl zuteile
Und nur die Kleie rückbehalte. Nun
Was sagt ihr jetzt?

Auftritt unbemerkt, außer von Menenius, Cajus Marcius mit Bewaffneten.

ERSTER BÜRGER

’s ist eine Antwort. Und nun die Moral?

MENENIUS

Nun, der Senat ist dieser gute Bauch.

Ihr seid die aufsässigen Glieder. Denkt!
Aufs Denken kommt es an. Denkt, denkt, denkt, denkt!
Und euch wird aufgehn, wie die würdigen Väter
Das öffentliche Wohl im Aug, das allgemeine
Den einzelnen beliefern; denn was euch
Zukommt, von ihnen kommt's. Was sagst du jetzt
Du großer Zeh in diesem Haufen?

ERSTER BÜRGER
Ich? Wieso bin ich der große Zeh?

MENENIUS
Weil du der Niederste, Gemeinste, Ärmste
Von dem Gesindel bist, du gehst voran!
Du Schurke, du ansteckend fauler Apfel
Selbstsüchtiger Räuber – ja, schwenkt nur die Knüppel! –
Jetzt wird Rom Krieg mit seinen Ratten führen
Und euch für alle Zukunft – Heil, Freund Marcius!

MARCIUS
Danke. Was ist hier los? Juckt es euch wieder?
Kratzt ihr den alten Aussatz?

ERSTER BÜRGER
Wir können immer rechnen auf ein gutes Wort
Von euch!

MARCIUS
Ihr Hunde, die nicht Krieg noch Frieden lieben
Der Krieg schreckt euch, der Frieden macht euch frech.
Wer euch vertraut und Löwen sucht, find't Hasen
Und Gänse, wo er Füchse sucht. Ihr haßt
Die Großen, weil sie groß sind. Wer von euch
Abhängig wird, schwimmt wie ein Fisch aus Blei
Und wer sich euer bedient, muß Eichen
Mit Binsen niederhaun. Nur Hängen hilft da.
Das hat die Freßgier eines Kranken, der
Hinunterschlingt, was ihn nur kränker macht.
Das spuckt auf den Senat, der mit den Göttern
Zusammen etwas Ordnung hält, da sonst

Der eine noch den andern fressen würde!

MENENIUS

Sie fordern Korn nach ihrer eignen Taxe.
Sie sagen, es sei da im Überfluß.

MARCIUS

Sie sagen! Hängt sie!
Am Herde sitzend, wissen sie genau
Was auf dem Kapitol vorgeht, was da ist
Was nicht da ist! Noch Korn an sie verschwenden!
Wenn der Senat nicht diese Milde übte
Die ich ganz anders nenn – sie sagen, Korn ist da! –
Die Antwort kriegten sie von meinem Schwert
Und mit der Lanze mäße ich statt Korn
Die Haufen ihrer Leichen in Roms Gassen.

MENENIUS

Laß! Diese hab ich alle schon bekehrt.
Ich hielt sie auf mit einem Märlein. Freilich
Es war nicht meiner Stimme Erz, es war
Die Stimme deines Erzes, die sie umwarf.
Was macht der andre Haufe?

MARCIUS

Der ist aufgelöst.
Ich trieb ihn auseinander. Hängt sie! Hölle!
Sie schrien, wir hungern. Sagten Sprüchlein auf
Wie »Not bricht Eisen«, »Auch ein Hund muß fressen«
»Das Brot ist für den Mund«, »Die Götter lassen
Das Obst nicht nur für reiche Leute wachsen«
Und solchen Stumpfsinns mehr. Als ich dann einschritt
Schrien sie im Gehn »Wir wandern aus!« Ich rief
Ihnen ein »Gute Reise« nach.
Ein Bote tritt auf.

BOTE Ist Cajus Marcius hier?

MARCIUS

Hier. Was ist los?
Der Bote flüstert ihm ins Ohr.

MARCIUS

Menenius, auf dem Forum
Schmeißen sie ihre Mützen in die Luft
Als wollten sie sie auf des Mondes Sichel hängen:
Der Senat hat ihre Ford'rung zugestanden.

MENENIUS

Was wurde zugestanden?

MARCIUS

Zwei Tribunen
Um ihre Pöbelweisheit zu vertreten.
Einer ist Junius Brutus, dann Sicinius
Und wer weiß noch. Mir hätt die Blase eher
Die Dächer unsrer Stadt abdecken können
Als daß ich das gewährt. Jetzt werden sie
Noch frecher, und bald droht die Brut mit Aufstand
Um jedes Pfund Oliven.

MENENIUS

Das ist seltsam.

Ein Bürger kommt gelaufen.

ZWEITER BÜRGER Es lebe Junius Brutus! Alle Forderungen an den Senat zugestanden! Zwei Tribunen bewilligt! Mit dem Recht, in den Sitzungen zu sitzen und Beschlüsse abzuschlagen!

BÜRGER

Hoch Junius Brutus!

ZWEITER BÜRGER

Und Sicinius Velutus!

MARCIUS

Fort mit euch, Bruchstücke!

MENENIUS

Die würd'gen Väter!

MARCIUS

Und die neugebackenen
Aufseher auch schon mit dabei. Gesichter
Wie von den Galgen abgeschnitten!

Auftreten Cominius, Titus mit anderen Senatoren, und Brutus mit Sicinius.

BÜRGER

Hoch Sicinius! – Und Junius Brutus!

MARCIUS

Ihr würdigen Väter, garstige Zeitung hört ich
Und sehe garstigen Anblick –

ERSTER SENATOR

Edler Marcius!
Die Volsker sind im Anmarsch. Auf die Nachricht großer
Teurung und Rebellion hier.

COMINIUS

Krieg!

MARCIUS

Mich freut er.
So werden wir in Rom hier auch vielleicht
Los unsern Überfluß, der schimmlig wird!

ERSTER SENATOR

Tullus Aufidius führt sie.

MARCIUS

Mir bekannt.

COMINIUS

Ihr fochtet miteinander.

MARCIUS

Und ein Feind
Wie der, und schon lohnt sich ein ganzer Krieg!

ERSTER SENATOR

Ihr kämpft unter Cominius.

COMINIUS

Wie Ihr einst
Verspracht.

MARCIUS

’s ist abgemacht. Und, Titus, du?
Steif, was? Willst dich wohl drücken?

TITUS

Niemals, Marcius.
Ich werd mich auf die eine Krücke lehnen
Und mit der andern fechten, ehe ich dies
Geschäft versäum.

ERSTER SENATOR

Aufs Kapitol!

TITUS

Voran
Cominius.

COMINIUS

Nach Euch.

TITUS

Ihr führt.

MARCIUS

Nach euch.

ERSTER SENATOR

Geht heim, ihr Leute!

MARCIUS

Nein, sie sollen folgen!
Die Volsker haben einen Haufen Korn.
Nehmt diese Ratten dorthin mit. Sie können
Die Scheuern all durchnagen. Teure Freunde
Und Unruhstifter, euer hoher Mut
Hat nun ein neues Feld, ich bitt euch, folgt mir!
Alle ab außer den Tribunen und Bürgern.

BRUTUS

Geht, Freunde, folgt ihm! Schreibt euch in die Listen!
Seid gute Krieger für ein gutes Rom!
Und was den Kampf in seinen Mauern angeht
Um Korn, Olive, Pacht- und Zinserlaß
Wir schauen aus, dieweil ihr für es fechtet.

BÜRGER

Die Volsker sind im Anmarsch! – Krieg!
Bürger ab.

BRUTUS
Und es wird nottun. Sahst du Marcius' Blick
Als wir als Volkstribunen ihm entgegentraten?

SICINIUS
Ich hörte, was er sagte. Solch ein Mann ist
Gefährlicher für Rom als für die Volsker.

BRUTUS
Das glaub ich nicht. Solch eines Mannes Schwert
Ist mehr, als seine Laster schaden, wert.
Beide ab.

2

ROM. HAUS DES CAJUS MARCIUS.

Volumnia und Virgilia sehen vom Balkon den abziehenden Kriegern nach. Marschmusik.

VOLUMNIA Wäre mein Sohn mein Mann, ich genösse seine Abwesenheit im Feld, wo er Ehre gewönne, mehr als die Umarmungen seines Bettes, wo er am meisten Liebe zeigen würde. Als er noch ein Knabe war, zart und das einzige Kind meines Schoßes, als seine kindliche Anmut aller Blikke bannte, als ein König mir, tagelang bittend, seinen Anblick nicht für eine Stunde hätte abkaufen können –, hieß ich ihn, nicht Gefahr scheuen, wo Ruhm winkte. In einen grausamen Krieg schickte ich ihn. Er kehrte zurück, »die Schläfe beschattet vom Laub der Eiche«. Tochter, mein Herz hüpfte nicht freudiger, als ich zum ersten Male hörte, er sei männlichen Geschlechts, als an dem Tag, wo ich zum ersten Male sah, er hatte sich erwiesen als ein Mann.

VIRGILIA Aber wenn er bei der Affäre den Tod gefunden hätte, Madame, was dann?

VOLUMNIA Ich bekenne aufrichtig, hätte ich ein Dutzend Söhne, jeder meinem Herzen gleich lieb und nicht weniger teuer als dein und mein Marcius, ich sähe lieber elf im Felde sterben, als einen sich am Frieden mästen.

VIRGILIA Himmel, schütze meinen Mann vor Aufidius.

Auftritt Dienerin.

VOLUMNIA

Mir dünkt, ich hör bis hierher Eures Gatten
Trommel. Virgilia, ich seh ihn diesen
Aufidius einfach schlachten und ihn weg-
Gehen wie einen Schnitter nach getanem Tagwerk.
Wie's in der Ilias heißt: Auf seinen Hals
Setzt er den blutigen Fuß.

VIRGILIA

Oh, nichts von Blut.

DIENERIN Valeria.

Auftritt Valeria. Dienerin ab.

VALERIA Wie geht es Eurem kleinen Sohn?

VIRGILIA Danke, meine Liebe, gut, meine Liebe.

VOLUMNIA Er sieht sich lieber Schwerter an und lauscht einer Trommel, als daß er auf seinen Lehrer horcht.

VALERIA Ganz der Vater. Ein allerliebstes Kind. Oh, am Mittwoch habe ich ihm eine halbe Stunde ununterbrochen zugesehen. Er hat eine solche Haltung, ich sah ihn einem goldenen Falter nachlaufen. Und als er ihn erhascht hatte, ließ er ihn wieder los. Und wieder und wieder fängt er ihn, läßt ihn los, fällt hin, und da, wahrscheinlich erzürnt durch diesen Fall oder was sonst war, knirschte er plötzlich mit den Zähnen und zerriß ihn. Oh, wie er ihn zerfetzte!

VOLUMNIA Einer von seines Vaters Wutanfällen!

VIRGILIA Ein kleiner Schläger, Madame.

VALERIA Ihr müßt heute nachmittag mit mir Strohwitwen spielen.

VIRGILIA Meine Liebe, ich will nicht ausgehen.

VALERIA Nicht ausgehen?

VOLUMNIA Sie wird. Sie wird.

VIRGILIA Nein! Wenn Ihr erlaubt, ich werde meinen Fuß nicht über die Schwelle setzen, bis mein Gebieter aus den Schlachten zurück ist.

VALERIA Pfui. Ihr sperrt euch höchst unvernünftig selber ein. Sie wäre am liebsten eine zweite Penelope. Nun, man sagt, das ganze Garn, das sie spann, während Ulysses sich herumtrieb, füllte Ithaka nur mit Motten. Laßt sie in Ruhe; wie sie jetzt ist, würde sie nur einen vergnügten Abend ruinieren.

Alle ab.

3*

a

Vor Corioli.

Mit Trommeln und Fahnen treten auf Marcius, Titus Lartius, Anführer, Krieger. Zu ihnen ein Bote.

MARCIUS

Ein Bote kommt. Ich wett', es gab ein Treffen.

TITUS

Mein Pferd an Eures: Nein!

* Es war Brechts Absicht, für die 3. Szene des I. Aktes seiner Bearbeitung die Auftritte 4–10 des Shakespeareschen I. Aktes zu einer großen Schlachtszene zusammenzuziehen. Den Text dieser neuen 3. Szene wollte er während der Inszenierung schreiben, da es ihm notwendig erschien, ihn auf den Proben gleichzeitig mit den Stellungen und Gängen zu erarbeiten. Dazu kam er nicht mehr. Deshalb folgt hier Shakespeares Text in der Übersetzung Dorothea Tiecks als Szenen 3a–g.

MARCIUS

Es gilt.

TITUS

Es gilt.

MARCIUS

Sprich du. Traf unser Feldherr auf den Feind?

BOTE

Sie schaun sich an, doch sprachen sich noch nicht.

TITUS

Das gute Pferd ist mein.

MARCIUS

Ich kauf's Euch ab.

TITUS

Nein, ich verkauf' und geb's nicht; doch Euch borg' ich's
Für fünfzig Jahr. – Die Stadt nun fordert auf.

MARCIUS

Wie weit ab stehn die Heere?

BOTE

Kaum drei Stunden.

MARCIUS

So hören wir ihr Feldgeschrei, sie unsers.
Bei dir, Mars, fleh' ich, mach uns rasch im Werk,
Daß wir mit dampfendem Schwert von hinnen ziehn,
Den kampfgescharten Freunden schnell zu helfen.
Komm, blas um deinen Aufruf!

Es wird geblasen, auf den Mauern erscheinen Senatoren und andere.

MARCIUS

Tullus Aufidius, ist er in der Stadt?

ERSTER SENATOR

Nein, doch gleich ihm hält jeder Euch gering,
Und kleiner als das Kleinste. Horcht die Trommeln
Kriegsmusik aus der Ferne.
Von unsrer Jugend Schar. Wir brechen eh die Mauern,
Als daß sie uns einhemmten. Unsre Tore,

Zum Schein geschlossen, riegeln Binsen nur,
Sie öffnen sich von selbst.
Kriegsgeschrei. Horcht, weither tönt's.
Das ist Aufidius. Merkt, wie er hantiert
Dort im gespaltnen Heer!

MARCIUS

Ha! sie sind dran!

TITUS

Der Lärm sei unsre Weisung. Leitern her!
Die Volsker kommen aus der Stadt.

MARCIUS

Sie scheun uns nicht; nein, dringen aus der Stadt.
Werft vor das Herz den Schild und kämpft mit Herzen,
Gestählter als die Schild'. Auf, wackrer Titus!
Sie höhnen uns weit mehr, als wir gedacht;
Das macht vor Zorn mich schwitzen. Fort, Kam'raden!
Wenn einer weicht, den halt' ich für 'nen Volsker,
Und fühlen soll er meinen Stahl.
Römer und Volsker gehn kämpfend ab. Die Römer werden zurückgeschlagen.
Marcius kommt wieder.

MARCIUS

Die ganze Pest des Südens fall' auf euch!
Schandflecke Roms ihr! – Schwär' und Beulen zahllos
Vergiften euch, daß ihr ein Abscheu seid,
Eh noch gesehn, und gegen Windeshauch
Euch ansteckt meilenweit! Ihr Gänseseelen
In menschlicher Gestalt! Vor Sklaven lauft ihr,
Die Affen schlagen würden? Höll' und Pluto!
Wund rücklings, Nacken rot, Gesichter bleich
Vor Furcht und Fieberfrost! Kehrt um! greift an!
Sonst, bei des Himmels Blitz! lass' ich den Feind
Und stürz' auf euch. Besinnt euch denn, voran!
Steht, und wir schlagen sie zu ihren Weibern,
Wie sie zu unsern Schanzen uns gefolgt!

Ein neuer Angriff, Volsker und Römer kämpfen. Die Volsker flüchten in die Stadt. Marcius verfolgt sie.

Auf geht das Tor: nun zeigt euch wackre Helfer!
Für die Verfolger hat's das Glück geöffnet,
Nicht für die Flücht'gen. Nach! und tut wie ich.

Er stürzt in die Stadt, und das Tor wird hinter ihm geschlossen.

ERSTER SOLDAT

Tolldreist! ich nicht –

ZWEITER SOLDAT

Noch ich.

DRITTER SOLDAT

Da seht! sie haben
Ihn eingesperrt.

ALLE

Nun geht er drauf, das glaubt nur.

Titus Lartius tritt auf.

TITUS

Was ward aus Marcius?

ALLE

Tot, Herr, ganz gewiß.

ERSTER SOLDAT

Den Flücht'gen folgt' er auf den Fersen nach,
Und mit hinein; sie augenblicks die Tore
Nun zugesperrt. Drin ist er, ganz allein
Der ganzen Stadt zu trotzen.

TITUS

Edler Freund!
Du, fühlend kühner als dein fühllos Schwert,
Feststehend, wenn dies beugt, verloren bist du, Marcius!
Der reinste Diamant, so groß wie du,
Wär' nicht ein solch Juwel. Du wärst ein Krieger
Nach Catos Sinn, nicht wild, und fürchterlich
In Streichen nur; nein, deinem grimmen Blick
Und deiner Stimme donnergleichem Schmettern

Erbebten deine Feind', als ob die Welt
Im Fieber zitterte.

Marcius kommt zurück, blutend, von den Feinden verfolgt.

ERSTER SOLDAT

Seht, Herr!

TITUS

Oh! da ist Marcius!
Laßt uns ihn retten, oder mit ihm fallen!

Gefecht. Alle dringen in die Stadt.

b

Eine Straße in Corioli.

Römer kommen mit Beute.

ERSTER RÖMER Das will ich mit nach Rom nehmen.

ZWEITER RÖMER Und ich dies.

DRITTER RÖMER Hol's der Henker! ich hielt das für Silber.

Marcius und Titus treten auf mit einem Trompeter.

MARCIUS

Seht diese Strolche, die ihre Stunden schätzen
Nach rissigen Drachmen. Kissen, bleierne Löffel,
Blechstückchen, Wämser, die der Henker selbst
Verscharrte mit dem Leichnam, stiehlt die Brut,
Eh noch die Schlacht zu Ende. – Haut sie nieder! –
Oh, hört des Feldherrn Schlachtruf! Fort zu ihm!
Dort kämpft, den meine Seele haßt, Aufidius,
Und mordet unsre Römer. Drum, mein Titus,
Nimm eine Anzahl Volks, die Stadt zu halten.
Mit denen, die der Mut befeuert, eil' ich
Cominius beizustehn.

TITUS

Du blutest, edler Freund!
Die Arbeit war zu schwer, sie zu erneun

In einem zweiten Gang.

MARCIUS

Herr, rühmt mich nicht.
Dies Werk hat kaum mich warm gemacht. Lebt wohl!
Das Blut, das ich verzapft, ist mehr Arznei
Als mir gefährlich. Vor Aufidius so
Tret' ich zum Kampf.

TITUS

Fortunas holde Gottheit
Sei jetzt in dich verliebt; ihr starker Zauber
Entwaffne deines Feindes Schwert. O Held!
Dein Knappe sei Glückseligkeit!

MARCIUS

Dir helfend,
Wie ihrem teu'rsten Liebling. Lebe wohl!
Geht ab.

TITUS

Ruhmwürd'ger Marcius! –
Geh du, blas auf dem Marktplatz die Trompete
Und ruf der Stadt Beamte dort zusammen,
Daß sie vernehmen unsern Willen. Fort!
Ab.

C

In der Nähe von Cominius' Lager

Cominius und sein Heer auf dem Rückzuge.

COMINIUS

Erfrischt euch, Freunde. Gut gekämpft! Wir hielten
Wie Römer uns; nicht tollkühn dreist im Stehn,
Noch feig im Rückzug. Auf mein Wort, ihr Krieger,
Der Angriff wird erneut. Indem wir kämpften,
Erklang, vom Wind geführt, in Zwischenräumen

Der Freunde Schlachtruf. Oh! ihr Götter Roms!
Führt sie zu Ruhm und Sieg, so wie uns selbst,
Daß unsre Heere, lächelnd sich begegnend,
Euch dankbar Opfer bringen.
Ein Bote tritt auf.

COMINIUS

Deine Botschaft?

BOTE

Die Mannschaft von Corioli brach aus
Und fiel den Marcius und den Lartius an;
Ich sah die Unsern zu den Schanzen fliehn,
Da eilt' ich fort.

COMINIUS

Mich dünkt, sprichst du auch wahr,
So sprichst du doch nicht gut. Wie lang ist's her?

BOTE

Mehr als 'ne Stunde, Herr.

COMINIUS

's ist keine Meil', wir hörten noch die Trommeln.
Wie – gingst du eine Stund' auf diese Meile?
Und bringst so spät Bericht?

BOTE

Der Volsker Späher
Verfolgten mich, so lief ich einen Umweg
Von drei, vier Meilen; sonst bekamt Ihr, Herr,
Vor einer halben Stunde schon die Botschaft.
Marcius tritt auf.

COMINIUS

Doch, wer ist jener,
Der aussieht wie geschunden? Oh! ihr Götter!
Er trägt des Marcius Bildung, und schon sonst
Hab ich ihn so gesehn.

MARCIUS

Komm' ich zu spät?

COMINIUS
Der Schäfer unterscheidet nicht so gut
Schalmei und Donner, wie ich Marcius' Stimme
Von jedem schwächern Laut.

MARCIUS
Komm' ich zu spät?

COMINIUS
Ja, wenn du nicht in fremdem Blut gekleidet,
In eignem kommst.

MARCIUS
Oh! laßt mich Euch umschlingen
Mit kräft'gen Armen, wie als Bräutigam,
Mit freud'gem Herzen, wie am Hochzeitstag,
Als Kerzen mir zu Bett geleuchtet.

COMINIUS
Oh!
Mein Kriegesheld, wie geht's dem Titus Lartius?

MARCIUS
Wie einem, der geschäftig Urteil spricht,
Zum Tode den verdammt, den zur Verbannung,
Den frei läßt, den beklagt, dem andern droht.
Er hält Corioli im Namen Roms,
So wie ein schmeichelnd Windspiel, an der Leine,
Die er nach Willkür löst.

COMINIUS
Wo ist der Sklav',
Der sprach, sie schlügen Euch zurück ins Lager?
Wo ist er? Ruft ihn her!

MARCIUS
Nein, laßt ihn nur!
Die Wahrheit sprach er; doch die edlen Herrn,
Das niedre Volk (verdammt! für sie Tribunen!),
Die Maus läuft vor der Katze nicht, wie sie
Vor Schuften rannten, schlechter als sie selbst.

COMINIUS

Wie aber drangt Ihr durch?

MARCIUS

Ist zum Erzählen Zeit? Ich denke nicht. –
Wo ist der Feind? Seid Ihr des Feldes Herr?
Wo nicht, was ruht Ihr, bis Ihr's seid?

COMINIUS

O Marcius!
Wir fochten mit Verlust und zogen uns
Zurück, den Vorteil zu erspähn.

MARCIUS

Wie steht ihr Heer? Wißt Ihr, auf welcher Seite
Die beste Mannschaft ist?

COMINIUS

Ich glaube, Marcius,
Im Vordertreffen kämpfen die Antiaten,
Ihr bestes Volk; Aufidius führt sie an,
Der ihrer Hoffnung Seel' und Herz.

MARCIUS

Ich bitt' dich,
Bei jeder Schlacht, in der vereint wir fochten,
Bei dem vereint vergoßnen Blut, den Schwüren,
Uns ewig treu zu lieben! stell mich grade
Vor die Antiaten und Aufidius hin;
Und säumt nicht länger. Nein, im Augenblick
Erfülle Speer- und Schwertgetön die Luft,
Und proben wir die Stunde!

COMINIUS

Wünscht' ich gleich,
Du würdest in ein laues Bad geführt,
Dir Balsam aufgelegt, doch wag' ich nicht
Dir etwas zu verweigern. Wähl dir selbst
Für diesen Kampf die Besten.

MARCIUS

Das sind nur

Die Willigsten. Ist irgendeiner hier
(Und Sünde wär's zu zweifeln), dem die Schminke
Gefällt, mit der er hier mich sieht gemalt,
Der üblen Ruf mehr fürchtet als den Tod,
Und schön zu sterben wählt statt schlechten Lebens,
Sein Vaterland mehr als sich selber liebt:
Wer so gesinnt, ob einer oder viele,
Der schwing' die Hand, um mir sein Ja zu sagen,
Und folge Marcius.
Alle jauchzen, schwingen die Schwerter, drängen sich um ihn und heben ihn auf ihren Armen empor.
Wie? Alle eins? Macht ihr ein Schwert aus mir?
Ist dies kein äußrer Schein, wer von euch allen
Ist nicht vier Volsker wert? Ein jeder kann
Aufidius einen Schild entgegentragen,
So hart wie seiner. Eine Anzahl nur,
Dank' ich schon allen, wähl' ich, und den andern
Spar' ich die Arbeit für den nächsten Kampf,
Wie er sich bieten mag. Voran, ihr Freunde!
Vier meiner Leute mögen die erwählen,
Die mir am liebsten folgen.

COMINIUS

Kommt, Gefährten:
Beweist, daß ihr nicht prahltet, und ihr sollt
Uns gleich in allem sein.
Alle ab.

d

Vor einem Tore von Corioli.

Titus Lartius, eine Besatzung in Corioli zurücklassend, geht dem Marcius und Cominius mit Trommeln und Trompeten entgegen; ihm folgt ein Anführer mit Kriegern.

TITUS

Besetzt die Tore wohl, tut Eure Pflicht,
Wie ich's Euch vorschrieb. Send' ich, schickt zur Hilfe
Uns die Zenturien nach; der Rest genügt
Für kurze Deckung. Geht die Schlacht verloren,
So bleibt die Stadt uns doch nicht.

ANFÜHRER

Traut auf uns.

TITUS

Fort! und verschließet hinter uns die Tore.
Du, Bote, komm; führ uns ins röm'sche Lager.
Alle ab.

e

Schlachtfeld zwischen dem römischen Lager und Corioli.

Kriegsgeschrei. Marcius und Aufidius, die einander begegnen.

MARCIUS

Mit dir nur will ich kämpfen! denn dich hass' ich
Mehr als den Meineid.

AUFIDIUS

Ja, so hass' ich dich.
Mir ist kein Drache Afrikas so greulich
Und giftig wie dein Ruhm. Setz deinen Fuß.

MARCIUS

Wer weicht, soll sterben als des andern Sklave,
Gerichtet durch die Götter.

AUFIDIUS

Flieh' ich, Marcius,
So hetz mich gleich dem Hasen.

MARCIUS

Noch vor drei Stunden, Tullus,
Focht ich allein in eurer Stadt Corioli,

Und hauste ganz nach Willkür. Nicht mein Blut
Hat so mich übertüncht. Drum spann die Kraft
Aufs höchste, dich zu rächen!

AUFIDIUS

Wärst du Hektor,
Die Geißel eurer prahlerischen Ahnen,
Du kämst mir nicht von hier!
Sie fechten; einige Volsker kommen dem Aufidius zu Hilfe.
Dienstwillig, und nicht tapfer! Ihr beschimpft mich
Durch so verhaßten Beistand.
Alle fechtend ab.

f

Das römische Lager.

Man bläst zum Rückzug; Trompeten. Von einer Seite tritt auf Cominius mit seinem Heer, von der andern Marcius, den Arm in der Binde, und andere Römer.

COMINIUS

Erzählt' ich dir dein Werk des heut'gen Tages,
Du glaubtest nicht dein Tun. Doch will ich's melden,
Wo Senatoren Trän' und Lächeln mischen,
Wo die Patrizier horchen und erbeben,
Zuletzt bewundern; wo sich Fraun entsetzen,
Und, froh erschreckt, mehr hören; wo der plumpe
Tribun, der, dem Plebejer gleich, dich haßt,
Ausruft, dem eignen Groll zum Trotz: Dank, Götter!
Daß unserm Rom ihr solche Helden schenktet!
Doch kamst du nur zum Nachtisch dieses Festes,
Vorher schon voll gesättigt.
Titus Lartius kommt mit seinen Kriegern.

TITUS

O mein Feldherr!

Hier ist das Streitroß, wir sind das Geschirr.
Hättst du gesehn –

MARCIUS

Still, bitt' ich. Meine Mutter,
Die einen Freibrief hat, ihr Blut zu preisen,
Kränkt mich, wenn sie mich rühmt. Ich tat ja nur,
Was ihr: das ist, so viel ich kann, erregt,
Wie ihr es waret, für mein Vaterland.
Wer heut den guten Willen nur erfüllte,
Hat meine Taten überholt.

COMINIUS

Nicht darfst du
Das Grab sein deines Werts. Rom muß erkennen
Wie köstlich sein Besitz. Es wär' ein Hehl,
Ärger als Raub, nicht minder als Verrat,
Zu decken deine Tat, von dem zu schweigen,
Was durch des Preises höchsten Flug erhoben,
Bescheiden noch sich zeigt. Drum bitt' ich dich,
Zum Zeichen, was du bist, und nicht als Lohn
Für all dein Tun, laß vor dem Heer mich reden!

MARCIUS

Ich hab so Wunden hier und da, die schmerzt es,
Sich so erwähnt zu hören.

COMINIUS

Geschäh es nicht,
Der Undank müßte sie zum Schwären bringen
Und bis zum Tod verpesten. Von den Pferden
(Wir fingen viel und treffliche), und allen
Den Schätzen, in der Stadt, im Feld erbeutet,
Sei dir der zehnte Teil; ihn auszusuchen
Noch vor der allgemeinen Teilung, ganz
Nach deiner eignen Wahl.

MARCIUS

Ich dank' dir, Feldherr;
Doch sträubt mein Herz sich, einen Lohn zu nehmen

Als Zahlung meines Schwerts. Ich schlag' es aus
Und will nur so viel aus gemeiner Teilung
Wie alle, die nur ansahn, was geschah.
Ein langer Trompetenstoß. Alle rufen: »Marcius! Marcius!«, werfen Mützen und Speere in die Höhe.
Daß die Drommeten, die ihr so entweiht,
Nie wieder tönen! Wenn Posaun' und Trommel
Im Lager Schmeichler sind, mag Hof und Stadt
Ganz Lüge sein und Gleisnerei. Wird Stahl
Weich wie Schmarotzer-Seide, bleibe Erz
Kein Schirm im Kriege mehr! Genug, sag' ich. –
Weil ich die blut'ge Nase mir nicht wusch
Und einen Schwächling niederwarf, was mancher
Hier unbemerkt getan, schreit ihr mich aus
Mit übertriebnem, unverständ'gem Zuruf,
Als säh' ich gern mein kleines Selbst gefüttert
Mit Lob gewürzt durch Lügen.

COMINIUS

Zu bescheiden!
Ihr seid mehr grausam eignem Ruhm, als dankbar
Uns, die ihn redlich spenden. Drum erlaubt,
Wenn gegen Euch Ihr wütet, legen wir
(Wie einen, der sich schadet) Euch in Fesseln
Und sprechen sichrer dann. Drum sei es kund
Wie uns, der ganzen Welt, daß Cajus Marcius
Des Krieges Kranz erwarb. Und des zum Zeichen
Nehm' er mein edles Roß, bekannt dem Lager,
Mit allem Schmuck; und heiß' er von heut an,
Für das, was vor Corioli er tat,
Mit vollem Beifallsruf des ganzen Heeres:
Cajus Marcius Coriolanus – Führe
Den zugefügten Namen allzeit edel!
Trompetenstoß.

ALLE

Cajus Marcius Coriolanus!

CORIOLAN

Ich geh', um mich zu waschen;
Und ist mein Antlitz rein, so könnt Ihr sehn,
Ob ich erröte. Wie's auch sei, ich dank' Euch;
Ich denk', Eu'r Pferd zu reiten, und allzeit
Mich wert des edlen Namensschmucks zu zeigen,
Nach meiner besten Kraft.

COMINIUS

Nun zu den Zelten,
Wo, eh wir noch geruht, wir schreiben wollen
Nach Rom von unserm Glück. Ihr, Titus Lartius,
Müßt nach Corioli. Schickt uns nach Rom
Die Führer, daß wir dort mit ihnen handeln
Um ihr und unser Wohl.

TITUS

Ich tu' es, Feldherr.

CORIOLAN

Die Götter spotten mein. Kaum schlug ich aus
Höchst fürstliche Geschenk', und muß nun betteln
Bei meinem Feldherrn.

COMINIUS

Was es sei: gewährt.

CORIOLAN

Ich wohnt' einmal hier in Corioli
Bei einem armen Mann, er war mir freundlich;
Er rief mich an; ich sah ihn als Gefangnen.
Doch da hatt ich Aufidius im Gesicht,
Und Wut besiegte Mitleid. Gebt, ich bitte,
Frei meinen armen Wirt.

COMINIUS

O schöne Bitte!
Wär' er der Schlächter meines Sohns, er sollte
Frei sein, so wie der Wind. Entlaßt ihn, Titus.

TITUS

Marcius, sein Nam'?

CORIOLAN

Bei Jupiter! vergessen. –
Ich bin erschöpft. – Ja – mein Gedächtnis schwindet.
Ist hier nicht Wein?

COMINIUS

Gehn wir zu unsern Zelten!
Das Blut auf Eurem Antlitz trocknet. Schnell
Müßt Ihr verbunden werden. Kommt.
Alle ab.

g

Das Lager der Volsker.

Trompetenstoß. Tullus Aufidius tritt auf, blutend, zwei Krieger mit ihm.

AUFIDIUS

Die Stadt ist eingenommen.

ERSTER KRIEGER

Sie geben auf Bedingung sie zurück.

AUFIDIUS

Bedingung! –
Ich wollt, ich wär' ein Römer, denn als Volsker
Kann ich nicht sein das, was ich bin. – Bedingung! –
Was für Bedingung kann wohl der erwarten,
Der sich auf Gnad' ergab? Marcius, fünfmal
Focht ich mit dir, so oft auch schlugst du mich,
Und wirst es, denk' ich, treffen wir uns auch,
So oft wir speisen. – Bei den Elementen!
Wenn ich je wieder, Bart an Bart, ihm stehe,
Muß ich ihn ganz, muß er mich ganz vernichten;
Wie sonst, so ist ehr'nvoll mein Neid nicht mehr,
Denn, dacht' ich ihn mit gleicher Kraft zu tilgen,
Ehrlich im Kampf, hau' ich ihn jetzt, wie's kommt.

Wut oder List vernicht' ihn!

ERSTER KRIEGER

Teufel ist er.

AUFIDIUS

Kühner, doch nicht so schlau. Vergiftet ist
Mein Mut, weil er von ihm den Flecken duldet,
Verleugnet eignen Wert. Nicht Schlaf noch Tempel,
Nacktheit, Krankheit, nicht Kapitol noch Altar,
Der Priester Beten, noch des Opfers Stunde,
Vor denen jede Wut sich legt, soll'n brauchen
Ihr abgenutztes Vorrecht gegen mich
Und meinen Haß auf ihn. Wo ich ihn finde,
Daheim, in meines Bruders Schutz, selbst da,
Dem gastlichen Gebot zuwider, wüsch' ich
Die wilde Hand an seinem Herzblut. Geht –
Erforscht, wie man die Stadt bewahrt, und wer
Als Geisel muß nach Rom.

ERSTER KRIEGER

Wollt Ihr nicht gehn?

AUFIDIUS

Man wartet meiner im Zypressenwald,
Südwärts der Mühlen. Dahin bringt mir Nachricht,
Wie die Welt geht, daß ich nach ihrem Schritt
Ansporne meinen Lauf.

ERSTER KRIEGER

Das will ich, Herr.

Alle ab.

Zweiter Akt

I

ROM. EIN ÖFFENTLICHER PLATZ.

Es treten auf die Tribunen Brutus und Sicinius.

BRUTUS Die Auguren, heißt es, haben heute morgen Nachrichten aus dem Feld erhalten.

SICINIUS Die guten Priester beehren mich nicht mit mehr Vertrauen als dich, Brutus, aber ich weiß, es sind schlechte Nachrichten.

BRUTUS Warum unter allen Umständen schlechte?

SICINIUS Weil entweder die Volsker gesiegt haben, dann sind sie Herrn in Rom, oder Cajus Marcius, dann ist er Herr.

BRUTUS Das ist richtig. Da kommt Menenius Agrippa.
Menenius tritt auf.

MENENIUS Wie geht es, ihr Hirten des Plebejerviehs?

SICINIUS Das Essen ist etwas knapp am Tiber, aber Ihr sollt neue Nachrichten haben?

MENENIUS Ja, von Cajus Marcius, aber den liebt ihr nicht. Sagt mir: Wen liebt der Wolf?

SICINIUS Das Lamm.

MENENIUS Ja, weil er es verschlingen möchte wie die hungrigen Plebejer den edlen Marcius.

BRUTUS Nun, das ist ein Lamm, das wie ein Bär brüllt.

MENENIUS Nein, das ist ein Bär, der wie ein Lamm lebt. Wißt ihr, wie ihr in der Stadt beurteilt werdet? Ich meine von uns, aus den höheren Ständen?

BRUTUS Nun, wie werden wir denn heute morgen beurteilt?

MENENIUS Als ein paar eingebildeter, gewalttätiger, vaterlandsloser Gesellen, nicht gut genug, zwischen einem Olivenweib und einem Bierzapfen zu vermitteln.

SICINIUS Geht, Herr, wir kennen Euch.

MENENIUS Ihr kennt weder mich, euch selbst, noch irgend was!

BRUTUS *im Abgehen zu Sicinius:* Jetzt wissen wir, wie die Nachrichten sind, die sie haben. Marcius hat gesiegt. Der Bursche wäre sonst nicht so frech.

Es treten auf Volumnia, Virgilia und Valeria.

MENENIUS Wohin, wohin, meine edlen Damen?

VOLUMNIA Ehrenwerter Menenius, mein Junge kommt. Haltet uns nicht auf!

MENENIUS Marcius zurück?

VOLUMNIA Ja, und mit den höchsten Auszeichnungen!

MENENIUS Marcius kommt heim!

VOLUMNIA und VIRGILIA Ja, es ist wahr!

VOLUMNIA Hier ein Brief von ihm; der Senat hat auch einen, seine Frau einen, und ich glaube, zu Hause ist noch einer für Euch.

MENENIUS Ein Brief an mich?

VIRGILIA Ja, gewiß, es ist ein Brief für Euch da, ich habe ihn gesehn.

MENENIUS Ein Brief an mich! Das macht mich für gute sieben Jahre gesund. Ich kann meinem Arzt ins Gesicht spucken. Richtig: ist er nicht verwundet? Sonst pflegte er verwundet zurückzukommen.

VIRGILIA O nein, nein, nein.

VOLUMNIA Oh, er ist verwundet, ich danke den Göttern dafür.

MENENIUS Das tue ich auch, wenn es nicht zu arg ist. Bringt den Sieg in der Tasche mit? – Da stehen ihm die Wunden.

VOLUMNIA Ja, an den Schläfen, Menenius. Er kommt zum dritten Mal mit dem Eichenkranz heim.

MENENIUS Hat er dem Aufidius eine Lektion erteilt?

VOLUMNIA Titus Lartius schrieb, sie fochten miteinander, aber Aufidius entwischte.

MENENIUS Ja, einem Cajus Marcius tritt man nicht in den Weg, nicht für alle Kisten Coriolis und alles Gold, das in ihnen ist! Ist das dem Senat gemeldet?

VOLUMNIA Meine Damen, gehen wir. Ja, ja, ja. Der Senat hat Briefe vom Obersten Heerführer, die meinem Sohn die ganze Eroberung von Corioli zuschreiben.

MENENIUS Wunderbar. – Wo ist er verwundet, meine Damen?

VOLUMNIA An der Schulter und am linken Arm. Es wird zwei große Narben geben, die er dem Volk vorweisen kann, wenn er sich um sein Amt bewirbt. Und in der Schlacht gegen Tarquin erhielt er sieben Körperwunden.

MENENIUS Eine im Nacken und zwei im Schenkel, es sind jetzt neun, so viel ich weiß.

Trompeten.

MENENIUS Sie kommen.

VOLUMNIA

Und es erbebt unterm Tritt des Gewaltigen
Dieselbe Erde in Furcht und in Lust.
Und viele sind nicht mehr, und heimkehrt der Sieger.

Auftreten Cominius und Titus, zwischen ihnen im Eichenlaub Coriolan.

HEROLD

Kund und zu wissen jedermann, daß Cajus
Aus dem Geschlecht der Marcier in eigner
Person eindrang in das verschanzte
Corioli, für welche Tat fortan
Sein Nam' und Titel sei Coriolan.

MENENIUS

Gegrüßt seist du in Rom, Held Coriolan!

CORIOLAN

Genug, genug, ich bitt Euch!

COMINIUS

Seht, Herr, Eure Mutter!

CORIOLAN

Oh!

Läuft zu ihr.
Ihr habt, ich weiß, Bittschriften abgeschickt
An alle Götter, um Erfolg für mich!
Er kniet vor ihr nieder.

VOLUMNIA
Nein, nein, steh auf, Soldat. Mein lieber Cajus
Würdiger Marcius und – wie war's, wie muß ich
Dich fortan nennen, Sohn? Ja, Coriolan!
Doch oh, dein Weib!

CORIOLAN
Heil, du mein liebes Schweigen!
Hättst du gelacht, wär ich im Sarg gekommen
Da jetzt du weinst, wo ich als Sieger komm?
Ah, meine Liebe, solche Augen tragen
Die Witwen in Corioli und Mütter
Dort, denen Söhne fehlen.

MENENIUS
Nunmehr krönen
Die Götter dich!

CORIOLAN *zu Valeria:*
Und lebst du noch? – Verzeih!

MENENIUS
Willkommen tausendmal! Ich könnte weinen
Und lachen. Ich bin leicht und schwer. Willkommen!
Euch drei muß Rom vergöttern! Nun, auch jetzt
Stehn noch paar Holzäpfel herum bei uns
Die dir kein Pfropfer süß macht.

COMINIUS
Stets der Alte!

CORIOLAN
Menenius bleibt Menenius, was? – Die Hand!
Und deine!

VOLUMNIA
Nun hab ich's erlebt! Nur eines fehlt noch
Und das wird Rom dir schenken.

CORIOLAN

Gute Mutter
Ich wär lieber ihr Sklav auf meine Weise
Als auf die ihrige ihr Herr!

COMINIUS

Zum Kapitol!

Alle ab außer den Tribunen.

SICINIUS

Welch ein Getue
Als hätt ein Gott sich auf die Welt gesenkt!
Im Umsehn, glaubt mir, wird er Konsul sein.

BRUTUS

Das hieße Gute Nacht mit uns Tribunen.

SICINIUS

Sein Auftrag war, die Volsker abzuschlagen
Nicht mehr. Genausogut kannst du dem Wolf
Befehlen, er soll dir vom Hühnerstall
Den Fuchs verscheuchen, doch nicht mehr tun!
Er nimmt Corioli.

BRUTUS

Und hetzt uns so
Die Volsker für Jahrzehnte auf den Hals.

SICINIUS

Und horch, wie jetzt ein siegbesoffnes Rom
Vom Ruhm des Unbotsamen widerhallt!
Heut kündet jeder Sattler seinem Weib
Er hab Corioli hinzubekommen
Sie planen, wo sie zwei, drei Marmorvillen
In ihrem Keller unterbringen wollen.
Wir sind nur Spielverderber.

BRUTUS

Andrerseits
Hält er zu keiner Regel keines Spiels.
Ich hör, er will, sollt er geruhn, sich um
Die Konsulwürde zu bewerben, nicht wie üblich

Die Rede auf dem Marktplatz halten, noch
Sich in die abgetragne Toga hüllen oder
Dem Volke seine Wunden zeigen, um die
Stimmen zu erbetteln. Tät er das
Könnt es ins Auge gehn.

SICINIUS

Ich hoff, er bleibt
Bei diesem stolzen Vorsatz.

Auftritt ein Bote.

BRUTUS

Nun, was gibt's?

BOTE

Ihr seid aufs Kapitol geladen. Überall
Glaubt man, daß Marcius Konsul wird. Ich sah
Die Tauben kämpfen, ihn zu sehn, die Blinden
Ihn anzuhören. Damen werfen Handschuh
Und Mägde reißen sich das Tuch vom Kopf
Und werfen's auf ihn. Und Patrizier neigen
Sich vor ihm wie vor Jupiters Standbild. Und
Das niedre Volk klatscht mit rauhen Händen.
Ich hab nie sowas gesehn.

BRUTUS

Zum Kapitol!

Alle ab.

2

ROM. KAPITOL.

Ratsdiener legen Polster.

ERSTER Komm, komm, sie werden gleich hier sein. Wieviel bewerben sich um das Konsulat?

ZWEITER Drei, heißt es; aber jedermann glaubt, daß Coriolan es bekommen wird.

ERSTER Ein guter Mann, aber verzweifelt stolz, liebt das gemeine Volk nicht.

ZWEITER Es hat große Männer gegeben, die dem Volk mehr schmeichelten und es doch nicht liebten. Und es gibt manche, die das Volk geliebt hat, ohne zu wissen, warum. Also, wenn sie lieben, wissen sie nicht, weshalb, und hassen tun sie aus keinem besseren Grund. Darum, wenn Coriolan sich nicht darum schert, ob sie ihn lieben oder hassen, beweist er Vernunft. Sie kommen.

Es treten auf: der Konsul Cominius, Menenius, Coriolan, Senatoren, Sicinius und Brutus.

MENENIUS

Da ein Beschluß der Volsker wegen vorliegt
Bleibt noch als Hauptpunkt dieser zweiten Sitzung
Den Mann zu rühmen, der sie Rom besiegte.
Erlaubt denn, edle Väter, daß vor euch
Er, der jetzt Konsul ist und Feldherr war
Ein bißchen von der Kriegskunst spricht, bewiesen
Von unserm Cajus Marcius Coriolan.

SENATOR

Sprich, Konsul, und nicht nur ein bißchen. Volks-
Tribunen, schenkt uns euer Ohr und später
Eu'r Fürwort in der Volksversammlung, daß sie billigt
Was hier beschlossen wird.

SICINIUS

Nun, wir sind hier
Auf freundliches Vernehmen, und wir sind
Nicht abgeneigt, den Gegenstand der Sitzung
Zu ehren und zu fördern.

BRUTUS

Um so lieber
Wenn er fortan dem Volk mehr Achtung zeigt
Als er's bisher tat.

MENENIUS

Das gehört nicht her.
Ihr hättet besser nicht gesprochen. Wollt ihr
Cominius hören?

BRUTUS

Gern. Doch meine Warnung
War mehr am Platz als Eu'r Verweis.

MENENIUS

Er liebt
Eu'r Volk gewiß, nur zwingt ihn deshalb nicht
Ihr Schlafgesell zu werden. Sprich, Cominius!
Coriolan steht auf und will gehen.
Nein, bleib nur sitzen!

SENATOR

Fürcht dich nicht zu hören
Was du zu tun dich nicht gefürchtet hast.

CORIOLAN

Verzeiht, ich will die Wunden lieber heilen
Als hören, wie ich dazu kam.

BRUTUS

Ich hoffe
Mein Wort vertrieb Euch nicht, Herr.

CORIOLAN

Nein, Herr. Oft
Wenn Schläge mich verweilen machten, floh ich
Vor Worten. Da Ihr mir nicht schmeichelt, kränkt

Ihr mich auch nicht. Und Euer Volk
Das lieb ich nach Verdienst.

MENENIUS

Kommt, setzt Euch.

CORIOLAN

Eher

Blieb bei Alarm ich in der Sonne sitzen
Und ließ den Kopf mir kratzen, als hier müßig
Mein Nichts zum Fabelwerk vergrößern hören.
Coriolan ab.

MENENIUS

Hier habt ihr nun den ganzen Mann: weit lieber
Böt alle seine Glieder er dem Ruhm an
Als seiner Ohren eins, von Ruhm zu hören.
Beginn, Cominius!

COMINIUS

Nur: mir fehlt's an Stimme.

In diesen Zeiten darf man Taten, wie
Sie Coriolan vollbringt, nicht schwach verkünden.
Mit sechzehn Jahren focht er, als Tarquinius
Gen Rom heraufzog. Mit dem weichen Kinn
Der Amazone trieb er in der Schlacht
Bartlippige vor sich her. In einem Alter
Wo er ein Weib hätt spielen können auf der Bühne
Bekränzte ihn der Eichenkranz. Als Mann dann
Streifte in siebzehn Schlachten er den Kranz
Von jedem Schwert, das ihm begegnete.
Ob seiner Taten vor und in Corioli
Verarmte jedes Lob. Er hielt die Fliehenden
Und durch sein Beispiel ward dem letzten Feigling
Die Schlacht zum Sport. Wie Binsen unterm Kiel
Segelnder Schiffe wichen ihm die Schlachtreihn
Und schwanden unterm Bug. Ein blutiges Werkzeug war er
Des jegliche Bewegung Sterbeschreie
Zeitigte. Fast allein durchschritt er

Das tödliche Tor der Stadt. Fast ohne Hilfe
Kam er zurück und traf mit plötzlicher Verstärkung
Corioli wie ein Planet.

MENENIUS

Was für ein Mann!

SENATOR

Im vollsten Maß ist er der Ehren wert
Die wir besprachen.

COMINIUS

Mit dem Fuß stieß er die
Kriegsbeute weg, als wär es Staub und Kehricht.

MENENIUS

Ruft ihn! Ruft ihn!

SENATOR

Den Coriolan!

Ein Ratsdiener holt Coriolan.

MENENIUS

Coriolan, einstimmig konveniert
Dich der Senat zum Konsul.

CORIOLAN

Immer noch
Schuld ich mein Leben ihm.

MENENIUS

Dann bleibt nur noch
Daß du zum Volk sprichst.

CORIOLAN

Ich ersuch Euch dringend
Erlaßt mir das! Ich kann nicht
Den Mantel mir aufknöpfen und mit Hinweis
Auf meine Narben sie um ihre Stimmen
Anbetteln. Laßt uns diesen Brauch umgehn!
Ich bitt Euch!

SICINIUS

Herr, das Volk muß Euer Werben
Um seine Stimme haben. Das ist Sitte.

MENENIUS

Ich wollt, Ihr fügtet Euch der Sitte. Tut
Was alle Konsuln vor Euch taten. Tut
Nicht mehr noch weniger.

CORIOLAN

's ist eine Rolle
Die ich nur mit Erröten spielen kann.
Solche Spektakel sollt man ihnen nehmen.

BRUTUS

Hört, hört.

CORIOLAN

Vor ihnen prahlen: dies tat ich
Und das ging ohne mich nicht und geheilte
Blessuren zeigen: Freund, die holt ich mir
Daß du zu der Beförderung ein Ja hauchst!

MENENIUS

Bestehe nicht darauf. Nun, Volkstribunen
Macht den Beschluß bekannt! Dem neuen Konsul
Glück und Gelingen!

SENATOREN

Glück und Gelingen!

Senatoren ab mit Coriolan.

BRUTUS

Du siehst, wie er das Volk behandeln will.

3

ROM. FORUM.

Bürger treten auf.

ERSTER BÜRGER Ein für allemal: wenn er unsre Stimmen verlangt, können wir sie ihm nicht abschlagen.

ZWEITER BÜRGER Wir können, Freund, wenn wir wollen.

ERSTER BÜRGER Wir haben freilich die Macht dazu, aber es ist eine Macht, die wir nicht die Macht haben, zu gebrauchen. Denn wenn er uns seine Wunden zeigt und seine edlen Taten erzählt, müssen wir ihm eine halbwegs edle Anerkennung derselben erzeigen. Er ist unersetzlich.

ZWEITER BÜRGER Wie ein Hals mit einem Kropf.

ERSTER BÜRGER Wie meint Ihr das?

ZWEITER BÜRGER Der Hals ist unersetzlich, auch wenn er einen Kropf hat. Der Kropf ist sein Hochmut.

ERSTER BÜRGER Ich bleibe dabei, wenn er zugänglicher wäre, gäbe es keinen besseren Mann.

ZWEITER BÜRGER Da kommt er.

ERSTER BÜRGER Und in schlichter Toga, wie das Gesetz es vorschreibt.

ZWEITER BÜRGER Achtet lieber darauf, wie er sich benimmt!

ERSTER BÜRGER Wir müssen warten, bis er seinen Stand einnimmt, und dann an ihm vorbeigehen, einzeln oder zu zweit oder zu dritt. Er muß jedem einzelnen seine Bitte vortragen, und jeder einzelne von uns gibt ihm seine Stimme.

ZWEITER BÜRGER Wenn er Lust hat.

Coriolan ist mit Menenius Agrippa gekommen.

MENENIUS

Nein, Herr, Ihr habt nicht recht. Ihr wißt ganz gut
Die größten Männer taten's.

CORIOLAN

Was muß ich sagen?
Bitte, mein Herr! – Verdammt, es bleibt mir
Im Halse stecken. – Seht, Herr, meine Wunden
Empfing sie all in meines Landes Dienst
Als einige von euch Brüdern brüllten und
Vorm Lärm ausrissen unsrer eignen Trommeln!

MENENIUS

O Götter, nicht! Nicht diese Töne! Heut
Erinnert sie an Eure Taten, nicht
An Eure Meinung!

CORIOLAN

Solln sie mich vergessen!
Wie sie seit je Anstand und Dankbarkeit
Vergessen! Hängt sie!

MENENIUS

Mann, Ihr verderbt noch alles. Sprecht zu ihnen
Ich bitt Euch. Und vernünftig, Herr, ich bitt Euch.

CORIOLAN

Heiß sie den Hals erst waschen und
Die Zähne säubern!
Menenius ab.

So, da kommt
Der erste Schub.
Ihr wißt den Grund, warum ich hier steh, Freunde?

ERSTER BÜRGER. Jawohl, Herr. Sagt uns, was Euch dazu bewog!

CORIOLAN Mein eigner Wert.

ERSTER BÜRGER Euer eigner Wert?

CORIOLAN Ja, nicht mein eigner Wunsch.

ERSTER BÜRGER Wie? Nicht Euer eigener Wunsch?

CORIOLAN

Nein, Herr. 's war nie mein Wunsch
Die Armen anzubetteln.

ZWEITER BÜRGER Die Armen?

ERSTER BÜRGER Anzubetteln? Keine Sorge! Wenn wir Euch was geben, wollen wir auch von Euch was haben.

CORIOLAN

Gut denn, was ist der Preis des Konsulats?

ZWEITER BÜRGER

Der Preis ist, daß Ihr höflich darum bittet.

CORIOLAN

Höflich?
Herr, bitte, laßt's mich haben. Ich hab Wunden
Die ich Euch zeigen kann, wenn wir allein sind.
Herr, Eure edle Stimme! Nun, was sagt Ihr?

ERSTER BÜRGER

Ihr sollt sie haben, lieber Mann.

CORIOLAN

So ist's ein Handel, Herr?
Zwei gute Stimmen also schon erbettelt!
Eure Pfennige hab ich! Und adieu!

ERSTER BÜRGER

Das ist doch seltsam.

ZWEITER BÜRGER

Müßt ich sie nochmals geben – doch mein'thalb!

Beide ab.

Mann mit Kind tritt auf.

CORIOLAN

Herr, ich möcht Konsul werden.

MANN *zeigt dem Kind Coriolans Toga:* Das ist die schlichte Toga, mit der sie sich auf dem Markt bewerben müssen, Terzius. Sie hat keine Taschen, damit er keine Stimmen kaufen kann, hahaha. Sonst möcht er sie vielleicht kaufen, wie? Hahaha. Aber er bekommt meine Stimme, weil er Rom eine Stadt dazu erobert hat, er bekommt sie. *Ab.*

CORIOLAN Vielen Dank, Herr.

Zwei Bürger kommen.

CORIOLAN

Ihr Herren, auf ein Wort! Es ist die Vorschrift

Daß jeder sieht, wie ich, für eine hohe Würde
Mir hier die Schuh ablauf auf offenem Markt...

DRITTER BÜRGER Ich sehe es gern, Herr, schon vom Standpunkt meines Gewerbes aus.

CORIOLAN Was ist Euer Gewerbe, Herr?

DRITTER BÜRGER Um die Wahrheit zu gestehen, Herr: im Vergleich zu einem hohen Herrn mache ich nur Flickwerk.

CORIOLAN Und was ist Euer Gewerbe also?

DRITTER BÜRGER *schalkhaft:* Ein Gewerbe, das ich mit besserem Gewissen betreiben kann als mancher hochmögende Mann das seine. Es besteht darin, einen schlechten Wandel zu verbessern.

CORIOLAN Euer Gewerbe.

VIERTER BÜRGER Nichts für ungut, er ist Flickschuster, Herr, und seine Stimme habt Ihr, weil der Krieg den Schuhpreis hinauftreibt und Ihr eine wahre Personifikation des Krieges seid, Herr.

Noch ein Bürger tritt hinzu.

CORIOLAN Hahaha! Ich studiere die Gewerbe hier, Herr. Dieser Herr ist ein Flickschuster, und was seid Ihr, Herr?

FÜNFTER BÜRGER Ich bin ein Gärtner, Herr.

CORIOLAN Und was lehrt Euch Euer Gewerbe, was den Staat angeht, denn hier sollt Ihr etwas für den Staat entscheiden.

FÜNFTER BÜRGER

Herr, mein Garten lehrt mich –
Dies kleine Reich der Beete und Rabatten –
Daß selbst die edle Rose von Milet
Von allzu üppigem Wuchs beschnitten sein muß
Soll sie gedeihn. Auch muß sie sich drein finden
Daß Kohl und Lauch und allerlei Gemüse
Von niedrer Abstammung, doch ziemlich nützlich
An ihrer Seit ihr Wasser abbekommen.

CORIOLAN

Was soll das heißen, Stimme?

FÜNFTER BÜRGER

Der Garten müßt verwildern, dächte man
Der königlichen Rose nur.

CORIOLAN

Dank für Belehrung. Und nun nur noch eins:
Die Stimme, Stimme!

Drei Bürger mehr sind hinzugetreten.

Guten Tag, ihr Herrn! Wenn ihr nichts gegen meine Nase habt, ihr Herrn, ich möchte Konsul werden. Hier bin ich im üblichen Gewand.

SECHSTER BÜRGER Ihr habt Euch um das Vaterland verdient gemacht, und Ihr habt Euch um das Vaterland nicht verdient gemacht.

CORIOLAN Des Rätsels Auflösung?

SECHSTER BÜRGER Ihr wart eine Geißel für seine Feinde, Ihr wart eine Rute für seine Freunde. Um die Wahrheit zu sagen: das Volk liebt Ihr nicht.

CORIOLAN Ich lieb es nach Verdienst. Aber ihr meint, ich habe mich mit meiner Liebe zum gemeinen Volk nicht gemein gemacht? Ich verstehe. Es gibt gewisse Bedürfnisse, und dafür braucht ihr öffentliche Anstalten und öffentliche Männer. Nun, wenn ihr mehr auf meinen Hut baut als auf mein Herz – so will ich mein Herz ausreißen und meinen Hut ziehen und euch demütig bitten: laßt mich Konsul werden.

DRITTER BÜRGER Ihr habt viele Wunden für Euer Land empfangen?

CORIOLAN Und ich will euch nicht mit dem Anblick belästigen. Aber wenn ihr auf Unterhaltung dringt, kann ich euch ein Lied singen von der Dankbarkeit der Wölfin. *Zum Spiel eines Sackpfeifers, der angefangan hat, für kleine Münzen, etwas aufzuspielen:*

Hier seht ihr Cajus Marcius Coriolan
Bei dem Versuch, sich Hinz und Kunz zu nahn.
Er hat römische Adler zu verkaufen
(Bitte die lieben Kleinen, sich nicht um die Federn zu raufen!)

Ich bitte die Herrn, von Amtes wegen
Die Finger in meine Wunden zu legen.
Gegen ein kleines Almosen bin ich bereit
Zu jedwedem Dienst. Tretet heran! Letzte Gelegenheit!
Weitere Bürger treten hinzu.
Hier kommen mehr Stimmen.
Eure Stimmen, denn für eure Stimmen focht ich.
Für eure Stimmen wacht ich. Für eure Stimmen
Hab ich zwei Dutzend Narben. Achtzehn Schlachten
Hab ich gesehn. Für eure Stimmen hab ich
Manch Ding getan und manches nicht getan.
Jetzt eure Stimmen, und ich bin ein Konsul.

DRITTER BÜRGER *erschreckt:* Gewiß, gewiß, beruhigt Euch!

VIERTER BÜRGER Laßt ihn Konsul werden und basta! Tapferkeit gilt in diesen kriegerischen Zeiten alles, alles.

FÜNFTER BÜRGER Amen.

Coriolan verbeugt sich tief.
Auftreten Senatoren und die Tribunen.

MENENIUS
Ihr habt dem Protokoll genügt.

CORIOLAN
So bin ich fertig?

SICINIUS
Das Kandidieren, einzeln und persönlich
Habt Ihr gemacht, Einspruch ist nicht erfolgt
Senat und Tribunat kann Euch bestätigen.

CORIOLAN
Wo? Im Senat?

SICINIUS
Ja.

CORIOLAN
Kann ich dann den Rock
Jetzt wechseln?

SICINIUS
Ja, das darfst du. Eins vielleicht

Verbliebe noch zu tun: vor allem Volk
Den Kandidaten nach Programm und all-
Gemeiner Haltung zu befragen.

MENENIUS

Halt!

Dies steht nicht in der Charta.

SICINIUS

Die Tribunen

Stehn auch nicht in der Charta. Neues Recht
Erfocht das Volk im Krieg und mag's nun nützen
Im Sieg, Ihr Herrn.

FÜNFTER BÜRGER

So ist es.

SICINIUS

Coriolanus

Ihr stammt vom noblen Haus der Marcier. Welchem Hause
Auch Ancus Marcius, Numas Tochtersohn
Entsprang, der nach Hostilius weiland
Hier König war. Und aus demselben Haus
Kam Publius und Quintus, gute Männer
Die uns durch Röhren gutes Wasser schafften.
Ich bitt Euch nun, eh ich in Volkes Namen
Hier meine Fragen stelle, der beliebten Ahnen
Euch innigst zu erinnern. Coriolanus
Soeben liefen in den Hafen unsre
Kornschiffe ein aus dem besiegten Antium.
Die Fracht ist Korn. Tribut und Beute aus
Dem blutigen Volskerkrieg. Was, edler Marcier
Würdst du als Konsul tun mit diesem Korn?

MENENIUS

Gemach nun, Marcius!

CORIOLAN

Das ist ein Komplott.

BRUTUS

Nenn's nicht Komplott! Das Volk hier schreit nach Korn.

Vor sieben Monden hast du, Marcius, wörtlich
Als Gratiskorn verteilt wurd, die es nahmen
Beschimpft als arbeitsscheue Hungerleider.

CORIOLAN

Nun, das ist lang bekannt.

SICINIUS

Nicht allen.

CORIOLAN

Sag's
Den übrigen denn!

MENENIUS

Gemach.

COMINIUS

Ihr hetzt das Volk auf!

CORIOLAN

Mir hier vom Korn zu sprechen! Wollt ihr's nochmals
Hören von mir? Ja? Ich kann's wiederholen.

MENENIUS

Nicht jetzt. Nicht hier.

COMINIUS

Nicht jetzt und in der Hitze.

CORIOLAN

Immer und hier. Ich spreche, was ich denke.
Ihr nährt nicht Tugend, wenn ihr Korn wegschenkt!
Ihr füttert Ungehorsam und ihr mästet
Ihn zur Empörung. Denn mit jedem Wunsch
Den ihr der schmutzigen Brut erfüllt, erzeugt ihr
Die neuen Wünsche.

FÜNFTER BÜRGER

Oho!

MENENIUS

Laßt es gut sein.

SICINIUS

Freilich

Ich möchte fragen, warum soll das Volk
Dann einen wählen, der so von ihm spricht?

CORIOLAN

So waren's Kinderstimmen, die ich hier
Erbettelt hab?

COMINIUS

Beruhigt Euch!

BRUTUS

Ihr seid noch nicht bestätigt.

CORIOLAN

Wer immer riet, das Korn der Vorratshäuser
Zu geben unentgeltlich, wie's vielleicht
In Griechenland gebräuchlich ist . . .

BRUTUS

Allwo
Das Volk nicht nur auf dem Papier befragt wird!

CORIOLAN

In Griechenland! Warum dann geht ihr nicht
Nach Griechenland? Die Stadt heißt Rom.

COMINIUS

Genug.

SICINIUS

Genug im Übermaß.

CORIOLAN

Nein, nehmt noch einiges
Für die Klienten mit! 's ist gratis. Mir ist
Bekannt, daß, als der Krieg die Stadt bedrohte
Mit jähem Untergang, sich das Geschmeiß
Der stinkenden Bezirk' am untern Tiber
Korn ausbedungen für den Waffendienst.
Gewisse Leute sahn die Zeit gekommen
Für einen kleinen Fischzug durch Erpressung
Des Staats.

COMINIUS

Nicht weiter, Herr, ich bitt Euch.

VIERTER BÜRGER

Gewisse andere erpressen nicht, sie stehlen.
Wo bleibt die Beute von Corioli?
Coriolanus?

MENENIUS

Schweigt!

CORIOLAN

Das ist die Doppelherrschaft, wo ein Teil
Mit Grund verachtet und der andre Teil
Grundlos beschimpft. Wo Adel, Macht und
Weisheit
Nichts tun kann ohne jenes Ja und Nein
Des großen Unverstands.

BÜRGER

Gemeint sind wir!

BRUTUS

Er sprach genug.

SICINIUS

Er sprach als Hochverräter.
Und wird es büßen, wie's Verrätern zukommt.

CORIOLAN

Ihr Hunde! Ihr verkrüppelten Söhne
Des Aufruhrs! Denn in einem Aufruhr war's
Wo nicht, was recht, wo nur, was nötig ist
Gesetz wird, daß man euch bestätigt. Jetzt
Wo Rom nicht mehr den äußern Feind am Hals hat
Und das durch mich, kann Rom von seinem Aussatz
Sich lachend waschen.

BRUTUS

Offener Verrat.

FÜNFTER BÜRGER

Der da ein Konsul? Niemals!

BRUTUS

He, Ädilen!
Verhaftet ihn!

SICINIUS

Ruf du das Volk! In seinem Namen
Ergreif ich dich als Neurer und Empörer
Und Feind des Staats.
Brutus ab.

CORIOLAN

Weg, alter Bock!

MENENIUS

Die Hand weg, alter Mann!
Coriolan nimmt des Cominius Kurzschwert.

CORIOLAN

Sonst schütt'l ich deine Knochen
Dir aus den Kleidern!

BÜRGER

Vorsicht, Sicinius! – Gib auf das Schwert acht!

CORIOLAN

Ein Komplott, ich wußt es
Die Macht des Adels zu beseitigen!

SICINIUS

Hierher!
Brutus kommt mit Ädilen und Bürgern.

BRUTUS

Er ist beim Kurzschwert angelangt!

COMINIUS

Zurück!
Hier steht der Sieger von Corioli!

SENATOR

Weg mit dem Schwert!

SICINIUS

Hier steht, der euch der Macht berauben will.

MENENIUS

Mehr Achtung beiderseits!

BRUTUS

Greift ihn, Ädilen!

BÜRGER Nieder mit ihm! – Nieder mit dem Kornräuber! – Waffen, Waffen!

Die Patrizier drängen sich um Coriolan.

PATRIZIER

Nur über unsre Leichen
Ergreift ihr ihn! – Bringt ihn hinweg! – Menenius
Sprich du zu ihnen! – Weg!

MENENIUS

Ich kann nicht, sprecht
Tribunen, ihr zum Volk. Coriolanus, ruhig!
Sprich, Freund Sicinius!

SICINIUS

Hört mich, Bürger, ruhig!

BÜRGER

Hört den Tribun!

SICINIUS

Der Mann, den ihr hier seht
Hat sich am Tribunat vergriffen.

MENENIUS

Das heißt
Das Feuer schüren, nicht es löschen.

ERSTER SENATOR

Das
Heißt Rom bekriegen!

BRUTUS

Wer ist Rom? Seid Ihr's?
Oder sein Volk?

SICINIUS

Wer sich am Tribunat
Vergreift, verdient den Tod. Fort mit ihm, zum
Tarpejischen Felsen!

BRUTUS

Los, Ädilen, greift ihn!

BÜRGER

Ergib dich, Marcius!

MENENIUS

Her!

Vom Adel hier! Stellt euch um Marcius!

BÜRGER

Nieder mit ihm! – Zum Felsen!

ERSTER SENATOR

Der Mann steht seinem Glücke selbst im Weg!
Fort! Schnell! Stützt ihn! Zum Henker, warum
Konnt er nicht freundlich sprechen!

Die Patrizier drängen den verstörten Coriolan weg.
Die Bürger nach.

BRUTUS

Ergreift die Viper

Die eine Stadt entvölkern will, um alles
In allem drin zu sein!

Dritter Akt

I

ROM. HAUS DES CORIOLAN.

Volumnia. Coriolan und einige Freunde.

CORIOLAN
Mich wundert nur, daß meine Mutter nicht mehr
Mit mir zufrieden ist, sie, die sie doch
Nur immer wollige Sklaven nannte, so Geschöpfe
Geschaffen, sich um Groschen zu verkaufen
Und in Versammlungen barhäuptig rum-
Zustehn und laut zu gähnen, sich den Kopf
Zu kratzen und verblüfft zu sein, wenn jemand
Von meinem Rang für Frieden oder Krieg spricht.
Warum wünscht Ihr mich milder? Soll ich wohl
Ein Taubennest aus meinem Herzen machen?
Sagt gleich, ich spiel den Mann nur, der ich bin.

VOLUMNIA
Sohn, Sohn, ich wünscht, du hättst dein Amtskleid dir
Erst angelegt, bevor du's abgetragen.

CORIOLAN
Vergeßt es!

VOLUMNIA
Du konntest mehr der Mann sein, der du bist
Wenn du es weniger zeigtest. Hättest du die Macht
Gehabt, so hätten sie, dir noch zu trotzen
Die Macht nicht mehr gehabt.

CORIOLAN
Hängt sie!

VOLUMNIA
Ja, und verbrennt sie!
Auftreten Menenius und Senatoren.

MENENIUS
Kommt, kommt, Ihr wart zu rauh, etwas zu rauh.
Kommt mit zurück und macht es gut!

SENATOR
Da hilft nichts.
Wenn Ihr das nicht tut, auseinanderreißt
Die Stadt und geht uns vor die Hunde.

VOLUMNIA
Sohn
Ich hab ein Herz, so wenig matt wie deins
Doch sagt mein Hirn mir, wann's die Zeit für Zorn ist
Und auch, wann's nicht die Zeit ist. Laß dir raten!

MENENIUS
So ist's. Wann ist's die Zeit? Heut oder morgen?
Ich zög den Harnisch über, wenn er auch
Schon anfängt, mir ein wenig schwer zu werden
Bevor ich Euch vor diesen kriechen sähe
Wenn nicht ein bißchen Zeit allein genügte.

CORIOLAN
Was muß ich tun?

MENENIUS
Zurück zu den Tribunen.

CORIOLAN
Schön. Und was dann? Was dann?

MENENIUS
Bereu'n, was Ihr
Gesagt.

CORIOLAN
Vor denen? Ich könnt's nicht vor Göttern!

VOLUMNIA
Du bist zu durch-und-durch. Ich hört dich sagen:
Im Krieg muß Ehre sich mit List vertragen.

Warum stimmt das im Frieden nicht?

CORIOLAN

Ach!

MENENIUS

Gut gefragt!

VOLUMNIA

Bringt es im Krieg dir Ehre, der zu scheinen
Der du nicht bist – und großer Zwecke halber
Gebrauchst du diese Politik –, warum dann
Soll solche List im Frieden dich entehren?

CORIOLAN

Was drängst du so?

VOLUMNIA

Weil's dir jetzt auferlegt ist
Zum Volk zu sprechen und dies mit den Worten
Die weiter nicht als von der Zunge kommen
Bastardgeburten, Lauten nur und Silben
Ganz unverbindlich, deinem Herzen fremd.
Und derlei kann so wenig dich entehren
Als eine Stadt durch sanftes Wort erobern
An die du sonst dein Kriegsglück setzen müßtest
Und Wagnis vielen Bluts. Laß dir nur einmal raten!
Verleugne deine Natur, denn deine Freunde
Sind in Gefahr – und sieh Ehre darin.
Und du willst lieber diesem Pöbel zeigen
Wie du die Stirne runzeln kannst, als durch ein Lächeln
Sie um ihr Ja betrügen und behaupten
Was sonst dahinstürzt?

MENENIUS

Kommt, geht mit uns, sprecht
Ein wenig freundlich, das ist alles.

VOLUMNIA

Sohn
Ich bitte dich, geh hin, und bloßen Haupts
Und mit so ausgestreckten Händen (hier

Bist du bei ihnen), deine Knie berühren
Beinah den Kopfstein (denn in solchen Fällen
Sagt Haltung mehr als Rede), schütt'l den Kopf
Und sage schlicht: du seist ihr Krieger, eben
Im Schlachtenlärm erzogen und hättst nicht
Die sanfte Art, die sie, wie du jetzt einsähst
Verlangen könnten. Fürderhin würd's dran
Versprächst du, nicht mehr fehlen.

MENENIUS

Wenn Ihr das
Tun wolltet, reden grad wie eben sie –
Ihr Götter, alle Herzen wären Euer.

VOLUMNIA

Ich bitte dich, geh hin. Ich weiß, du folgtest
Eh'r deinem Feind in einen feurigen Schlund
Als sanft in eine Schänk.

MENENIUS

Cominius!

Auftritt Cominius.

COMINIUS

Ich komm vom Forum, Marcius, und rat dir
Die Wachen deines Hauses zu verstärken
Sonst hilft nur Flucht.

MENENIUS

Ein gutes Wort genügt.

COMINIUS

Freilich genügt's, brächt er's nur fertig.

VOLUMNIA

Sohn
Ich fleh dich an, sag ja und los!

CORIOLAN

Muß ich
Mich nicht barbieren vorher? Gut, ich mach's.
Hier kommt's nicht an auf dies Gebild aus Staub
Das Marcius heißt. Streut's in den Wind! Zum Forum!

Fahr hin, mein eigner Geist! Komm über mich
Geist einer Metze! Kriegerische Kehle
Gib was Eunuchisches von dir! Schulknabentränen
Füllt mir die Augen! Du gepanzert Knie
Einst nur im Bügel krumm, krümm wie des Bettlers
dich
Der Groschen aufliest! Ich mach's nicht, ich säble
Nicht Wahrheit in mir nieder und richt nicht
Den Geist durch schändliche Gebärden ab!

VOLUMNIA

Du wirst entscheiden. Schande scheint's mir mehr
Für mich zu sein, wenn ich vor dir hier bettle
Als du vor ihnen. Geh zu Grund denn alles!
Tu, wie du wünschst. Den Mut sogst du
Aus meiner Brust, den Hochmut nicht.

CORIOLAN

Sei ruhig.
Ich geh schon auf den Markt. Schilt mich nicht mehr.
Ich list mir ihre Herzen ab und kehre
Zurück, geliebt von allen Händlern Roms.
Als Konsul auch. Empfiehl mich meinem Weib.

VOLUMNIA

Tu, was du willst.
Ab.

COMINIUS

Kommt! Die Tribunen warten.
Und wappne dich mit Milde! Sie bereiten
Anklagen vor, noch härter als die sind
Die schon auf dich gehäuft sind von der Seite.

CORIOLAN

»Mild« ist die Losung. Laßt uns gehn, ich bitt euch.
Laßt sie erfindrisch sein mit ihren Klagen
Und mich mit meiner Reue.

MENENIUS

Aber mild!

CORIOLAN

Schön. Mild sei jetzt das Wort. Mild, mild!

Alle ab.

2

ROM. FORUM.

Sicinius. Brutus. Bürger. Ädil.

BRUTUS Dies sind die Obleute der Wahlbezirke?

ÄDIL Ja.

BRUTUS Hast du die Liste aller Stimmen, die sie vertreten?

ÄDIL Ja, hier ist sie.

SICINIUS Und hier kommt er.

Es treten auf Coriolan, Menenius, Cominius und Senatoren.

MENENIUS

Mit aller Ruhe jetzt, ich fleh dich an.

CORIOLAN

Ja, wie ein Stallknecht, der sich für ein Trinkgeld
Lump schimpfen läßt. Die Götter mögen Rom
Mit Schutz versehn und seine Richterstühle
Mit würdigen Männern! Liebe sei die Losung.
Friede der Stadt!

ERSTER SENATOR

Hört, hört.

MENENIUS

Ein nobler Gruß!

SICINIUS

Obleute, setzt euch!

ÄDIL

Hört eure Tribunen!

CORIOLAN

Erst mich!

BÜRGER

Erst er! Wie immer doch: erst er!

SICINIUS

Nun gut, sprecht Ihr!

BÜRGER

Erst ich, dann das Gesetz! –
Beharrt nicht auf der Form!

ÄDIL

Ich bitt um Ruhe.

CORIOLAN

Werd ich noch anderswo belangt als hier?
Wird alles hier erledigt?

SICINIUS

Dazu
Muß ich Euch fragen, ob Ihr Euch dem Volk
Strikt unterwerft
Seine Vertreter anerkennt und Strafen
Für solche Staatsvergehen, als man Euch
Beweist, zu tragen willig seid.

CORIOLAN

Ich bin's.

MENENIUS

Hört ihr? Er sagt, er ist's. Zieht in Betracht
Den Kriegsdienst. Spricht er nicht als Bürger hier
Spricht er als Krieger.

COMINIUS

Laßt es gut sein, Mann.

CORIOLAN

Wie kommt das, daß ich, anerkannt als Konsul
Von einer Stund zur andern mit Entzug
Des Konsulats beschimpft werd?

SICINIUS

Ihr steht Rede.
Nicht wir.

CORIOLAN

Schön, ich steh Rede.

SICINIUS

Angeklagt
Seid Ihr hier des Versuchs, die Volkstribunen
Zu stürzen und tyrannische Gewalt
Euch anzueignen, also des Verrats
Am Volk.

CORIOLAN

Verrats?

MENENIUS

Faßt Euch!

COMINIUS

Ihr habt versprochen –

CORIOLAN

Der Hölle tiefster Schlund verschling das Volk!

SICINIUS

Hört ihr's?

CORIOLAN

Verräter nennst du mich? Du Hund
Von einem Tribun und du Tribun von Hunden!
Du Dreck des Drecks! Lump, dessen Augen hungern
Nach meinem Tod und dessen Schlund erstickt
Von dicken Lügen!

BÜRGER

's ist genug!

SICINIUS

Mehr ist auch
Dem Material der Anklag zuzufügen
Nicht nötig. Was ihr ihn tun saht –

BÜRGER

Zum Fels!

SICINIUS
Und sprechen hörtet –

BÜRGER
Auf, zum Fels mit ihm!

SICINIUS
Eure Tribunen körperlich bedrohend
Euch selbst beschimpfend, fäustlings dem Gesetz
Entgegentretend und hier denen, die
Ihn richten sollen, überheblich trotzend
Ist todeswürdig.

BÜRGER
Ja, zum Tod mit ihm!

BRUTUS
Doch da er einst Rom gut gedient –

CORIOLAN
Was schwatzst du
Von »gut gedient«?

BRUTUS
Ich sage, was ich weiß.

CORIOLAN
Was du schon weißt!

MENENIUS
Ist das, was Ihr verspracht
Als Eure Mutter –

COMINIUS
Zügelt Euch. Ihr wißt –

CORIOLAN
Ich weiß nichts mehr. Laßt sie ausschrein den steilen
Tarpejischen Tod, Verbannung, Vagabunden-
Exil und was noch sonst, ich kaufte ihre Gnade
Nicht für ein einziges gutes Wort und wär's
Ein »Guten Morgen«.

SICINIUS
Und so sei verdammt!
Im Namen des Volkes, als Tribunen weisen

Wir dich aus unserer Stadt. Und bist verwarnt
Bei Strafe, vom Tarpejischen Fels gestürzt
Zu werden, je Rom wieder zu betreten.

BÜRGER

So sei's!

Alle stehen auf, wegzugehen.

COMINIUS

Hört mich!

SICINIUS

Er ist verurteilt. Schluß der Sitzung!

COMINIUS

Doch will ich sprechen. Ich war Konsul. Rom
Kann sich an mir die Spuren seiner Feinde
Ansehn. Und wenn ich sag –

SICINIUS

Wir wissen, was Ihr sagt.

BRUTUS

Er ist verbannt, und das ist alles.

COMINIUS

Alles?

CORIOLAN

Ihr Kroppzeug! Dessen Atem ich schon hasse
Wie den Gestank vom Sumpf und dessen Liebe
Ich schätze wie das Aas noch immer nicht
Begrabner Feinde. Ich verbanne euch!
Und hier sollt ihr mir bleiben müssen, angst-
Geschüttelt, euch bekackend, wenn ein Helmbusch
Von ungewohnter Farb im Tor auftaucht.
Und immer sollt ihr auch die Macht behalten
Eure Verteidiger zu verbannen, bis euch
Am End eu'r Unverstand (der, was er nicht
Zu fühlen kriegt, nicht faßt), alles entfernend
Außer euch selber, die ihr immer eure
Grausamsten Feinde wart, bis euch eu'r Un-
Verstand an irgend 'ne Nation ausliefert

Die ohne Schwertstreich siegte! Dieser Stadt
Verachtend euretwegen, die ihr sie
Bewohnt, kehr ich den Rücken. 's gibt
Noch eine Welt woanders.
Coriolan ab mit Menenius, Cominius und Senatoren.

BÜRGER
Der Feind des Volks ist weg, ist weg!
Sie werfen ihre Kopfbedeckungen in die Luft.

3

ROM. VOR DEN TOREN.

Coriolan, Volumnia, Virgilia, Menenius, Cominius und Senatoren.

CORIOLAN
Kommt, laßt die Tränen! Scheiden wir! Das Tier
Mit vielen Häuptern stößt mich weg. Nein, Mutter
Wo ist der alte Mumm? Wer lehrte mich, daß
Gewöhnliches Unglück und gewöhnliches Glück
Was für gewöhnliche Leute sind? Und wer, daß
Bei Meeresstille alle Schiffe
Die gleiche Meisterschaft im Segeln zeigen?
Doch große Schicksalsschläge in die weichern Teile
Erheischen Fechterkunst im großen Stil.

VIRGILIA
O Himmel, Himmel!

CORIOLAN
Nein, ich bitt dich, Frau –

VOLUMNIA
Die rote Pest auf alle Zünfte Roms.

CORIOLAN

Was, was, was? Ich werd
Erst dann beliebt sein, wenn ich fehlen werde.
Nein, Mutter, du hast mir gesagt, wenn du
Das Weib des Herkules gewesen wärst –
Sechs seiner Taten hättest du vollbracht
Und ihm den Schweiß gespart! Cominius
Kopf hoch, adieu! Leb wohl, Weib! Macht nichts, Mutter!
Mir geht's noch gut. Gib acht, Menenius!
In deinem Alter sind die Tränen salziger als
Bei einem jüngern Mann. Gift für die Augen.
Dich, Feldherr, sah ich manchmal unerschüttert.
Du hast herzhärtende Spektakel schon gesehn.
Sag diesen traurigen Frau'n, 's ist gleichermaßen Schwäche
Bei unvermeidlicher Drangsal zu weinen
Als drob zu lachen. Weißt du, Mutter, frisch
Hielten die Wagestücke deines Sohns dich.
Glaub mir, wenn du es kannst: obgleich er jetzt
Wie ein einschichtiger Drache, den die Höhle
Gefürchtet macht, der, umso mehr besprochen
Als nicht gesichtet, vegetiert, dein Sohn wird
Entweder ungewöhnlich handeln oder
Den kleinen Praktiken der gewöhnlichen Art
Zum Opfer fallen.

VOLUMNIA

Lieber Sohn, wohin
Wirst du jetzt gehn? Nimm den Cominius
Mit dir für einige Zeit. Besprecht den Kurs
Dem du jetzt folgen willst, damit dich nicht
Der blinde Zufall leitet.

CORIOLAN

Oh, ihr Götter!

COMINIUS

Ich folg dir einen Monat. Wir besprechen
Wo du verbleibst, damit wir von dir hören
Und du von uns hörst.

CORIOLAN

Danke, Alter. Nur:
Du bist nicht mehr so jung, als daß du noch
Herumziehn könntst mit einem, der, verzeih
Noch allerhand vorhat. Bringt mich nur zum Tor.
Kommt, kommt! Und bin ich draußen, nehmen wir
Dann lächelnd Abschied. Und solang
Ich überm Boden bin, hört ihr von mir
Und nichts, was nicht dem frühren Marcius gliche!
Alle ab durch das Tor.

4

ROM. EINE STRASSE NAHE DES TORS.

Sicinius, Brutus und ein Ädil.

SICINIUS
Schickt sie nach Haus; er ist gegangen. Das wär
Geschafft. Der Adel, der, wir sahn's, den Mann
Zu stützen suchte, ist verwirrt.

BRUTUS
Wir können
Nun wir ihm unsre Macht gezeigt, bescheidner
Auftreten als dabei.

SICINIUS
Schickt sie nach Haus!
Ihr großer Feind ist weg.

BRUTUS
Schickt sie nach Haus.
Da, seine Mutter!
Volumnia, Virgilia, Menenius kommen.

SICINIUS

Gehn wir. Schnell.

BRUTUS

Warum?

SICINIUS

Man sagt, sie ist verrückt.

BRUTUS

Sie hat uns schon
Erblickt. Jetzt weiter.

VOLUMNIA

Ihr kommt mir grade recht. Die Pest auf euch!

MENENIUS

Faßt Euch, seid nicht so laut!

VOLUMNIA

Wenn ich nur könnt
Vor Weinen, kriegtet ihr von mir jetzt was
Zu hören. Nein, ihr sollt es hörn. Bleib da, du!

VIRGILIA

Und du bleib auch. Ich wollt, ich hätt die Macht
Das meinem Mann zu sagen.

SICINIUS

Tragt es mannhaft!

VOLUMNIA

Sie ist kein Mann. Das ist für sie nicht Schande.
Von Euch jedoch wollt ich, Ihr wärt kein Fuchs.
Dann wäre er noch da, der einst für Rom
So viele Schläge ausgeteilt, als Ihr
Schimpfreden austeilt. Geh jetzt. Nein, ich will dir
Was sagen. Mann, ich wollt, mein Sohn wär in
Arabien und deine Sippe stünde
Vor ihm im Wüstensand!

SICINIUS

Was dann?

VIRGILIA

Was dann?

Die ganze Brut mit ihrem ganzen Nachwuchs
Ehlich und unehlich, wär schnell getilgt.
Dort gibt es Rache.

MENENIUS

Still!

SICINIUS

Ich wollt, er hätt
Rom weiter so gedient, wie er begann!

BRUTUS

Das wünscht ich auch!

VOLUMNIA

Das wünscht ich auch?! Ihr habt
Das Pack verhetzt!

BRUTUS

Nun, wir verlassen Euch.

VOLUMNIA

So hoch das Kapitol die kleinste Hütte
Roms überragt, so hoch ragt auch mein Sohn
(Hier, dieser Dame Gatte, dieser, seht ihr?)
Den ihr verbannt habt, über euch!

BRUTUS

Das mag
Schon sein. Kommt, gehen wir.
Brutus, Sicinius und Ädil ab.

MENENIUS

Ihr habt
Sie heimgeschickt. Und, meiner Treu, mit Grund. Ihr
Soupiert mit mir?

VOLUMNIA

Nicht heut. Mein Nachtmahl
Ist Zorn. Menenius, ich verzehre mich.
Je mehr ich esse, desto hungriger werd ich.
Alle ab.

Vierter Akt

I

LANDSTRASSE ZWISCHEN ROM UND ANTIUM.

Ein Römer und ein Volsker treffen sich.

RÖMER Warum kehrt Ihr um? Ich komme aus Rom, aber ich bin kein Räuber!

VOLSKER Wenn das nicht der Gerber Lätus aus der Gasse der Sandalenmacher ist!

RÖMER Piger! Sieht man sich endlich wieder?

Sie umarmen sich.

RÖMER Wie geht es der Frau? Bäckt sie noch die kleinen Hirsefladen?

VOLSKER Immer noch; sie kann die Rosinen bekommen, aber mir fehlt in der Seilerei der Hanf. Deshalb gehe ich nach Rom, Alter.

RÖMER Und ich gehe nach Antium, zu sehen, ob sie dort meine Lederhocker brauchen können.

VOLSKER Bist du durch Corioli gekommen, das ihr uns gestohlen habt? Wie ist es dort?

RÖMER Du wirst es sehen. Es hat sich kaum geändert. Man ißt, schläft und zahlt Steuern. Wie ist es in Antium?

VOLSKER Man schläft, ißt und zahlt Steuern. Und in Rom?

RÖMER Man ißt auch, schläft auch und zahlt auch Steuern. Aber wir haben einen Aufstand gehabt und den Coriolan vertrieben.

VOLSKER Wirklich, seid ihr ihn los? Ich kann dir sagen: ich werde Rom leichteren Herzens betreten.

RÖMER Ich verließ es mit geringerer Furcht.

VOLSKER Mensch, daß endlich wieder Friede ist!

RÖMER Gute Reise, Piger, und glückliche Geschäfte in Rom!
VOLSKER Gute Geschäfte in Antium, Lätus!
Sie verabschieden sich und gehen weiter.
Aus der Richtung, aus der der Römer gekommen ist, kommt ein vermummter Mann gegangen. Es ist Coriolan.

2

ANTIUM. VOR DEM HAUSE DES AUFIDIUS.

Coriolan tritt auf, in schäbiger Kleidung und vermummt.

CORIOLAN
'ne hübsche Stadt, dies Antium. Stadt, ich bin's
Der deine Frau'n zu Witwen machte. Mancher
Hätt hier ein schönes Haus geerbt, wär er
In meinen Kriegen nicht verröchelt. Da
Erkenn mich lieber nicht, Stadt, sonst erschlagen
Mich deine Weiber jämmerlich mit Eimern
Und deine Knaben mit Bachkieseln.
Auftritt ein Bürger.
Guten Abend, Herr.
Könnt Ihr mir zeigen, wo der große
Aufidius wohnt? Ist er in Antium, Herr?

BÜRGER
Ja, er bewirtet heut in seinem Haus
Die Ersten unsrer Stadt.

CORIOLAN
Wo ist sein Haus?

BÜRGER
Dies hier, vor dem du stehst.

CORIOLAN

Dies? Besten Dank, Herr
Und guten Abend.
Der Bürger geht weiter.
O Welt, dein glitschiger Pfad! Geschworne Freunde
Die in zwei Busen nur ein Herz getragen
Die Zeit, die Bett, die Mahl, die Arbeit teilten
Zwillinge, unzertrennlich, brechen plötzlich
Von zwölf Uhr bis Mittag, um minus nichts
In unversöhnlichste Feindschaft aus. Und wied'rum
Macht dann aus eingefleischten Feinden, die
Ihr Haß nicht schlafen ließ vor tückischen Plänen
Einander auszutilgen, dummer Zufall
Ein Trick, kein Ei wert, zu geschwornen Freunden
Die ihre Kinder sich vermählen. So
Ist es mit mir. Die Stadt meiner Geburt
Ist mir verhaßt. Ich lieb die Stadt des Feinds.
Hinein mit mir! Erschlägt er mich, so ist's
Sein gutes Recht. Nimmt er mich auf, dann dien
Ich seinem Land.

DIENER *aus dem Haus:* Was stierst du?

ZWEITER DIENER He, den Wein! Was ist das für Bedienung? Schlaft ihr?
Erster Diener ab.

DRITTER DIENER Cotus! Der Herr ruft nach Cotus. *Ab.*

CORIOLAN Ein hübsches Haus. Das Mahl riecht auch gut.

ZWEITER DIENER Was wünscht Ihr, Freund? Woher seid Ihr?
Hier ist nicht Platz für Euch. Seid so freundlich –

CORIOLAN 's ist gut. Hab keinen besseren Empfang verdient:
Ich bin Coriolan.

ERSTER DIENER *zurück:* Bist du immer noch da? Haben sie am Stadttor keine Augen im Kopf, daß sie solche Kerle hereinlassen? Du sollst dich wegscheren!

CORIOLAN Scher du dich weg.

ERSTER DIENER Ich? Wirst du frech?

CORIOLAN Jetzt wirst du lästig, Freund.

ZWEITER DIENER Herr, Ihr seid höflich gebeten worden, wegzugehn. Geht weg.

DRITTER DIENER *zurück:* Was für ein Kerl ist das?

ERSTER DIENER Ein merkwürdiger. Ich kann ihn nicht von der Schwelle kriegen. Ruf den Herrn her.

DRITTER DIENER Raus da!

CORIOLAN Laßt mich hier nur stehen. Ich werde eueren Herd schon nicht beschädigen.

ZWEITER DIENER Was seid Ihr denn?

CORIOLAN Ein Mann von einigem Ansehn.

ERSTER DIENER Ein verflucht armer.

CORIOLAN Gewiß, das bin ich.

DRITTER DIENER Darf ich dich dann bitten, armer Mann von einigem Ansehn, dir ein andres Quartier zu suchen? Kurz: Verschwind!

CORIOLAN Mach, was dir geheißen ist. Und rasch, sonst frißt dir ein anderer die Reste weg. *Stößt ihn.*

ZWEITER DIENER Hol den Herrn!

Dritter Diener ab.

ERSTER DIENER Wo wohnst du überhaupt?

CORIOLAN Unter dem großen Zelt.

ZWEITER DIENER Unter dem großen Zelt?

CORIOLAN Ja.

ERSTER DIENER Wo ist das?

CORIOLAN In der Stadt der Geier und Krähen.

ERSTER DIENER Ein Esel. Da wohnst du wohl auch mit den Elstern, wie?

CORIOLAN Nein. Ich diene nicht deinem Herrn.

ERSTER DIENER Oho!

ZWEITER DIENER Habt Ihr etwas mit unserm Herrn zu schaffen?

CORIOLAN Ja, und das sollte dir lieber sein, als wenn ich was mit deinem Weib zu schaffen hätte. Ihr schwatzt und schwatzt. An eure Teller, ab mit euch!

Aufidius kommt mit dem dritten Diener.

AUFIDIUS Wo ist der Mensch?

ERSTER DIENER Hier, Herr. Ich hätte ihn wie einen Hund hinausgeprügelt, aber ich wollte die Herrschaften drin nicht stören.

AUFIDIUS Wo kommst du her? Was willst du hier? Dein Name? Warum sprichst du nicht? Sprich, Mann. Was ist dein Name?

CORIOLAN

Ein Name, nicht Musik für Volskerohren
Und schneidend auch für deins.

AUFIDIUS

Wüst siehst du aus.
Doch ist etwas in deinem Aug, als hättst du
Schon laut gesprochen bei Gelegenheit.
Das Tauwerk ist zerfetzt, jedoch nicht eines
Unedlen Schiffs.

CORIOLAN

Bereit dich darauf vor
Die Stirn zu runzeln. Kennst du
Mich wirklich nicht?

AUFIDIUS

Ich kenn dich nicht. Der Name!

CORIOLAN

Ist Cajus Marcius. Welcher Name dir
Besonders, doch auch allen Volskern immer
Verdruß und Schaden zugefügt hat, was
Mein dritter Name auch bezeugt: Coriolan.
Die Mühn des Diensts und manche Todsgefahr
Und der und jener Tropfen Bluts, vergossen
Für ein nicht sehr dankbares Rom, enthalten
Sind sie in diesem Titel, der dich nur
Erinnern mag an Groll, den du mir schuldest.
Nun, nur der Titel blieb. Die Grausamkeit
Des Pöbels und die Feigheit unsres Adels

Der mich verriet, verschlangen dann den Rest.
Und Sklavenstimmen zischten mich aus Rom.
Dies Mißgeschick trieb mich an deinen Herd.
Nicht Hoffnung, mir das Leben zu erhalten
Versteh mich recht, denn fürchtete ich Tod
Von allen Männern dieser Welt hätt ich
Da dich gemieden. Sicher nur aus Haß
Um quitt zu werden mit dem ganzen Pack
Steh ich vor dir. Wenn du, ich kenn dich nicht
Heimzahlen willst die ganz besondere Unbill
Dir zugefügt, und die Verstümmelung
Zu sehn in deinem ganzen Land, bedien dich
Nur meiner. Nutz mein Elend! Spann den Durst
Nach Quittsein, der mich plagt, für deine Zwecke
Freund, ein. Mir sind sie recht. Denn ich will angehn
Mein krebsiges Land jetzt mit dem süchtigen Furor
Des Fefamessers. Ist es freilich so
Daß du so was nicht wagst und es müd bist
Viel zu versuchen, dann, in einem Wort
Hab ich's auch über, noch sehr lang zu leben
Und präsentiere dir hier meine Gurgel
Und nenn dich Dummkopf, schneidst du sie nicht durch.
Warum, ich hab dich stets mit Haß verfolgt
Ich hab dem Herzen deines Landes Blut
Schon tonnenweise abgezapft und kann
Nur dir zum Hohn noch leben, wenn ich nicht
Zu deinen Diensten leb.

AUFIDIUS

O Marcius, Marcius!
Jedwedes Wort, das du gesprochen hast
Hat mir ein Würzelchen des alten Neids
Ganz aus der Brust gerissen. Laß mich jetzt
Um deine Neigung ringen wie ich einst
Mit deinem Mute rang. Du hast mich

Zu zwölf verschiedenen Malen so verbleut
Daß ich seitdem allnächtlich aus Faustkämpfen
Die Helme uns von unsern Köpfen reißend
Und uns nach unsern Hälsen greifend, auffuhr.
Sehr werter Marcius, hätten wir mit Rom
Nichts andres zu bereinigen, als daß
Man dich von dort verbannte –, jeden Mann
Von zwölf bis siebzig steckten wir ins Heer
Und würfen es auf Rom. Kommt schnell herein.
Befreundete Senator'n –

CORIOLAN

Götter, ihr
Seid mild heut.

AUFIDIUS

Drum, wenn du die Abrechnung
Herr, selber in die Hand zu nehmen wünschst
Nimm meine halbe Mannschaft und verfahre
Da du doch die Erfahrung hast und Stärke
Und Schwäche deines eignen Lands gut kennst
Nach eigenem Ermessen, ob du nun
Gleich an Roms Tore pochen oder mehr entferntem
Gebiet Besuch abstatten willst, du weißt:
Erst schrecken, dann vernichten! Komm jetzt, komm!
Laß mich dich jetzt empfehlen denen, die
Ja sagen solln zu deinen Wünschen. Sei
Zehntausendmal willkommen, mehr ein Freund
Als je ein Feind, und, Marcius, das will
Viel heißen. Komm!

3

ROM. FORUM.

Sicinius und Brutus.

SICINIUS

Man hört nichts mehr von ihm, man braucht ihn nicht zu fürchten.
Wir machen seine Freunde im Senat
Erröten, daß die Welt weitergeht ohne
Den großen Mann. Sie hören ungern unsre
Seilmacher, Bäcker und Sandalenschneider
In ihren Läden singen bei der Arbeit.

BRUTUS

Wir wehrten uns bei Zeit.

SICINIUS

Menenius.

BRUTUS

Der ist in letzter Zeit auch höflicher geworden.
Menenius tritt auf. Begrüßung.

SICINIUS

Euer Coriolan, Herr, wird nicht sehr vermißt.
Vielleicht von einigen Freunden. Doch der Staat
Besteht und würd bestehn, selbst wenn er ihm
Noch mehr verhaßt wär.

MENENIUS

Alles stünd noch besser
Wär er ein bißchen mit der Zeit gegangen.

SICINIUS

Wo, hört Ihr, ist er?

MENENIUS

Nichts gehört. Sein Weib
Und seine Mutter haben nichts von ihm gehört.

Einige Bürger gehen vorüber.

BÜRGER

Der Himmel schütz euch beide!

BRUTUS

Guten Abend, Nachbarn.

SICINIUS

Guten Abend allen! Allen guten Abend!

ERSTER BÜRGER

Eins sag ich: Unsre Weiber mitsamt Kindern
Auf ihren Knieen müßten sie die Götter um
Gesundheit bitten und um Glück für euch zwei!

BRUTUS

Der Himmel schütz euch, Nachbarn!
Bürger ab.

SICINIUS

Ist das nicht eine bessere Zeit als damals
Wo sie euch haßten?

BRUTUS

Cajus Marcius war
Ein fähiger Kriegsmann, aber überheblich
Ehrgeizig ohne Maß, selbstsüchtig –

SICINIUS

Und
Strebend nach Selbstherrschaft.

MENENIUS

Das glaub ich nicht.

SICINIUS

Wir hätten es zu unser aller Leid
Erlebt, hätt er das Konsulat bekommen.

BRUTUS

Die Götter wandten's gnädig ab, und Rom
Schnauft etwas auf.
Auftritt ein Ädil.

ÄDIL

Tribunen!

Ein Sklave, den wir festgesetzt, sagt aus
Die Volsker hätten römisches Gebiet
Betreten mit zwei Heeressäulen und
Brandschatzen alles vor sich her!

MENENIUS

Aufidius
Der, hörend, daß wir Marcius verbannt
Die Fühler wieder ausstreckt, die er sorglich
Einst einzog, als er Marcius bei uns wußte.

SICINIUS

Komm, komm, was faselst du von Marcius?

BRUTUS

Ja
Peitsch den Gerüchtemacher aus! Es kann nicht sein.
Die Volsker wagen nicht, mit uns zu brechen.

MENENIUS

Es kann nicht sein? Wir wissen, daß es sehr wohl sein kann.
Drei solcher Fälle haben wir gehabt
Seitdem ich lebe. Sprecht mit diesem Burschen
Bevor ihr ihn bestraft, wo er es hörte
Sonst peitscht ihr eine Nachricht aus.

SICINIUS

Erzähl das
Nicht mir. Ich weiß, es kann nicht sein.

BRUTUS

Unmöglich.

Ein Bote tritt auf.

BOTE

Der Adel trifft sich im Senatsgebäude.
Meldungen vom Gebirg, bestürzende!

SICINIUS

Das ist der Sklave. Hetze! Peitscht ihn aus!

BOTE

Nein, Herr, er lügt nicht. Nur ist alles schlimmer.

SICINIUS

Was schlimmer?

BOTE

Nun, man sagt jetzt allgemein
Ich weiß nicht, ob es stimmt, daß Marcius
Zusammen mit Aufidius gegen Rom
Ein Heer heraufführt und so mit Vergeltung
Die Stadt bedroht, daß weder Greis noch Kind . . .

SICINIUS

Höchst glaublich, so was!

BRUTUS

Ausgetüftelt, daß
Der schwächere Teil den guten Marcius heimwünscht!

SICINIUS

Das ist das Ganze.

MENENIUS

Äußerst unwahrscheinlich:
Er und Aufidius, das ist Öl und Wasser.
Ein anderer Bote tritt auf.

DER ANDERE BOTE

Herr, zum Senat! Ein fürchterliches Heer
Geführt von Cajus Marcius im Verein
Mit dem Volsker Aufidius stößt gen Rom.
Corioli brennt und ist in Feindeshand.
Cominius tritt auf.

COMINIUS

Vortreffliche Arbeit, das!

MENENIUS

Was gibt's? Was gibt's?

COMINIUS

Ihr halft die eignen Töchter schänden und
Der Dächer Blei auf eure Schädel schmelzen.

MENENIUS

Was gibt's?

COMINIUS

Und eure Tempel niederbrennen zum
Zement. Jetzt könnt ihr eure vielgeliebten
Verbrieften Rechte in paar Mauselöcher
Der Altstadt stopfen.

MENENIUS

Herr, beim Styx, was gibt's?
Wenn Marcius eins wär mit den Volskern ...

COMINIUS

Wenn!
Er ist ihr Gott; er führt sie wie ein Ding
Gemacht von irgendeiner neuen Gottheit
Die bessere Männer macht als die Natur, und
Sie folgen ihm mit einer Zuversicht
Wie Knaben, Falter fangend, oder Schlächter
Fleischfliegen tötend.

MENENIUS

Vortreffliche Arbeit!
Jetzt habt ihr's, ihr und eure Schurzfellburschen
Und Knoblauchfresser mit der mächtigen Stimme
Des römischen Handwerks!

COMINIUS

Um die Ohren schütteln
Wird er euch euer Rom!

BRUTUS

So ist es wahr, Herr?

COMINIUS

Ja! »Ist es wahr, Herr?« Lachend fallen
Die Städte von uns ab! Wer nicht abfällt
Wird wegen braver Einfalt ausgelacht
Und geht als Narr zu Grund.

MENENIUS

Wir sind verloren
Wenn jetzt der große Mann nicht Gnade übt.

COMINIUS

Wer soll drum bitten?
Die Volkstribunen können's nicht. Das Volk
Verdient sein Mitleid wie der Wolf das Mitleid
Des Schäfers. Und, was seine Freunde angeht
Wenn sie ihm kämen mit »Sei gut zu Rom!«
So zeigten sie sich eben drum als Feinde.

MENENIUS

Das ist nur allzu wahr. Würf er die Fackel
Jetzt in mein Haus, ich hätte nicht die Stirn
Zu sagen »Bitte, nicht!« Nicht nur das Schurzfell
Jetzt kostet's euch das Fell!

COMINIUS

Und wir, ihn liebend
Doch dumm wie Vieh, verrieten ihn an euch
Und euer Salz der Erde. Und statt Kriegskunst
Trifft er Verzweiflung an.

Ein Haufen Bürger kommt.

MENENIUS

Da kommt das Salz.
Die schmierigen Mützen warft ihr hoch, den Mann
Aus eurer Stadt zu treiben, und jetzt kommt er
Und holt sich so viel Köpfe, als er Mützen
Hochfliegen sah. Doch wir sind alle dran.
Könnt er uns alle hier zu einer Kohle
Zusammenbrennen, wär's nur recht und billig.
Zum Kapitol?

COMINIUS

O ja; was sonst?

Cominius und Menenius ab.

BÜRGER

Es heißt
Er brennt jedweden Fußbreit Bodens aus
Auf den er tritt.

SICINIUS

Seid nicht entmutigt. 's gibt
Ein Pack in Rom, das gern bestätigt sähe
Was es zu fürchten vorgibt. Leute, geht, und
Ich sag nicht lauft, in die Bezirkslokale
Und zeigt, daß ihr nicht Furcht habt.

ZWEITER BÜRGER

Lieber zeigt ich
Als Mut jetzt eine Waffe. War es klug
Ihn zu verbannen?

SICINIUS

Ja.

Bürger langsam ab.

Zum Kapitol!

4

LAGER NAHE BEI ROM.

Aufidius und ein Hauptmann.

AUFIDIUS

Sie laufen immer noch dem Römer zu?

HAUPTMANN

Ein Zauber steckt in ihm. Ich weiß nicht, welcher.
Doch Euren Kriegern dient er als Gebetlein
Vor Tisch, als Tischgespräch, als Amen nach Tisch.
Ihr steht in diesem Krieg im Dunkeln, Herr
Selbst bei den Eignen.

AUFIDIUS

Kann ich jetzt nicht ändern.
Versuch ich das, bring ich den ganzen Feldzug
Zu Fall im Anlauf.

HAUPTMANN

Herr, ich wünschte wirklich
Ihr hättet das Kommando nicht geteilt
Entweder selber übernommen oder ihm
Ganz überlassen.

AUFIDIUS

Ich versteh dich gut
Und sei du sicher: kommt's zur Rechnungslegung
Weiß der nicht, was ich habe gegen ihn.
Obgleich es scheint – und er denkt so und auch
Noch dem gemeinen Aug erscheint es ganz
Als handle er in allem redlich, doch
Gibt es da was, was er nicht tut und was
Bleibt's ungetan, den Hals mir bricht, und das
Bricht ihm den Hals.

HAUPTMANN

Herr, glaubt Ihr, er nimmt Rom?

AUFIDIUS

Jedwede Stadt ergibt sich ihm, bevor er
Sich zur Verhandlung setzt. Der Adel Roms
Ist für ihn. Die Tribunen
Sind keine Krieger. Heut ließ er in Rom
Verbreiten, er erwarte, zur Verhindrung
Unnützlichen Gemetzels, daß ein Rauch
Vom Kapitol aufsteigend, ihm
Bedingungslose Unterwerfung melde.
Er fühlt sich als der Wal des Meers, der kühl
Erwartet, daß das kleinre Fischzeug ihm
Ergeben in das Maul schwimmt. Aber eines
Vergißt er: hat er Rom, dann hab ich ihn.
Denn was er dann auch macht, ist falsch, weil er's macht.
Faßt er den Adel unzart an, ist's aus –
Dann lamentiert der volskische Adel, und
Faßt er den Adel zart an, ist's auch aus –
Dann lamentiert der volskische Adel auch.

Der Mann hing ab vom Glück und konnte Glück
Nicht nutzen. Aus dem Pferdesattel kam er
Nicht in den Ratsstuhl. Aus dem Krieg
Nicht in den Frieden. Sein Verdienst ist groß
Doch er verkleinert's, wenn er damit groß tut.
Und unser Wert hängt ab von dem Gebrauch
Den unsre Zeit macht von uns. Unsre Macht hat
Kein Grab so ewig als ein Rednerpult
Von dem aus sie gepriesen wird. Der Sturm
Erstickt das Feuer, das er angefacht.
Keil treibt Keil aus, und Macht verkommt durch Macht.

Fünfter Akt

I

ROM. FORUM.

Menenius, Cominius und andere Senatoren, sowie Sicinius und Brutus.

COMINIUS
Er tat, als ob er mich nicht kannte.
MENENIUS
Ihn
Der einst sein Feldherr war!
COMINIUS
Ich sprach ihn an
Mit Coriolanus. Er verbat sich den
Und andre Namen. Schrie, er sei ein König
Des Nichts und titellos, bis er im Feuer
Des brennenden Roms sich einen neuen Namen
Geschmiedet habe.
SICINIUS
Oder nicht.
MENENIUS
Gehindert
Durch ein Tribunenpaar, das recht gut weiß, wie
Maisfladen billiger werden!
BRUTUS
Ihr hingegen
Wißt, wie Rom billig wird! Laßt doch den Rauch
Vom Kapitol aufsteigen, daß der Vetter
Erfährt, er ist willkommen. Fallt aufs Knie
Vor seinem Zelt, nein, eine Meile vorher

Und rutscht auf Eurem Knie in seine Gnade!
Heraus mit dem Beschluß: wer will den Rauch sehn?
Pause.
Gut, keiner. Dann verteilt die Waffen, sonst
Wird, wer den kleinen Rauch nicht sehen will
Den großen sehen, in dem Rom aufgeht!
Pause.
Sicinius und Brutus ab.

COMINIUS

Ich bewies ihm
Daß Milde desto königlicher ist
Je weniger sie noch erwartet wird.
Er gab zur Antwort: dies von einem Staat
Der ihn verbannt, sei etwas billig.

MENENIUS

Richtig.

COMINIUS

Ich sprach von Rücksicht auf die näheren Freunde.
Die Antwort war, er habe nicht die Zeit
Sie auszupicken aus dem Haufen fauler
Muffiger Streu. Er sagte, es wär Unsinn
Für ein Korn oder zwei den ganzen Haufen
Nicht zu verbrennen, daß er weiter stinke.

MENENIUS

Für ein Korn oder zwei? Ich bin so eins.
Und seine Mutter und sein Weib und Kind
Und dieser hier. – Die sind die Streu, man riecht sie
Bis übern Mond hinaus: wir müssen für sie brennen!
Gut, ich geh zu ihm. 's war zu früh am Morgen
Daß Ihr ihn spracht, er hatte nicht gefrühstückt.
Vielleicht war's das, daß er so sauer war.
Ich sprech ihn nach dem Mahl.
Ab.

COMINIUS

Er hört auch ihn nicht.

LAGER DER VOLSKER NAHE BEI ROM.

Wachen. Menenius tritt zu ihnen.

ERSTE WACHE
Halt, woher seid Ihr?
ZWEITE WACHE
Umkehrn! Umkehrn!
MENENIUS
Ich bin ein Staatsgesandter und gekommen
Mit Coriolan zu sprechen.
ERSTE WACHE
Ihr seid Römer?
MENENIUS
Ja.
ERSTE WACHE
Ihr kommt nicht durch, Ihr müßt zurück. Der Feldherr
Will nichts mehr hörn von dort.
ZWEITE WACHE
Ihr werdet Rom
In Flammen sehn, bevor Ihr ihn sprecht.
MENENIUS
Leute
Wenn euer Feldherr je von Rom sprach oder
Von seinen Freunden dort – zehn gegen eins
So hat er meinen Namen auch erwähnt: Menenius.
ERSTE WACHE
Menenius hin, Menenius her, Ihr kommt
Nicht durch hier.
MENENIUS
Mann, ich sag dir doch:
Dein Feldherr ist mein Freund.

ERSTE WACHE

Zurück denn
Freund meines Feldherrn!

MENENIUS Mann, ich sage dir doch, mein Name ist Menenius, seit Jahr und Tag in der Partei deines Feldherrn! – Hat er gefrühstückt? Weißt du darüber Bescheid? Ich habe nicht vor, mit ihm zu sprechen, bevor er gefrühstückt hat.

ERSTE WACHE Du bist ein Römer, nicht?

MENENIUS Ich bin, was dein Feldherr ist.

ERSTE WACHE Dann solltest du auch Rom hassen wie er. Ich will dir etwas sagen. Ihr habt den Mann zum Tor hinaus gejagt, der es euch verteidigt hat. Ihr habt euren Schild eurem Feind zugeschmissen. Meint ihr, ihr könnt jetzt, was kommt, aufhalten mit den Seufzern alter Weiber, dem Händeringen einiger Jungfern oder dem gichtbrüchigen Kniefall eines alten Dotterers wie dir? Willst du das Feuer, das Rom fressen wird, mit deinem kurzen Atem ausblasen? Lächerlich. Geh zurück nach Rom und wart dort auf deine Hinrichtung!

MENENIUS Kerl, wenn dein Feldherr wüßte ...

Auftritt Coriolan und Aufidius.

CORIOLAN Was gibt's?

MENENIUS Jetzt, Kerl, hast du dir was eingebrockt. Sieh an der Art, wie er mit mir sprechen wird, ob du nicht reif für den Galgen bist. – Sohn, du hast ein Feuer für uns vor, hier ist das Wasser, es zu löschen.

Coriolan schaut, ob Rauch aufsteigt.

MENENIUS Ich war schwer zu bewegen, zu dir zu gehen. Sie wissen, daß nur ich dich zu etwas bewegen kann. Seufzer, Sohn, haben mich aus dem Stadttor hinausgeblasen. Und nun bitte ich dich, laß Rom am Leben! Kehr um, Sohn!

CORIOLAN Weg!

MENENIUS Was, weg!

CORIOLAN

Ich kenne niemand mehr. Was ich jetzt tue

Dient andern. Außerdem: ich hab ein Recht
Auf Rache, der Pardon liegt in den Händen
Der Volsker. Dann: daß wir befreundet waren
Fällt besser der Vergangenheit anheim
Als daß Mitleid notiert: wie sehr. So geh schon.
Nehmt es zur Kenntnis: meine Ohren sind
Stärker befestigt gegen eure Worte
Als eure Tore gegen meine Truppen.
Doch standen wir uns einmal nah. Drum nimm
Den Brief, den ich dir schrieb. Ich hätt ihn dir
Geschickt. Ein weitres Wort, Menenius, will ich
Dich nicht mehr sprechen hören. – Dieser Mann
Aufidius, stand mir einmal nah in Rom
Jedoch, du siehst –

AUFIDIUS

Ihr schwankt nicht einen Zoll.

Coriolan und Aufidius ab.

ERSTE WACHE So, Herr, Euer Name ist Menenius.

ZWEITE WACHE Er wirkt Wunder, was? Jetzt weißt du wieder den Weg nach Hause.

ERSTE WACHE Hast du gehört, wie wir gerüffelt wurden, weil wir einen Staatsgesandten nicht passieren ließen?

3

ROM. AN EINEM TOR.

Cominius und Senatoren erwarten Menenius. Er tritt auf.

MENENIUS Ich habe euch gesagt, es ist keine Hoffnung. Unsere Hälse sind verurteilt und warten auf den Henker.

SENATOR Ist es möglich, daß eine so kurze Zeit die Gemütsart eines Menschen so verändert?

MENENIUS Dieser Marcius ist aus einem Menschen ein Drache geworden. Sein Gesicht macht reife Trauben sauer. Er bewegt sich wie ein Turm und der Boden schrumpft unter seinem Tritt zusammen. Ich male ihn nach dem Leben.
Sicinius und Brutus sind gekommen.
Mit ihnen Bürger.

COMINIUS Die Götter mögen sich unserer armen Stadt erbarmen!

MENENIUS Nein, diesmal werden sich die Götter unsrer nicht erbarmen. Als wir ihn verbannten, achteten wir nicht auf sie, und da er nun zurückkommt, achten sie nicht auf uns.
Zu Brutus: Und alles haben wir Euch zu verdanken!
Ab mit den Senatoren außer Cominius.

BRUTUS Sie gehen packen. Sie wollen lieber auf ihren Gütern sterben. *Zu den Bürgern:* Es ist, wie wir euch gesagt haben. Die Väter geben Rom preis. Wie steht es in euren Bezirken?

EIN BÜRGER Die Mehrheit hat sich zum Kriegsdienst gemeldet. Wer noch wartete, ob Menenius etwas bei Coriolanus ausrichten würde, wird sich jetzt melden.

BRUTUS Gut. Wenn diejenigen, die von Rom leben, es nicht verteidigen wollen, werden wir es verteidigen, von denen Rom bisher gelebt hat. Warum sollten nicht die Maurer die Mauern verteidigen?

COMINIUS Rechnet einige von uns dazu. Ihr sollt die Waffen ausgehändigt bekommen, ich nehm's auf meine Kappe.

BÜRGER Es lebe Cominius!

Ein anderer Bürger tritt auf.

ANDERER BÜRGER Volumnia, seine Mutter, bittet mit vier Frauen der großen Familien um Durchlaß zu Cajus Marcius. Sie wollen ihn bewegen, umzukehren.

SICINIUS Die Bitte ist abgeschlagen.

BRUTUS Ist bewilligt.

SICINIUS Willst du die Verräterbrut aus der Stadt lassen?

BRUTUS Einige Familien, Patrizier, leben jetzt in Furcht, wegen ihrer Verbindungen mit ihm gesteinigt zu werden. Sie scheinen sich an die Marcier gewandt zu haben. Ich glaube nicht, daß die Alte uns fürchtet, aber ich denke nicht, daß sie dafür ist, daß in Zukunft der volskische Senat auf dem Kapitol sitzt. Sie ist in ihrer Art eine Patriotin, indem sie uns Plebejer lieber von Römern geschunden haben will als von Volskern. Was denkt Ihr, Cominius?

COMINIUS Laßt sie gehen, aber... Seht Ihr dort den Vorsprung am Kapitol, den Eckstein?

SICINIUS Warum, was soll er?

COMINIUS Wenn Ihr ihn mit dem kleinen Finger von der Stelle bewegen könnt, dann ist einige Hoffnung, daß die Damen von Rom bei ihm etwas ausrichten können.

BRUTUS Er mag unbeweglich sein durch ihre Rede – obgleich das nicht so sicher ist, sie hat ihm manches zu berichten, was ihm neu sein wird –, der Stein dort ist unbeweglich. Ein Erdbeben, und ich bewege ihn vielleicht danach doch.

COMINIUS Es ist nicht mehr Gnade in dem Mann als Milch in einem männlichen Tiger.

SICINIUS Es heißt, seine Mutter liebte er.

COMINIUS Mich auch. Und jetzt erinnert er sich seiner Mutter so wenig mehr wie ein achtjähriges Pferd.

BRUTUS Das Gespräch kann uns einen Aufschub verschaffen.

Heute nacht und morgen den Tag über sind die Mauern schwach besetzt. *Zum Bürger:* Sie können gehen. Aber schick eine der Frauen des Gesindes mit, auf die du dich verlassen kannst, daß wir erfahren, was gesprochen wurde. Einverstanden?

SICINIUS Einverstanden. Zwei schwere Tage vor uns.

BRUTUS

Mir scheint, und manchem, wie ich hör, dies Rom
Ein besserer Platz, seit dieser Mensch nicht mehr
In seinen Mauern geht, wert zu verteidigen
Vielleicht zum ersten Mal, seit es gegründet.
Alle ab.

4

LAGER DER VOLSKER.

Coriolan, Aufidius, ein Wachtposten.

POSTEN

Nein, Herr, kein Rauch!

AUFIDIUS

Wie lang willst du noch warten?

CORIOLAN

Wir lagern morgen vor den Mauern Roms.

AUFIDIUS

Warum nicht heut?

CORIOLAN

Partner in diesem Feldzug
Ihr müßt den Herrn in Antium bestätigen
Wie rückhaltlos ich die Aktion betrieb.

AUFIDIUS

Nicht allzu hurtig. Rückhaltlos? Gewiß.

CORIOLAN

Der alte Mann zuletzt, den ich gebrochen
Nach Rom zurückschickt, liebte mich mit mehr
Als Vaterliebe, in der Tat, er machte
Mich fast zum Gott einst. Ihre letzte Zuflucht
War: ihn zu schicken.

AUFIDIUS

Doch auch von diesem alten Mann, der dich
Vergöttert, nichts von Unterwerfung, nur
Beschwörung und die Bitte »Geh und häng dich!«
Geschrei hinter der Szene.

CORIOLAN

Was soll der Lärm?
Krieger tritt auf.

KRIEGER

Herr, eine Abordnung
Von Fraun der großen römischen Familien
Ist hier im Lager. Wenn's nicht ein Gerücht ist
Ist's deine Mutter, Herr, dein Weib und auch
Dein kleiner Sohn.

CORIOLAN *Aufidius anblickend:*

Jetzt fort, Gefühle! Beiß
Die Zähne jetzt zusammen, daß die Götter
Nicht über dieses Schauspiel oben lachen
Weil's unnatürlich ist! Jetzt, Volsker, schlepp
Du deine Pflüge über Roms Ruinen
Und deine Eggen über ganz Italien
Eh du mich als den Sklaven der Natur siehst
Und den Geherda des Instinkts.
Volumnia, Virgilia mit dem jungen Marcius und vier römische Damen sind aufgetreten.

VIRGILIA

O Mann!

Coriolan tritt zu ihnen und begrüßt sie.

CORIOLAN

Frau, diese Augen sind dieselben nicht
Die ich in Rom trug.

VIRGILIA

Sorgen. Sie verändern.

VOLUMNIA

Du kennst die Dame.

CORIOLAN

Jung Publicolas
Berühmte Schwester, keusche Luna Roms.
Beste Valeria!

VIRGILIA

Hier ist ein kleiner Auszug von dir selbst
Der durch die Auslegung erfüllter Jahre
Ganz werden kann wie du.

CORIOLAN

Und du, mein Alter
Die Götter, hoff ich, sind dabei, aus dir
Was für den Krieg zu machen, daß du einmal
Für alle, die auf dich sehn, wie ein großes
Seezeichen überm Durcheinander einer Schlacht stehst
Und auch durch Schande unverwundbar.

VOLUMNIA

Knie, Kind.

CORIOLAN *läßt den kleinen Marcius nicht knien:*
Das ist mein guter Junge. Und nun bittet
Mich nicht, mein Fußvolk abzumustern und mich
Mit Roms Dachdeckern zu vergleichen und
Erzählt mir nicht, was euch von meinem Vorgehn
Höchst unnatürlich scheint. Aufidius
Und wer an Volskern hier ist, gebt gut acht:
Wir wollen nichts von Rom privatim hören.
Eu'r Antrag!

VOLUMNIA

Könnt ich schweigen, schwiege ich.
Dann hätt ich nichts gesagt, was dich bewegte
Und tötete, und auch nicht, was umsonst.
Denn ich ging nicht wie andre Mütter weg
Das Kind zu retten, sondern zu verderben
Und zwar, wenn ich's noch menschlich find, ansonsten
Fällt's mich an. Ich darf nicht den Himmel bitten
Daß du siegst, Sohn, was ich doch dürfen müßt
Und nicht, daß unsre Stadt siegt, was ich
Auch dürfen müßt. Büß ich jetzt Rom nicht ein
Die Nährerin unsres Geschlechts, dann büß ich
Jetzt dich ein, unsern Halt in Rom. Was kommt
Dies oder das, für mich ist's tödlich, denn
Entweder führt man dich als Hochverräter
In Eisen durch die Straßen, oder du
Trittst im Triumph auf deiner Vaterstadt
Verwaiste Trümmer. Und den Erzkranz trägst du
Weil du das Blut von Weib und Kind vergossen.
Ich für mein Teil, Sohn, denke nicht zu warten
Bis da der Krieg entscheidet, welches Unglück
Mich treffen soll: kann ich dich nicht bereden
So wirst du deine Vaterstadt betreten
Indem du erst auf deiner Mutter Schoß trittst
Der dich in diese Welt warf.

VIRGILIA

Und auf meinen
Der dir den Jungen hier gebar, damit
Er deinen Namen in der Welt erhalte.

JUNGE

Auf mich wird er nicht treten, ich lauf fort
Bis daß ich größer bin, dann fecht ich.

CORIOLAN

So.
Will man nicht weibisch werden, schaue nicht

Man in ein Weibes- oder Kindsgesicht.
Ich saß zu lang.
Er steht auf.

VOLUMNIA

Nicht nur vor uns. Vergiß
Das kleine Ungemach, daß es mir schwerfällt
Weil mich dein Vater nicht daran gewöhnte
Jetzt mein Gesicht ins Tuch zu hüllen, wenn ich
Aus dem Haus geh, laß die kindische Rührung, wisse
Daß du auf ein sehr andres Rom marschierst
Als du verließest. Unersetzlich
Bist du nicht mehr, nur noch die tödliche
Gefahr für alle. Wart nicht auf den Rauch
Der Unterwerfung! Wenn du Rauch sehn wirst
Dann aus den Schmieden steigend, die jetzt Schwerter
Wider dich schmieden, der dem eignen Volk den
Fuß auf den Nacken setzen will und dafür
Sich seinem Feinde unterwirft. Wir aber
Der Glanz und Adel Roms
Muß nun die Rettung vor den Volskern
Dem Pöbel danken oder deinen Volskern
Die Rettung vor dem Pöbel! Laß uns gehn.
Der Mensch hat eine Volskerin zur Mutter
Sein Weib ist in Corioli, dies Kind
Gleicht ihm durch Zufall.
Die Frauen ab.

CORIOLAN

Oh, Mutter, Mutter! Oh! Was machtest du?

5

ROM, EIN BEWACHTES TOR.

Brutus und Sicinius. Ein Bote.

BOTE

Die Neuigkeit!
Die Volsker ziehen ab und Marcius mit!

BRUTUS

Der Stein hat sich bewegt. Das Volk erhebt
Die Waffen, und die alte Erde bebt.
Beide ab.

6

ANTIUM, AM STADTTOR.

Aufidius mit Begleiter und Offizieren.

AUFIDIUS

Stell dich dort auf und gib den Senatoren
Die zur Begrüßung kommen, dies Papier.
Sag ihnen, daß ich das bezeugen werde
Vor ihrem Ohr und vor des Volkes Ohr.
Hier klage ich ihn an, am Stadttor gleich
Wenn er zurückkommt, vor den Volskern sich
Mit ein paar Worten weißzuwaschen. Geh.
Der Begleiter stellt sich seitwärts auf und gibt den ankommenden Senatoren das Papier des Aufidius.

SENATOREN
Willkommen sehr daheim!

AUFIDIUS
Warum willkommen?
Ich hab mir den Willkomm noch nicht verdient.
Habt Ihr gelesen, was ich aufschrieb?

ERSTER SENATOR
Ja.

ZWEITER SENATOR
Und mit Betrübnis. Was er früher fehlte
Mag hingehn. Aber da zu enden, wo er
Beginnen hätte müssen, wegzuschenken
Des Angriffs Vorteil und uns zu bezahlen
Mit unsern Kosten, das ist unverzeihlich.

AUFIDIUS
Er kommt. Hört, was er sagt!
Auftritt Coriolan mit Trommeln und Standarten.
Bürger mit ihm.

CORIOLAN
Heil Euch, Ihr Herrn! Ich bin zurück, Euer Krieger
So wenig angesteckt von Vaterlandsgefühlen
Als wie ich auszog, unter Eurem großen
Kommando. Wisset, daß ich Euren Krieg
Bei blutiger Passage bis vor Roms
Stadttore trieb. Die Beute, die wir bringen
Wiegt mehr als um ein Drittel alle Kosten
Des Feldzugs auf.

AUFIDIUS
Lest nicht die Beutelisten!
Sagt dem Verräter, daß er Eure Vollmacht
Gröblich mißbraucht hat und ...

CORIOLAN
Verräter! Was denn?

AUFIDIUS
Jawohl. Verräter, Marcius.

CORIOLAN

Marcius?

AUFIDIUS

Glaubst du
Ich beug mich diesem Raub, deinem gestohlnen Namen
Coriolanus in Corioli? –
Ihr Herrn und Oberhäupter dieses Staats, meineidig
Hat er verraten Eure Sache und verschenkt
Für ein paar salzige Tropfen Euer Rom
(Ich sage, Euer Rom) an Weib und Mutter
Zerreißend seinen Eid wie einen Faden
Zerfaulter Seide, niemals einen Kriegsrat
Berufend, nur auf seiner Amme Flennen
Hin flennte er und heulte er
Weg Euren Sieg, daß seine Trommelbuben
Rot wurden und die Männer stumm sich ansahn.

CORIOLAN

Ich flennte?

AUFIDIUS

Wie ein Muttersöhnchen.

CORIOLAN

Oh
Du ungewaschener Lügner! Muttersöhnchen!
Verzeiht, Ihr Herrn, das ist das erste Mal
Daß ich gezwungen werd zu schelten. Würdige Herrn
Der Hund trägt meine Striemen eingestanzt
In seinen Rücken bis ins Grab.

ZWEITER SENATOR

Still, beide!

CORIOLAN

Haut mich in Stücke, Volsker! Laßt die Kinder
In mir die Taschenmesser röten! Muttersöhnchen!
Du falscher Hund! Wenn je in Eurer Chronik
Die Wahrheit steht, dann steht auch drin, daß ich
Die Volsker wie im Taubenschlag der Adler

Aufscheuchte in Corioli! Ein Muttersöhnchen!

AUFIDIUS

Genug! Übergenug! Ihr Herren, laßt
Ihr zu, daß er von seinem Kriegsglück prahlt
Das Eure Schmach war?

OFFIZIER

Dafür stirbt er!

BÜRGER Reißt ihn in Stücke, sofort! – Er hat meinen Sohn umgebracht. – Meine Tochter. – Er hat meinen Vetter Marcus umgebracht. – Er hat meinen Vater umgebracht.

AUFIDIUS

Durchbohrt ihn!
Die Offiziere des Aufidius fallen über Coriolan her und durchbohren ihn.

7

ROM. SENAT.

Konsul, Senatoren, Tribunen.

KONSUL

Der Antrag der Tribunen, Ländereien
Nach der Erobrung eingezogen, den Bewohnern
Coriolis zurückzugeben, ist Gesetz.

SENATOR

Antrag, betreffend eine Wasserleitung
Vom dritten Hügel zu den östlichen Gärten.
Ein Bote bringt eine Nachricht.

KONSUL

Hier eine Meldung, daß in Antium

Am gestrigen Vormittage Cajus Marcius
Erschlagen wurd.
Stille.

MENENIUS

Antrag: Sein Name, nunmehr, da er tot
Der ihn einmal so groß trug und einmal
So wenig glücklich, sei am Kapitol
Als eines Römers und als eines . . .

BRUTUS

Antrag:
Daß der Senat fortfahre mit der Sichtung
Der täglichen Geschäfte.

KONSUL

Eine Frage:
Die Marcier bitten, daß, nach der Verordnung
Numa Pompilius' für die Hinterbliebenen
Von Vätern, Söhnen, Brüdern, doch den Frauen
Erlaubt werd öffentliches Tragen
Von Trauer für zehn Monde.

BRUTUS

Abgeschlagen.
Der Senat setzt seine Beratungen fort.

Zu »Coriolan« von Shakespeare

Die Kunst, Shakespeare zu lesen

Ich kann mir vorstellen, daß viele, wenn sie hören, daß es eine Kunst sei, Shakespeare zu lesen, ärgerlich werden. Soll da etwa eine Schranke aufgebaut werden? Soll es heißen: Weg da, ihr, erdreistet euch nicht, euch diesem Genius zu nähern! Gibt es da einen Tempel der Kunst, in den man nur hineindarf, wenn man die Schuhe auszieht? Muß man erst dicke Bücher wälzen, Unterrichtsstunden nehmen, eine Prüfung ablegen? Wie kann es schwierig sein, Theaterstücke zu lesen, die zu den schönsten der Weltliteratur gehören?
Ich meine es natürlich nicht so. Aber wenn mir jemand sagt: »Um Shakespeare zu lesen, braucht es gar nichts«, so kann ich nur sagen: »Probier es!«

Das Vergnügen am Helden

Was das Vergnügen am Helden und das Tragische betrifft, müssen wir die bloße Einfühlung in den Helden Marcius hinter uns bringen, um zu einem reicheren Vergnügen zu gelangen; wir müssen zumindest imstand sein, außer der Tragödie des Coriolan auch die Tragödie Roms, insbesondere der Plebs zu »erleben«.
Es ist nicht nötig – und bei dem Genie des Shakespeare nicht möglich –, die »Tragödie des Stolzes« außer acht zu lassen oder auch nur abzustumpfen. Es mag dabei bleiben, daß es sich für den Coriolan lohnt, seinen Stolz so maßlos auszuleben, daß Tod und Untergang da nicht »ins Gewicht fallen«. Aber schließlich bezahlt die Gesellschaft, bezahlt Rom mit; es kommt ebenfalls in die Nähe des Untergangs dadurch. Und

was den Helden betrifft, ist die Gesellschaft an einem andern Aspekt interessiert, der sie unmittelbar angeht, nämlich dem Glauben des Helden an seine Unersetzlichkeit. Diesem Glauben kann sie sich nicht beugen, ohne den Untergang zu riskieren. Das setzt sie in unabdingbaren Gegensatz zu diesem Helden, und die Art des Spiels muß ihr das gestatten, ja muß das erzwingen.

Anmerkungen

Nur das Studium der *Einheit der Widersprüche* gestattet es etwa, die erste Szene des »Coriolan« richtig zu arrangieren, und sie ist die Grundlage des ganzen Stücks! Wie anders soll der Spielleiter darauf kommen, den Unterschied zwischen dem falschen *ideologischen* Versuch des Menenius Agrippa, eine Einheit aus Patriziern und Plebejern herzustellen und der wirklichen Herstellung dieser Einheit durch den Krieg deutlich zu machen?

Ich glaube nicht, daß die neue Fragestellung Shakespeare davon abgehalten hätte, einen »Coriolan« zu schreiben.
Ich glaube, er hätte ungefähr in der Weise, wie wir es taten, dem Geist der Zeit Rechnung getragen, vermutlich mit weniger Überzeugung, aber mit mehr Talent.

Fragen [zum ersten Auftritt]

Wie zeigt man das Auftreten der Plebejer als bedrohlich?
Sie mögen in Lumpen gehen, aber müssen sie deshalb lumpig gehen? Ihre Bewaffnung ist vermutlich improvisiert, jedoch können sie gute Improvisatoren sein. Sie sind es, die auch die Waffen des Heers herstellen! Sie können Bajonette verfertigt haben, Schlächtermesser auf eichenen Besenstielen, Hiebwaffen

aus Herdzangen und so weiter und so weiter. Hier kann Erfindung Respekt hervorrufen. (Die Fabel verlangt, daß sie den Krieg des Coriolan und den Krieg gegen Coriolan werden gewinnen müssen.)

Ist der Erste Bürger der inzwischen vom Senat zum Tribunen ernannte Sicinus?
Er könnte seine Ernennung aus dem Mund des Marcius erfahren ...

Wie zeigt man die Agrippa-Rede als wirkungslos-wirkungsvoll?
Unbemerkt von Agrippa könnte Coriolanus mit seinen Bewaffneten schon gegen den Schluß der Rede zu auftreten. Die Plebejer würden dann, die Bewaffneten sehend, Zeichen von Unschlüssigkeit zeigen. Die plötzliche Aggressivität des Agrippa am Ende würde verstehbar, wenn auch er nun den Marcius erblickte.

Wie ist das Verhältnis Marcius – Senat?
Die Patrizier schmeicheln dem Marcius (»Was Ihr vorausgesagt, geschah: Die Volsker sind im Anmarsch«). Marcius unterdrückt seinen Unmut über das Zugeständnis des Tribunats, eifrig, ein Kommando im Krieg zu bekommen. Marcius wird allerdings unter die Führung des Cominius gestellt, und er scheint dies zunächst nicht gut aufzunehmen, denn Cominius muß ihn an sein Versprechen erinnern.

Wie nehmen die Plebejer die Nachricht vom Kriegsausbruch auf?
Begrüßen sie die neuen Tribunen? Drängen sie sich um sie? Bekommen sie von ihnen die Weisung? Ändert sich ihre Haltung zu Marcius?

Wenn die Fragen gestellt und beantwortet sind und alles herauskommt auf der Bühne, sind die hauptsächlichen Verfremdungen gesetzt.

Zu diesem Band

S. 64 Vorwort zum Antigonemodell. Die Bemerkungen beziehen sich auf die Uraufführung, die am 15. Februar 1948 in Chur (Schweiz) stattfand. Regie: Bertolt Brecht, Bühnenbild und Kostüme: Caspar Neher, mit: Helene Weigel (Antigone), Hans Gaugler (Kreon). Eine genaue Beschreibung der Inszenierung gibt das Modellbuch, das unter der Redaktion von Ruth Berlau mit zahlreichen Photos 1949 in Berlin erschien. Nachdrucke des Modellbuchtextes siehe *Schriften zum Theater,* Band 6, und »Materialien zur ›Antigone‹«, in der Reihe *edition suhrkamp.* In den gleichen Publikationen siehe auch Brechts »Anmerkungen zur Bearbeitung«, die er für die Aufführung des Stückes 1951 in Greiz geschrieben hat.
S. 139 Zu »Der Hofmeister« von Lenz. Das Stück wurde von Bertolt Brecht für das Berliner Ensemble bearbeitet (Mitarbeiter: Ruth Berlau, Benno Besson, Egon Monk, Caspar Neher). Die »Anmerkungen zu ›Der Hofmeister‹« (S. 139) und der Beitrag »Über das Poetische und Artistische« (S. 157) schrieb Brecht während der Proben an diesem Stück mit dem Berliner Ensemble (Premiere: 15. April 1950; Regie: Bertolt Brecht und Caspar Neher, Bühnenbild: Caspar Neher, mit Hans Gaugler in der Titelrolle); die Texte wurden zuerst 1951 im 11. Heft der *Versuche* gedruckt. Die Beiträge »Stückwahl« (S. 139), »Das aufsässige Menuett« (S. 167) und »Ist ›Der Hofmeister‹ ein ›negatives Stück‹?« (S. 168) schrieb Brecht für die *Theaterarbeit.*
S. 274 Zu »Coriolan« von Shakespeare. Brecht schrieb die Notizen während der Bearbeitung des Stücks in den Jahren 1951/1952.

Gesamtausgabe der Werke Bertolt Brechts im Suhrkamp Verlag

Stücke

Erste Stücke 1922–1926

1 Baal · Trommeln in der Nacht · Im Dickicht der Städte

2 Leben Eduards des Zweiten von England (nach Marlowe) · Mann ist Mann

Stücke für das Theater am Schiffbauerdamm 1927–1933

3 Die Dreigroschenoper · Aufstieg und Fall der Stadt Mahagonny · Das Badener Lehrstück vom Einverständnis

4 Die heilige Johanna der Schlachthöfe · Der Jasager und Der Neinsager · Die Maßnahme

5 Die Mutter · Die Ausnahme und die Regel · Die Horatier und die Kuriatier

Stücke aus dem Exil 1933–1945

6 Die Rundköpfe und die Spitzköpfe · Furcht und Elend des Dritten Reiches

7 Die Gewehre der Frau Carrar · Mutter Courage und ihre Kinder · Das Verhör des Lukullus

8 Leben des Galilei · Der gute Mensch von Sezuan

9 Herr Puntila und sein Knecht Matti · Der aufhaltsame Aufstieg des Arturo Ui · Die Gesichte der Simone Machard

10 Schweyk im zweiten Weltkrieg · Der kaukasische Kreidekreis · Die Tage der Commune

Bearbeitungen

11 Die Antigone des Sophokles · Der Hofmeister (nach Lenz) · Coriolan (nach Shakespeare)

12 Der Prozeß der Jeanne d'Arc zu Rouen 1431 (nach Anna Seghers) · Don Juan (nach Molière) · Pauken und Trompeten (nach Farquhar)

Einakter und Stücke aus dem Nachlaß

13 Die Kleinbürgerhochzeit · Der Bettler oder Der tote Hund · Er treibt einen Teufel aus · Lux in tenebris · Der Fischzug · Dansen · Was kostet das Eisen?

14 Turandot oder Der Kongreß der Weißwäscher · Der Tui-Roman

Gedichte

1 1918–1929 Bertolt Brechts Hauspostille · Aus dem Lesebuch für Städtebewohner · Geschichten aus der Revolution

2 1913–1929 Unveröffentlichte und nicht in Sammlungen enthaltene Gedichte · Gedichte und Lieder aus Stücken

3 1930–1933 Gedichte, Lieder, Chöre · Die drei Soldaten · Die sieben Todsünden der Kleinbürger · Unveröffentlichte und nicht in Sammlungen enthaltene Gedichte · Gedichte und Lieder aus Stücken

4 1934–1941 Svendborger Gedichte · Chinesische Gedichte · Studien · Gedichte aus dem Messingkauf · Zum Messingkauf gehörige Gedichte · Steffinische Sammlung

5 1934–1941 In Sammlungen nicht enthaltene Gedichte · Gedichte und Lieder aus Stücken

6 1941–1947 Gedichte im Exil · In Sammlungen nicht enthaltene Gedichte · Gedichte und Lieder aus Stücken

7 1948–1956 Buckower Elegien · In Sammlungen nicht enthaltene Gedichte · Gedichte und Lieder aus Stücken

8 1913–1956 Nachträge zu den Gedichten

9 1913–1956 Nachträge zu den Gedichten · Gedichte und Lieder aus Stücken und anderen Arbeiten · Gedichte über Stücke · Fragmente

10 Nachträge zu Gedichten · Nachträge zu Gedichten und Liedern aus Stücken und anderen Arbeiten · Letzte Fassungen von Gedichten · Übersetzungen – Bearbeitungen – Nachdichtungen · Anmerkungen zu den Gedichten 1–10 und alphabetisches Generalregister

Prosa

1 1913–1948 Geschichten 1
Unveröffentlichte und nicht in Sammlungen enthaltene Geschichten · Eulenspiegelgeschichten

2 1930–1956 Geschichten 2
Kalendergeschichten · Geschichten vom Herrn Keuner · Flüchtlingsgespräche

3 1933–1934 Dreigroschenroman

4 1938–1939 Die Geschäfte des Herrn Julius Caesar

5 1934–1956 Me-ti. Buch der Wendungen

Schriften zum Theater

1 1918–1933 Augsburger Theaterkritiken · Über das alte Theater · Der Weg zum zeitgenössischen Theater

2 1918–1933 Aus Notizbüchern · Anmerkungen zu den Stücken · Über Film · Über Kritik · Anhang: Protokolle von Gesprächen

3 1933–1947 Über eine nichtaristotelische Dramatik · Neue Technik der Schauspielkunst · Der Bühnenbau des epischen Theaters · Über Bühnen- und Filmmusik

4 1933–1947 Über den Beruf des Schauspielers · Anmerkungen zu den Stücken · Der Galilei des Laughton

5 1937–1951 Der Messingkauf · Übungsstücke für Schauspieler · Gedichte aus dem Messingkauf

6 1948–1956 Antigonemodell 1948 · Couragemodell 1949 · Über die Benutzung von Modellen · Neue Technik der Schauspielkunst · Anmerkungen zu Stücken und Aufführungen

7 1948–1956 Kleines Organon für das Theater · ›Katzgraben‹-Notate · Stanislawski-Studien · Die Dialektik auf dem Theater

Schriften zur Literatur und Kunst

1 1920–1932 Aus Notizbüchern · Über alte und neue Kunst · Radiotheorie · Der Dreigroschenprozeß

2 1934–1941 Kunst und Politik · Bemerkungen zur bildenden Kunst · Über den Realismus

3 1934–1956 Anmerkungen zur literarischen Arbeit · Aufsätze zur Literatur · Die Künste in der Umwälzung

Schriften zur Politik und Gesellschaft

1919–1956 Aus Notizbüchern 1919–1926 · Notizen über die Zeit 1925–1932 · Marxistische Studien 1926–1939 · Notizen zur Philosophie 1929–1941 · Aufsätze über den Faschismus 1933–1939 · Notizen über die Zeit 1939–1947 · Vorschläge für den Frieden 1948–1956 · Anhang: Mies und Meck

Außerhalb der Gesamtausgabe erschienen im Suhrkamp Verlag

Versuche

1 Der Ozeanflug · Radiotheorie · Geschichten vom Herrn Keuner · Fatzer, 3
2 Aufstieg und Fall der Stadt Mahagonny · Über die Oper · Aus dem Lesebuch für Städtebewohner · Das Badener Lehrstück
3 Die Dreigroschenoper · Der Dreigroschenfilm · Der Dreigroschenprozeß
4 Der Jasager und Der Neinsager · Die Maßnahme
5 Die heilige Johanna der Schlachthöfe · Geschichten vom Herrn Keuner
6 Die drei Soldaten (mit Zeichnungen von George Grosz)
7 Die Mutter (nach Gorki) · Geschichten aus der Revolution
8 Die Spitzköpfe und die Rundköpfe
9 Mutter Courage und ihre Kinder · Fünf Schwierigkeiten beim Schreiben der Wahrheit
10 Herr Puntila und sein Knecht Matti · Das Puntilalied · Notizen über die Züricher Erstaufführung · Anmerkungen zum Volksstück · Die Straßenszene · Chinesische Gedichte · Die Ausnahme und die Regel
11 Der Hofmeister · Studien · Neue Technik der Schauspielkunst · Übungsstücke für Schauspieler · Das Verhör des Lukullus
12 Der gute Mensch von Sezuan · Kleines Organon für das Theater · Über reimlose Lyrik mit unregelmäßigen Rhythmen · Geschichten vom Herrn Keuner
13 Der kaukasische Kreidekreis · Weite und Vielfalt der realistischen Schreibweise · Buckower Elegien
14 Leben des Galilei · Gedichte aus dem Messingkauf · Die Horatier und die Kuriatier
15 Die Tage der Commune · Die Dialektik auf dem Theater · Zu ›Leben des Galilei‹ · Drei Reden · Zwei Briefe

Versuche 1–15 (Reprint). 4 Bände

Bertolt Brecht Gesammelte Werke

Werkausgabe in 20 Bänden und 4 Supplementbänden

Herausgegeben vom Suhrkamp Verlag in Zusammenarbeit mit Elisabeth Hauptmann. Neu durchgesehene und neu geordnete Ausgabe. Leinenkaschiert. Kassette.

Aufbau der Bände:
1–7 Stücke, Bearbeitungen, Einakter, Fragmente, Übungsstücke für Schauspieler. 8–10 Gedichte. 11–14 Prosa. 15–17 Schriften zum Theater. 18–19 Schriften zur Literatur und Kunst. 20 Schriften zur Politik und Gesellschaft.
Aufbau der Supplementbände:
I–II Texte für Filme. III–IV Gedichte aus dem Nachlaß.

Dünndruckausgabe in 8 Bänden und 2 Supplementbänden

Herausgegeben vom Suhrkamp Verlag in Zusammenarbeit mit Elisabeth Hauptmann. Neu durchgesehene und neu geordnete Ausgabe. Leinen und Leder. Kassette.

Aufbau der Bände:
I–III Stücke, Bearbeitungen, Einakter, Fragmente, Übungsstücke für Schauspieler. IV. Gedichte. V–VI Prosa. VII–VIII Schriften (Zum Theater. Zur Literatur und Kunst. Zur Politik und Gesellschaft).
Aufbau der Supplementbände:
1 Texte für Filme. 2 Gedichte aus dem Nachlaß.

Beide Ausgaben präsentieren das Gesamtwerk. Die Anmerkungen enthalten werkgeschichtliche Fakten und die Änderungen gegenüber früheren Ausgaben. Die Texte beider Ausgaben sind identisch. Die Ausgaben weichen voneinander ab in der Bandaufteilung sowie im Format, in der Ausstattung und im Preis.

Tagebücher 1920–1922. Autobiographische Aufzeichnungen 1920–1954
Arbeitsjournal 1938–1955. 3 Bände
Briefe. 2 Bände

Einzelausgaben und Materialien

edition suhrkamp

Leben des Galilei · Gedichte und Lieder aus Stücken · Aufstieg und Fall der Stadt Mahagonny · Der kaukasische Kreidekreis · Materialien zu Brechts ›Leben des Galilei‹ · Mutter Courage und ihre Kinder · Materialien zu Brechts ›Mutter Courage und ihre Kinder‹ · Über Lyrik · Der gute Mensch von Sezuan · Ausgewählte Gedichte · Herr Puntila und sein Knecht Matti · Die heilige Johanna der Schlachthöfe · Schweyk im zweiten Weltkrieg · Die Antigone des Sophokles/Materialien zur ›Antigone‹ · Der aufhaltsame Aufstieg des Arturo Ui · Materialien zu Brechts ›Der kaukasische Kreidekreis‹ · Die Tage der Commune · Baal. Drei Fassungen · Der Jasager und Der Neinsager. Vorlagen, Fassungen und Materialien · Prosa in 4 Bänden · Die Mutter · Die Gewehre der Frau Carrar · Der Ozeanflug. Die Horatier und die Kuriatier. Die Maßnahme · Die Dreigroschenoper · Leben Eduards des Zweiten von England. Vorlage, Texte und Materialien · Im Dickicht der Städte. Erstfassung und Materialien · Materialien zu ›Der gute Mensch von Sezuan‹ · Baal. Der böse Baal der asoziale. Texte, Varianten und Materialien · Mann ist Mann · Materialien zu Bertolt Brechts ›Die Mutter‹ · Die Geschäfte des Herrn Julius Caesar · Der Brotladen. Ein Stückfragment. Die Bühnenfassung und Texte aus dem Fragment · Kuhle Wampe. Protokoll des Films und Materialien · Die Gesichte der Simone Machard · Über experimentelles Theater · Über den Beruf des Schauspielers · Furcht und Elend des Dritten Reiches · Die Maßnahme. Kritische Ausgabe · Die heilige Johanna der Schlachthöfe. Bühnenfassung, Fragmente, Varianten · Über Politik und Kunst · Über Politik auf dem Theater · Über Realismus · Trommeln in der Nacht · Die Mutter. Regiebuch der Schaubühneninszenierung · Der Tui-Roman. Fragment · Materialien zu Bertolt Brechts ›Schweyk im zweiten Weltkrieg‹ · ›Die Rundköpfe und die Spitzköpfe‹. Bühnenfassung, Einzelszenen, Varianten · Über die bildenden Künste · Das Verhör des Lukullus · Brecht im Gespräch · Das Badener Lehrstück vom Einverständnis. Die Rundköpfe und die Spitzköpfe. Die Ausnahme und die Regel. Drei Lehrstücke · Gesammelte Gedichte in 4 Bänden · Tagebücher 1920–1922. Autobiographische Aufzeichnungen 1920–1954

Bibliothek Suhrkamp

Bertolt Brechts Hauspostille · Bertolt Brechts Gedichte und Lieder · Schriften zum Theater · Flüchtlingsgespräche · Geschichten · Dialoge aus dem Messingkauf · Turandot · Me-ti. Buch der Wendungen · Schriften zur Politik · Die Bibel und andere frühe Einakter · Über Klassiker · Svendborger Gedichte · Mutter Courage und ihre Kinder

suhrkamp taschenbuch

Geschichten vom Herrn Keuner · Bertolt Brechts Dreigroschenbuch · Schriften zur Politik und Gesellschaft · Frühe Stücke. Baal. Trommeln in der Nacht. Im Dickicht der Städte · Gedichte · Gedichte für Städtebewohner

suhrkamp taschenbuch materialien

Brechts Leben des Galilei · Brechts Mutter Courage und ihre Kinder · Brechts Gewehre der Frau Carrar · Brechts Guter Mensch von Sezuan · Brechts Mann ist Mann · Brechts Aufhaltsamer Aufstieg des Arturo Ui · Brechts Tage der Commune

Stücke in einem Band
Theaterarbeit. Sechs Aufführungen des Berliner Ensembles
Die Gedichte in einem Band
Gedichte über die Liebe

Bertolt Brecht. Sein Leben in Bildern und Texten
Leben Brechts in Wort und Bild

edition suhrkamp

429 Plötzlich brach der Schulrat in Tränen aus
666 Gilles Deleuze / Claire Parnet, Dialoge
809 G. Heinsohn / B. M. C. Knieper, Spielpädagogik
810 Mario Cogoy, Wertstruktur und Preisstruktur
811 Ror Wolf, Auf der Suche nach Doktor Q.
812 Oskar Negt, Keine Demokratie ohne Sozialismus
813 Bachrach/Baratz, Macht und Armut
814 Bloch/Braudel/L. Febvre u. a., Schrift und Materie der Geschichte
815 Giselher Rüpke, Schwangerschaftsabbruch und Grundgesetz
816 Rainer Zoll, Der Doppelcharakter der Gewerkschaften
817 Bertolt Brecht, Drei Lehrstücke: Badener Lehrstück, Rundköpfe, Ausnahme und Regel
818 Gustav Landauer, Erkenntnis und Befreiung
819 Alexander Kluge, Neue Geschichten. Hefte 1-18
820 Wolfgang Abendroth, Ein Leben in der Arbeiterbewegung
821 Otto Kirchheimer, Von der Weimarer Demokratie zum Faschismus
822 Verfassung, Verfassungsgerichtsbarkeit, Politik. Herausgegeben von Mehdi Tohidipur
823 Rossana Rossanda / Lucio Magri u. a., Der lange Marsch durch die Krise
824 Altvater/Basso/Mattick/Offe u. a., Rahmenbedingungen und Schranken staatlichen Handelns
825 Diskussion der ›Theorie der Avantgarde‹. Herausgegeben von W. Martin Lüdke
826 Fischer-Seidel, James Joyces »Ulysses«
827 Gesellschaft, Beiträge zur Marxschen Theorie 7
828 Rolf Knieper, Weltmarkt, Wirtschaftsrecht und Nationalstaat
829 Michael Müller, Die Verdrängung des Ornaments
830 Manuela du Bois-Reymond, Verkehrsformen zwischen Elternhaus und Schule
831 Henri Lefebvre, Einführung in die Modernität
832 Herbert Claas, Die politische Ästhetik Bertolt Brechts vom Baal zum Caesar
833 Peter Weiss, Dramen I
834 Friedensanalysen 2
835-838 Bertolt Brecht, Gedichte in 4 Bänden
839 Géza Róheim, Psychoanalyse und Anthropologie
840 Aus der Zeit der Verzweiflung. Beiträge von Becker/Bovenschen/Brackert u. a.
841 Fernando H. Cardoso/Enzo Faletto, Abhängigkeit und Entwicklung in Lateinamerika
842 Alexander Herzen, Die gescheiterte Revolution
844 Otthein Rammstedt, Soziale Bewegung
845 Ror Wolf, Die Gefährlichkeit der großen Ebene
847 Friedensanalysen 3

848 Dieter Wellershoff, Die Auflösung des Kunstbegriffs
849 Samuel Beckett, Glückliche Tage
850 Basil Bernstein, Beiträge zu einer Theorie
851 Hobsbawm/Napolitano, Auf dem Weg zum ›historischen Kompromiß‹
852 Über Max Frisch II
853 Brecht-Jahrbuch 1976
854 Julius Fučík, Reportage unter dem Strang geschrieben
856 Dieter Senghaas, Weltwirtschaftsordnung und Entwicklung
857 Peter V. Zima, Kritik der Literatursoziologie
858 Silvio Blatter, Genormte Tage, verschüttete Zeit
859 Russell Jacoby, Soziale Amnesie
860 Gombrich/Hochberg/Black, Kunst, Wahrnehmung, Wirklichkeit
861 Blanke/Offe/Ronge u.a., Bürgerlicher Staat und politische Legitimation. Herausgegeben von Rolf Ebbighausen
863 Gesellschaft, Beiträge zur Marxschen Theorie 8/9
864 Über Wolfgang Koeppen. Herausgegeben von Ulrich Greiner
865 Gesellschaft 12
866 Fichant/Pêcheux, Überlegungen zur Wissenschaftsgeschichte
867 Ernst Kris, Die ästhetische Illusion
868 Brede/Dietrich/Kohaupt, Politische Ökonomie des Bodens
870 Umwälzung einer Gesellschaft. Herausgegeben von Richard Lorenz
871 Friedensanalysen 4
872 Piven/Cloward, Regulierung der Armut
873 Produktion, Arbeit, Sozialisation. Herausgegeben von Th. Leithäuser und W. R. Heinz
874 Max Frisch/Hartmut von Hentig, Zwei Reden zum Friedenspreis des Deutschen Buchhandels 1976
875 Eike Hennig, Bürgerliche Gesellschaft und Faschismus in Deutschland
876 Bolius, Erziehungsroman
877 Starnberger Studien 1
878 Leithäuser/Volmerg/Wutka, Entwurf zu einer Empirie
879 Peter Bürger, Aktualität und Geschichtlichkeit
880 Tilmann Moser, Verstehen, Urteilen, Verurteilen
881 Loch/Kernberg u. a., Psychoanalyse im Wandel
882 Michael T. Siegert, Strukturbedingungen von Familienkonflikten
883 Erwin Piscator, Theater der Auseinandersetzung
884 Politik der Subjektivität. Texte der italienischen Frauenbewegung, Herausgegeben von Michaela Wunderle
885 Hans Dieter Zimmermann, Vom Nutzen der Literatur
886 Gesellschaft, Beiträge zur Marxschen Theorie 10
887 Über Hans Mayer, Herausgegeben von Inge Jens
888 Nicos Poulantzas, Die Krise der Diktaturen
889 Alexander Weiß, Bericht aus der Klinik
890 Bergk/Ewald/Fichte u. a., Aufklärung und Gedankenfreiheit. Herausgegeben und eingeleitet von Zwi Batscha

891 Friedensanalysen 5
892 Franz L. Neumann, Wirtschaft, Staat, Demokratie
893 Georges Politzer, Kritik der Grundlagen der Psychologie
895 Umberto Eco, Zeichen. Einführung in einen Begriff und seine Geschichte
897 Ralph-Rainer Wuthenow, Muse, Maske, Meduse
898 Cohen/Taylor, Ausbruchversuche. Identität und Widerstand
901 Der bürgerliche Rechtsstaat. Herausgegeben von Mehdi Tohidipur
902 Ernest Borneman, Psychoanalyse des Geldes
903 Steven Marcus, Umkehrung der Moral
904 Alfred Sohn-Rethel, Warenform und Denkform
905 Beiträge zur Soziologie der Gewerkschaften. Hrsg. von Joachim Bergmann
906 Brecht-Jahrbuch 1977
907 Horst Kern, Michael Schumann, Industriearbeit und Arbeiterbewußtsein
908 Julian Przybós, Werkzeug aus Licht
910 Peter Weiss, Stücke II
913 Martin Walser, Das Sauspiel mit Materialien. Herausgegeben von Werner Brändle
916 Dürkop/Hardtmann (Hrsg.), Frauen im Gefängnis
917 Bowles S./Gintis H., Pädagogik und die Widersprüche der Ökonomie
918 Klaus-Martin Groth, Die Krise der Staatsfinanzen
920 Tagträume vom aufrechten Gang. Sechs Interviews mit Ernst Bloch, Herausgegeben von Arno Münster
921 Silvia Bovenschen, Die imaginierte Weiblichkeit
922 Anderson, Von der Antike zum Feudalismus
923 Sozialdemokratische Arbeiterbewegung, Band 1, Herausgegeben von Wolfgang Luthardt
925 Friedensanalysen 6
927 Ausgewählte Gedichte Brechts, Herausgegeben von Walter Hinck
928 Betty Nance Weber, Brechts ›Kreidekreis‹
929 Auf Anregung Bertolt Brechts: Lehrstücke. Herausgegeben von Reiner Steinweg
930 Walter Benjamin, Briefe 1 und 2. Herausgegeben von Gershom Scholem und Theodor W. Adorno
932 Jugendarbeitslosigkeit. Herausgegeben von Gero Lenhardt
933 Ute Gerhard, Verhältnisse und Verhinderungen
934 Sozialdemokratische Arbeiterbewegung, Band 2, Herausgegeben von Wolfgang Luthardt
935 Literatur ist Utopie. Herausgegeben von Gert Ueding
936 Berger/Heßler/Kavemann, Brot für heute, Hunger für morgen
937 Labrousse, Lefebvre, Soboul u. a. Geburt der bürgerlichen Gesellschaft 1789. Herausgegeben von I. A. Hartig
938 Habermas, Bovenschen u. a., Gespräche mit Marcuse
939 Thomas Brasch, Rotter Und weiter
940 Simone Weil, Fabriktagebuch
941 Ute Volmerg, Identität und Arbeitserfahrung

942 Klaus Eßer, Lateinamerika
943 Gewerkschaften und Strafvollzug, Hrsg. v. Lüderssen u. a.
944 Alexander von Brünneck, Politische Justiz
945 Jacques Derrida, Die Stimme und das Phänomen
948 Thompson/Caspard/Puls; Alltagspraxis, Wahrnehmungsformen, Protestverhalten
949 Julia Kristeva, Die Revolution der poetischen Sprache
950 Perry Anderson, Die Entstehung des absolutistischen Staates
951 Grundrechte als Fundament der Demokratie, hrsg. von Joachim Perels
954 Elias/Lepenies, Zwei Reden. Theodor W. Adorno-Preis 1977
955 Friedensanalysen 7
956 Brecht-Jahrbuch 1978. Hrsg. Fuegi/Grimm/Hermand
957 Gesellschaft, Beiträge zur Marxschen Theorie 11
958 Friedensanalysen 8
959 Martin Walser, Wer ist ein Schriftsteller?
960 Albert Soboul, Französische Revolution und Volksbewegung
962 Bettelheim/Mészarós/Rossanda u. a., Zurückforderung der Zukunft
963 Starnberger Studien 2
964 Nach dem Protest. Literatur im Umbruch. Herausgegeben von W. Martin Lüdke
966 Kern, Kampf um Arbeitsbedingungen
967 Michail M. Bachtin, Die Ästhetik des Wortes, hrsg. von Rainer Grübel
968 Frauen, die pfeifen. Herausgegeben von R. Geiger, H. Holinka, C. Rosenkranz, S. Weigel
969 Ernst Bloch, Die Lehren von der Materie
970 Giuliano Scabia, Das große Theater des Marco Cavallo
971 Siegfried Kracauer, Jacques Offenbach
974 Jirí Kosta, Abriß der sozialökonomischen Entwicklung der Tschechoslowakei 1945-1977
975 Nathan, Ideologie, Sexualität und Neurose
976 Bernd Jürgen Warneken, Literarische Produktion
978 Klaus Mäding, Strafrecht und Massenerziehung in der VR China
979 Bertolt Brecht, Tagebücher 1920-1922
981 Jeanne Favret-Saada, Die Wörter, der Zauber, der Tod
983 Bassam Tibi, Internationale Politik und Entwicklungsländer-Forschung
984 Dieter Kühn, Löwenmusik
985 Agnes Schoch, Vorarbeiten zu einer pädagogischen Kommunikationstheorie
987 Augusto Boal, Theater der Unterdrückten
989 Brecht-Jahrbuch 1979
991 Ruggiero Romano u. a., Die Gleichzeitigkeit des Ungleichzeitigen
992 Naturalismus/Ästhetizismus. Herausgegeben von Bürger/Schutte-Sasse
993 Ginette Raimbault, Kinder sprechen vom Tod
996 Starnberger Studien 3
1000 Stichworte zur ›Geistigen Situation der Zeit‹ 1. Band, Nation und Republik; 2. Band, Politik und Kultur. Herausgegeben von Jürgen Habermas.